KB008807

님께

말로 못 다한 마음을 담아,
참 고마운 당신께 드립니다.

드림

간호사는 고마워요

Chicken Soup for the Nurse's Soul:
Stories to Celebrate, Honor and Inspire the Nursing Profession
by Jack Canfield, Mark Victor Hansen,
Nancy Mitchell-Autio, R.N. and LeAnn Thieman, L.P.N.

Copyright © 2012 by Chicken Soup for the Soul Publishing, LLC.
This edition published by arrangement with Backlist, LLC,
a wholly owned subsidiary of Chicken Soup for the Soul Publishing, LLC
Cos Cob, CT 06807-0700, USA
All Rights Reserved

Korean Copyright © 2017 by Wonderbox Publishing Co., Ltd.
through Inter-Ko Literary & IP Agency
in conjunction with Montreal-Contracts/The Right Agency

이 책의 한국어판 저작권은 인터코에이전시를 통한
저작권자(Chicken Soup for the Soul Publishing)와의
독점 계약으로 원더박스에 있습니다.
신저작권법에 의해 한국 내에서 보호를 받는 저작물이므로
무단 전재와 무단 복제를 금합니다.

Chicken Soup for the Nurse's Soul

간호사는 고마워요

꼭 필요한 일을 하는 당신에게

잭 캔필드, 마크 빅터 한센 외

공경희 옮김

원더박스

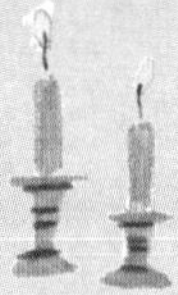

나이팅게일 선서

나는 일생을 의롭게 살며 전문 간호직에 최선을 다할 것을 하느님과 여러분 앞에 선서합니다.

나는 인간의 생명에 해로운 일은 어떤 상황에서나 하지 않겠습니다.

나는 간호의 수준을 높이기 위해 전력을 다하겠으며 간호하면서 알게 된 개인이나 가족의 사정은 비밀로 하겠습니다.

나는 성심으로 보건의료인과 협조하겠으며 나의 간호를 받는 사람들의 안녕을 위하여 헌신하겠습니다.

프롤로그

이것은 우리 이야기입니다

간호사로 살아가며 우리는 참 다양한 환자와 사연을 만납니다. 한 번쯤 '내 간호사 인생을 풀어놓으면 책 한 권은 그냥 나오겠어!' 생각해보기도 하지요.

짠. 정말 우리의 이야기가 한 권의 책으로 만들어졌습니다. 전 세계에서 수많은 간호사들이 원고를 보내왔는데, 무려 3000명이 넘었습니다. 대단하지요! 원고를 고르고 정리하는 데 3년이란 시간이 걸렸습니다만, 그들은 여전히 돌봄이 필요한 이들 곁에 남아 있을 거라 확신합니다. 이제 드디어 한 권의 책을 통해 간호사 저마다의 가슴에 간직한 희로애락, 도전과 용기, 사랑과 기적의 순간을 나눌 수 있게 되어 기쁜 마음입니다.

당신은 왜 간호사가 되었나요? 간호사로 일하며 내내 잊히지 않는 순간은 언제인가요? 이 책은 우리가 왜 이 일을 선택했고 계속 해나갈 수 있는지를 새삼 되새기게 해줍니다. 간호학생들의 이야기는 순수한 열정을 돌아보게 해주고, 신규 간호사들의 이야기는 우리가 하는 이 일에서 처음 의미를 찾은 순간을 일깨워줍니다. 연륜이 묻어나는 고참 간호사들의 이야기에서는 도리어 앞날에 대한 희망을 발견합니다.

이야기마다 책갈피마다 아픈 사람들을 돌보는 이들의 진심이 고스란히 담겨 있습니다. 경력이나 나이, 성별, 분야에 상관없이, 우리가 하는 일이 얼마나 중요한지 우리의 숙련된 손길과 헌신적인 마음이 어떻게 세상에 온기를 더하는지 느낄 수 있을 거예요.

이 책에 담긴 이야기들은 누구나의 삶과 죽음을 축복합니다. 좌절과 희망, 소망과 치유, 눈물과 웃음이 주는 삶의 향기를 음미해보세요. 고단한 하루를 보내고 돌아온 당신의 지친 마음을 달래는 따뜻한 수프 한 그릇이 되어줄 수 있길 바랍니다.

아픈 이들을 위해 헌신하고 스스로의 삶에서 소중한 의미를 찾는 모두에게 감사의 마음을 담아 이 책을 선사합니다. 여러분이 타인에게 기꺼이 내어준 보살핌과 사랑이 이 책으로 되돌아온 것이라 여겨준다면 더 바랄 나위가 없겠습니다. 더불어 이 책이 앞으로도 여러분이 간호사로서 살아가는 데 때때로 필요한 작은 용기와 기운을 불어넣어줄 수 있기를 소망합니다. 세상은 언제나 여러분을 필요로 하니까요.

차례

Part 2 마음의 온도를 지키는 방법

Part 3 부드럽게 단단하게

Part 4 봄날의 오프를 좋아하세요?

Part 5 오늘도 한 뼘 성장합니다

* 저작권자의 동의를 구해 우리나라 간호사 4명의 이야기도 추가로 담았습니다.

Part 1

이토록 멋진 일이라면

싸우는 간호사

간호학과를 졸업하고 신경외과 중환자실에서 근무하던 신규 시절, 나는 정말이지 온 세상을 구하고 싶었다. 항상 가슴속에 뜨거운 열정을 품고 환자들을 돌봤다. 혼수상태에 빠진 환자가 회복하는 것을 지켜보며 뛸 듯이 기뻐했고, 그러지 못하는 환자를 보면서 좌절을 느끼기도 했다.

어느 날 교통사고를 당해 혼수상태에 빠진 젊은 여성을 보살피게 되었다. 나는 죽은 듯이 누워 있는 그녀의 팔다리를 주무르며 운동을 시켰고, 세 살 난 아들의 목소리를 녹음한 테이프를 틀어주었다.

"뭐하는 겁니까?"

신경외과 레지던트가 물었다.

"아이 목소리를 들려줘서 뇌가 최대한 움직이게 하려고요. 저도 조그맣게 말을 걸고 있고요. 또 나중에 깨어났을 때 잘 걸을 수 있도록 관절을 유연하게 하는 운동을 시키고 있어요."

레지던트는 나를 비웃었다.

"이 환자는 다시는 걷지 못해요. 시간 낭비하는 겁니다. 솔직히 말하면 내일은 호흡기를 뗄 예정입니다. 혼자 힘으로 숨 쉴 수 있다면 중환자실에서 신경외과 병동으로 옮겨지겠지만, 아마 거기서 사망할 겁니다."

옳지 않은 처사로 보였다. 사고가 난 지 얼마 지나지도 않았다. 환자에게 의식을 되찾을 기회를 줘야 했다. 환자는 신경세포의 축색돌기에 손상을 입었다. 나의 짧은 경험으로도, 이런 환자는 대부분 잘 회복하지 못했지만 간혹 회복하는 사람도 있었다. 당시에는 CAT(X선 체축 단층 촬영)가 진단을 내릴 수 있는 주요 자료였고, 그 검사만으로는 신경 단위가 얼마나 심하게 손상되었는지 알 수 없음을 나는 알고 있었다.

수간호사에게 달려갔다. 신경외과의 결정에 이의가 있다고, 환자 가족이 중환자실에 조금 더 머물게 해달라고 매달렸다. 무슨 배짱이었을까. 내로라하는 신경외과 전문의의 지시를 거부하겠다고 맞섰으니 말이다. 더구나 당시 나는 햇병아리 간호사였는데 말이다.

우리는 환자가 호흡기를 떼고 스스로 숨 쉴 수 있을 때까지는 중환자실에 머물게 한다는 약속을 받아냈다. 그리고 의사의 예상과 달리 환자는 결국 안정을 되찾았고 일반 병동으로 옮겨졌다.

그러나 일반 병동으로 옮긴 후 환자가 식물인간 상태라는 소식을 들었다. 의사의 지시에 반대했던 일이 후회되기 시작했다. 내가 뭐라고 그 유명한 뇌 전문의에 맞섰을까? 차라리 그때 환자를 신경외과 병동에 옮기도록 놔두는 게 낫지 않았을까? 내가 과연 이 일을 계속할 수 있을까?

도망치고 싶었다. 직업을 바꿔야겠다고 생각하고 법학 대학원 진학을 알아보기 시작했다.

그로부터 몇 달 후, 근무를 하고 있는데 누군가 다가와 물었다.

"혹시 캐슬린 선생님이신가요?"

고개를 드니, 모르는 여자가 눈을 빛내며 서 있었다.

"그런데요."

대답과 함께 그녀가 나를 덥석 끌어안았다.

"저를 위해 최선을 다해주셔서 정말 고맙습니다! 선생님이 제가 죽지 않게 해주셨다는 얘기를 들었어요."

뭐가 뭔지 혼란스러웠다. 그때 그녀의 가족이 활짝 웃으면서 나타났고, 비로소 나는 그녀가 누군지 깨달았다. 중환자실에서는 늘 호흡기를 쓰고 있었기 때문에 미처 알아보지 못했던 것이다. 얼굴엔 혈색이 돌았고, 머리도 보기 좋게 길었고, 무엇보다 자신의 두 발로 걷고 있었다.

아, 정성껏 운동시키길 정말 잘했어! 그녀를 위해 싸워서 정말 다행이었다. 하지만 무엇보다도 내가 한 일이 그녀가 원하는 일이었다는 게 정말 다행스러웠다. 그녀와 가족이 병원을 나서는 것을 보노라니 새 힘과 용기가 솟았다.

얼마 후, 그 환자의 주치의였던 신경외과의가 회진을 돌고 있었다. 그가 차트를 한 번 확인하더니 나를 향해 진지하게 물었다.

"이 환자는 언제쯤 중환자실에서 나갈 것 같아요?"

법학 대학원에 내려던 응시서는 곧 간호 대학원 응시서로 바뀌었다.

어떻게 이 일을 계속하지 않을 수 있을까?

캐슬린 브루어-스미스

똑똑히 보세요, 우리가 뭘 하는지

TV에서 또 백치미 뚝뚝 떨어지는 섹시한 간호사 캐릭터가 등장한다. 이럴 때마다 화가 치민다. 아니, 저 사람들은 평생 병원 한 번 안 와봤나? 간호사라는 직업의 사회적 이미지는 너무 왜곡되어 있고, 그 가치 역시 제대로 평가받지 못하고 있다. 간호사라는 전문직에 대해 제대로 홍보할 필요성이 있다. 그런데 과연 누가? 어쩌면 우리가 직접 나설 수 있지 않을까.

어느 토요일 아침, 내게 그런 기회가 찾아왔다. 간호란 게 무엇인지 몸소 사람들에게 보여준 뜻밖의 사건이 벌어진 것이다. 마침 주말 내내 오프였고, 볕은 따사롭고 하늘은 화창했다. 이 얼마나 바라던 주말 휴무인가! 우리 부부는 기차를 타고 근교로 나들이를 나섰다.

기차가 종착역에 도착하자마자 차장이 승객들에게 얼른 열차에서 내리라고 채근했다. 그는 우리를 출입구로 몰아내다시피 했다. 그런데 웅성거리는 소리가 들려 힐긋 돌아보니 어떤 사람이 좌석에 축 늘어져 있고 몇 명이 둘러서서 어쩔 줄 몰라 하고 있었다.

차장이 무전기에 대고 소리치는데, 내 귀에 '응급' '구급차' 같은 말이 단편적으로 들려왔다. 그에게 다가가서 물었다.

"저는 간호사예요. 제가 도움이 될 수 있을까요?"

"간호사는 필요 없소. 우리가 필요한 건 의사요!"

차장이 쏘아붙였다. 지나는 사람들도 다 들을 만큼 큰 목소리로.

노골적으로 간호사를 무시하는 말이 가슴에 와서 박혔다. 얼굴이 달아오르는 속도보다 더 빨리 부아가 치밀었다. 아드레날린이 치솟은 간호사를 누가 말리랴. 인파를 헤치고 무례한 차장 앞을 지나쳐 다시 열차에 올라탔다.

청년 하나가 의자에 쓰러져 있고, 그 곁에서 몇몇 사람이 멀뚱멀뚱 쳐다보고만 있었다. 한 사람이 말했다.

"발작을 일으켰나 봐요."

청년의 얼굴은 짙은 자주색으로 변해 있었다. 환자 자신이 기도를 막고 있음이 분명했다. 맥박이 뛰어서 마음이 놓였다. 다행히 CPR(심폐소생술) 순서가 기억났다.

"환자를 앉히게 도와주세요."

나는 청년의 셔츠 단추와 타이를 풀면서 구경꾼들에게 말했다. 그를 똑바로 앉히고 난 후 하악견인법(기도 확보를 위한 턱 밀어올리기)을 실시하고 머리를 옆으로 기울였다. 그러자 입에서 점액과 피가 흘러나왔다. 나는 주머니에서 티슈 뭉치를 꺼내 청년의 입과 목에 고인 걸쭉한 점액을 닦아냈다. 어깨를 쾅 치니 청년이 숨을 크게 들이쉬었다. 순식간에 얼굴

이 분홍색으로 변했고 그가 눈을 떴다. 혀를 깨물어서 상처가 났지만 호흡은 제대로 했다.

멀리서 구급차 소리가 들렸다.

"간호사 선생님, 정말 훌륭했어요."

청년 옆에 서 있던 사람이 내게 말했다.

"고마워요."

나는 흐뭇하게 웃으면서 대답했지만, 사실은 다리가 후들거렸다. 남편에게 돌아가는 길에 차장을 노려봤다. 그는 무전기를 쥔 채 놀란 표정으로 서 있었다. 그가 더듬더듬 말했다.

"아… 우리에게 필요한 건 간호사였군요."

나는 의기양양하게 걸음을 옮겼다. 그날 최소한 한 명은 간호사의 능력을 새로이 알았을 것이다. 내가 간호사인 게 무척 자랑스러웠다.

바버라 A. 브래디

제일 먼저 해야 할 일

새벽 3시, 간호사실에서 차트를 정리하던 젊은 간호사는 응급실 직원이 107호에 입원할 환자를 데리고 들어오는 것을 보았다. 그녀는 새 환자를 받기 전에 차트 정리를 마치고 일지를 쓰고 싶었다. 아직 할 일이 많았다. 편도선 수술을 마친 환자를 체크해야 했고, 104호 환자의 얼음주머니도 바꿔줘야 했다. 그래도 미리 107호를 정돈해놔서 다행이었다.

간호사는 어쩔 수 없이 마무리하지 못한 차트에 서명을 해놓고 환자를 맞으러 107호실로 갔다. 응급실에서 온 전화에 따르면, 입원 환자는 그날 오후 가정 폭력이 벌어진 집에서 데리고 온 여섯 살짜리 아이였다. 이름은 조이. 폭행으로 어떤 부상을 입었는지 검사하기 위해 입원한 것이었다. 아이가 휠체어에서 내려 침대에 걸터앉자 다소 마음이 놓였다. 다행히 그리 심하게 다치지는 않은 것 같았다.

간호사는 아이와 눈높이를 맞추고 미소 지었다.

"소아과 병동에 온 것을 환영한다, 조이. 우리가 여기서 아주 잘 돌봐줄게."

아이는 간신히 웃음을 지어 보였다.

"아주 급한 일이 몇 가지 있으니까, 가서 빨리 처리하고 다시 와서 돌봐줄게."

조이는 무릎에 손을 포개고 매트리스 위에 뻣뻣하게 앉아 있었다. 간호사는 다시 미소로 조이를 안심시켰다.

"오래 걸리지 않을 거야."

그 말을 남기고 간호사는 병실에서 나갔고, 응급실 직원도 따라 나섰다. 그는 간호사에게 조이의 주치의가 보낸 검사 지시서 두 장을 건네주었다.

즉시 엑스레이 촬영할 것.

즉시 검사실에 검사 의뢰할 것.

간호사실에 돌아온 간호사는 한 손으로는 엑스레이 촬영실에 전화를 걸면서, 다른 손으로는 약국에 보낼 의뢰서를 작성했다.

수간호사가 들어왔다.

"107호 환자가 왔다던데 만나봤어요?"

젊은 간호사는 깊은 한숨을 지었다.

"네, 봤어요. 그런데 엑스레이 촬영을 의뢰하고 약국에서 약을 받아오고, 중앙관리실에서 물품을 타온 후에나 아이를 돌볼 수 있겠어요. 안 그런가요?"

그녀는 희미하게 웃으며 덧붙였다.

"110호실 환자의 수술 후 상태도 체크해야 하고, 근무 일지도 마무리해야 하고요."

수간호사가 말했다.

"수술 받은 환자 체크는 내가 할게요. 근무 상황은 나중에 구두로 보고 받고. 지금은 우선순위를 정해서 가장 중요한 일 먼저 처리해요."

젊은 간호사는 수화기를 어깨로 받치고 검사실 번호를 누르면서 다른 손으로는 관리 서류에 도장을 쾅쾅 찍었다. 그때 동료가 다른 전화를 돌려줬다.

"입원 수속실인데요. 107호에 들어온 환자의 나이가 서류마다 달라서요. 사회보장국 서류에는 여섯 살로 되어 있는데, 경찰 서류에는 다섯 살로 나와 있네요."

젊은 간호사는 한숨을 내쉬었다.

"나중에 조이를 만나면 물어볼게요."

"입원 수속이 마무리되지 않으면, 의사의 지시대로 검사를 할 수가 없다는데요."

젊은 간호사는 다시 한숨을 내쉬고 인터폰 버튼을 눌러 107호실을 연결했다.

"조이?"

대답이 없었다.

"조이?"

여전히 묵묵부답이었다.

"조이, 거기 있는 거 알아."

간호사가 짐짓 엄격한 체하면서 딱딱한 말투로 덧붙였다.

"조이, 어서 대답해."

그러자 알아듣기 힘든, 가는 목소리가 인터폰 너머로 들려왔다.

"어… 벽이 말하는 거예요? 왜 절 찾으세요?"

목구멍에서 덩어리 같은 게 울컥 올라왔다. 간호사는 얼른 수화기를 내려놓고 107호로 달려갔다. 제일 먼저 해야 할 일. 그것은 바로 겁에 질린 어린 환자, 조이를 보살피는 일이었다.

도나 스트리클랜드
글: 리앤 시먼

내일도 내 간호사가 되어줄래요?

보랏빛으로 물든, 통통 부은 아이의 얼굴을 조용히 바라본다. 엉망이 된 얼굴이 깔끔한 베갯잇과 큰 대조를 이룬다. 눈을 감고 조용히 잠든 아이를 보고 있자니, 이 아이가 소리 내어 웃으며 친구들과 달음박질하는 것은 고사하고, 다시는 미소도 짓지 않을까 봐 두려워진다.

아이의 세계는 산산이 부서졌다. 아이를 사랑하고 보호해야 하는 아버지란 사람이 무지막지하게 폭력을 휘둘렀으니…. 나흘 동안이나 아이는 병원 침대에 조용히 누워서 입을 열지도, 움직이지도 않고 말없이 주위를 두리번거리기만 한다. 아이 엄마는 간이침대에서 자고 있다.

아이가 곤히 자고 있다는 사실을 위안 삼으며 병실을 나오려는데, 아이가 눈을 뜬다. 갈색 눈동자에 두려움과 슬픔이 담겨 있다. 조심스레 방을 둘러보던 아이의 시선이 내게 와 멈춘다. 아이는 아무 말 없이 조용히 바라볼 뿐이다.

나는 아이의 이름을 부르고 내 이름을 말해주면서 어두운 방 바깥은 아름답다고 나직이 이야기해준다. 나흘 후면 나는 이곳을 떠난다. 그래도 아이에게 농담을 하고 수다를 떤다. 눈을 맞추고 웃으면서 계속 말을 건넨다. 물론 아이의 대답은 기대하지 않는다.

이 병실 바깥에도 내가 책임질 일이 쌓여 있음을 안다. 병동은 몹시 분주하고, 나는 다른 어린 환자들과 보호자들을 돌봐야 한다. 나가서 일을 봐야 하지만, 어쩐지 말없이 슬픔에 잠긴 이 소녀에게 마음이 끌린다.

조용히 아이의 눈과 미동도 않는 얼굴을 어루만져준다. 멍들고 부은 얼굴에 위로가 되기를 바라면서. 아이에게 이제 가봐야 한다고, 하지만 곧 다시 보러 오겠다고, 내가 오기 전에 필요한 일이 생기면 언제든 벨을 누르라는 말도 빼놓지 않는다. 마지막으로 아이가 집에서 키우는 새끼 고양이에 대해 농담을 던진 후 의료 도구를 챙긴다.

무슨 소리가 난다. 천천히 아이에게 몸을 돌린다. 무슨 소리였을까? 아이가 낸 소리일까? 내 귀가 좀 이상한 것 같아. 그때 아이가 다시 한 번 들리지 않을 정도로 작은 소리로 킥킥 웃는다. 놀라서 얼굴을 가까이 하니, 아이는 아직 부러지지 않은 이를 내보이며 웃고 있다. 너무 아름다운 미소를 짓고 있다.

"이름이 뭐랬어요?"

아이가 소곤거리듯 묻는다.

나는 조용히 아이 곁에 앉아서 손을 잡는다. 그리고 내 이름을 소곤소곤 말해준다.

"애나, 내일도 내 간호사가 되어줄 거예요?"

나는 미소 지으면서 그러고 싶다고 말한다. 내 대답에 만족한 아이는 베개를 제대로 베고 다시 잠에 빠진다. 아이의 표정이 한결 부드럽고 평화로워 보인다. 부푼 입술에 작은 미소가 감돈다. 아니, 내 상상일까? 조용히 병실 문을 닫고 나오는데, 뺨에 눈물이 흘러내린다.

치유가 시작되었다.

애나 위허피하나

내가 누군가의 삶을 수월하게 해주거나, 고통을 덜어주거나,
상처 입은 새를 보살펴 다시 둥지로 돌려보낸다면,
나는 인생을 헛산 게 아니리라.
– 에밀리 디킨슨

원칙대로만 해요!

곧 크리스마스가 다가오는데 나는 수술을 받은 직후라 꼼짝없이 병원에 갇혀 있었다. 설상가상으로 담당 간호사까지 괴짜를 만났다. 작고 뚱뚱한 그 간호사는 매일 아침 내 병실에 들어와서 소리쳤다.

"이봐요, 아줌마. 일어날 시간이에요! 폐렴에 걸리기 전에 어서 그 침대에서 나와요! 당장 움직여요!"

나는 그 간호사를 좋아하지 않았고 충분히 내색도 했다. 그녀 또한 날 싫어하는 기색이 역력했다. 그러나 그녀는 아랑곳없이 말했다.

"저는 맡은 일을 하는 것뿐이에요. 원칙대로 할 거라고요, 아줌마. 원칙대로!"

하루는 길에 눈이 너무 많이 쌓여 간호사 절반이 출근을 하지 못했다. 하지만 그날도 어김없이 그녀는 출근했다. 장화 신은 간호사. 겨우내 눈이 잔뜩 묻은 흰 장화를 신고 출근해 온종일 병원을 휘젓고 돌아다니기에 내가 붙인 별명이다. 매일 오후 2시 반이면 나는 창밖을 내다봤다. 펄펄 내리는 눈송이 사이로 그녀가 보인다. 스스로에게 물어보았다.

'대체 저 간호사의 어떤 면이 이렇게 신경을 긁는 걸까?'

그녀에게는 병원 밖 생활이 없어 보였다. 무슨 일에나 나서고, 모두에게 못되게 굴고, 늘 조금이라도 더 일하고 싶어 안달이었다. 매일 저녁마다 병원에서 아픈 이들과 함께 있는 것이 무슨 대단한 위업이라도 되는 양 굴었다.

나는 샐쭉해져서 하늘에 대고 물었다.

"올해 크리스마스를 이 퉁명스런 간호사랑 보내야 하나요?"

크리스마스이브가 되었다. 그런데 폭설 때문에 남편은 아이와 함께 집에 발이 묶였다. 몹시 속상했다. 집은 병원에서 자동차로 한 시간이 넘는 거리였고, 눈 쌓인 고속도로를 뚫고 병원까지 올 방법이 없었다. 쓸쓸함을 달래려 침대에 누운 채 이런저런 공상에 잠겼다.

가뜩이나 속상한데 병실로 '장화 신은 간호사'가 들어왔다. 그녀는 의기소침해진 내 기분을 바로 눈치챘다.

"저기요, 아줌마. 너무 침울해 있지 말아요. 무슨 일이 일어날지 두고 보자고요."

나는 얼굴을 찌푸렸다. 그녀가 병실에서 나가고서 오래 지나지 않아 간호사실에서 까랑까랑한 목소리가 들렸다.

"맞아, 원칙대로 하라구. 항상 원칙대로만 하라니까!"

나는 신음 소리를 내면서 베개 속에 머리를 파묻어버렸다.

7시 정각이 되자 복도에서 크리스마스 캐럴이 울려 퍼졌다. 기분이 좋아진 나는 병실 문을 열고 나갔다.

맙소사.

"내가 꿈을 꾸나 봐! 장화 신은 간호사가 내 음료수에 뭘 탔나?"

남편이 환하게 웃으며 대답했다.

"아니, 꿈 아니야. 당신 담당 간호사 덕분에 한 블록 떨어진 호텔에 묵고 있어."

그러니까 장화 신은 간호사가 전날 자기 남편을 시켜 지프차를 몰고 우리 동네로 가게 해서 남편을 데려왔다는 것이다. 남편을 데려다줬을 뿐만 아니라, 내가 퇴원할 때까지 호텔에 묵도록 며칠간의 숙박료까지 지불해줬다고 했다. 나는 멍하니 서서 못된 간호사를 쳐다봤다. 이제 성질 나쁜 간호사가 영웅이 되었다. 그녀가 미소를 짓자 놀라움에 나도 모르게 입이 떡 벌어졌다.

나중에 안 이야기지만, 이 유별난 간호사는 남편이 부자라 평소에도 여기저기 베푸는 게 일이라고 했다. 굳이 직장에 다닐 필요도 없지만, 간호사로 일하며 사는 것을 선택했다.

내 남편은 그녀를 좋아했다.

"엄격한 성격이 꼭 예전 군대에 있을 때 내 훈련 교관을 보는 것 같아. 저런 간호사가 더 많으면 좋을 텐데."

그로부터 많은 시간이 흘렀다. 지금 나는 간호사로 일하고 있다. 오늘은 그녀를 기념해 하얀 장화를 신고 눈 내린 병원 주차장을 걷는다. 얼마 전, 장화 신은 간호사의 안부를 묻고 새삼 감사를 전하고 싶어 그녀가 일하는 병원에 전화했는데, 그녀가 세상을 떠났다고 직원이 알려주었다.

아마 지금도 장화를 신은 그녀는 펜과 차트를 들고 천국의 문 옆에 서 있을 것이다. 문틈으로 들어오려는 영혼들을 붙잡고서 소리치리라.

"원칙대로 해요! 원칙대로!"

J. C. 핀커턴

영혼을 다독이는 손길

응급실 직원이 그를 병동으로 데려왔다. 길고 헝클어진 머리에 수염이 덥수룩했고 언제 씻었는지 모를 고약한 냄새가 풍겼다. 들것에는 더럽고 낡은 가죽재킷이 걸려 있었다. 아마도 오토바이를 타고 다니는 노숙자인 듯했다.

반들거리는 대리석 바닥, 단정하고 깨끗한 유니폼 차림의 의료진, 감염 제어 절차가 잘 지켜지는 이 소독된 세계에 그는 완벽한 이방인이었다. 또는 절대 손대고 싶지 않은 이질적인 부류.

그가 들어오자 병동이 크게 술렁였다. 간호사들은 서로 곁눈질하기 바빴다. 휘둥그레져서 헤매던 눈들이 하나둘 수간호사인 보니에게로 몰렸다.

'으윽, 제발 이 더러운 노숙자를 나한테 맡기지 말아주세요. 도저히 씻길 자신이 없다고요….'

무언의 애원이 담긴 눈빛이었다.

"이 환자는 내가 맡을게."

수간호사가 할 만한 업무는 아니지만, 못 할 것도 없다. 다들 기피하는 일, 불가능해 보이는 일에 앞장서는 것이야말로 팀장의 일이 아니던가.

보니는 고무장갑을 끼고 사내를 목욕시키기 시작했다. 거친 살결을 어루만지자니 가슴이 저려왔다. 이 사람은 가족이 있을까? 어머니는 어디에 계실까? 어린아이였을 때는 어떤 모습이었을까?

보니는 나직이 콧노래를 부르며 부드럽게 손을 움직였다. 환자가 느낄 부끄러움과 당혹감을 조금이라도 덜어주고 싶었다.

"요즘은 병원에서 등까지 씻겨드리지 못해요. 시간 여유가 워낙 없어서요. 하지만 오늘은 등을 닦아드릴게요. 기분이 좋아질 거예요. 근육이 풀려서 치료가 시작되는 데도 도움이 되죠. 병원이야말로 치유를 위해 존재하는 곳이잖아요."

두껍고 거친 피부에서 술과 마약에 찌든 그의 방만한 생활이 고스란히 드러났다. 보니는 그의 굳은 근육을 어루만지며 기도했다. 이미 커버린 어린아이의 영혼을 위해. 험난하고 적대적인 세상에서 꼬여버린 인생이나마 살아보려 발버둥 쳤을 그 사람을 위해서 기도했다. 콧노래를 부르며.

목욕을 마무리한 뒤 보니는 사내의 몸에 바디로션을 발라주고 베이비파우더까지 두드렸다. 톡톡톡. 저 거칠고 커다란 몸통에 베이비파우더라니! 옆에서 지켜보던 나는 무심결에 웃음을 터뜨릴 뻔했다.

그때 사내가 보니를 향해 몸을 돌렸다. 뺨에는 눈물이 흐르고 있었다. 눈물을 매단 그의 눈은 놀라울 정도로 아름다운 갈색 눈동자를 품고 있었다. 그는 어렵사리 미소를 지으며 떨리는 목소리로 말했다.

"아주 오랫동안 아무도 내 몸에 손대지 않았어요. 고마워요…. 저는 벌써 낫고 있어요."

그는 턱까지 덜덜 떨고 있었다. 그 떨림이 우리 모두에게 전해지는 듯했다.

보니는 말 한마디 없이 우리에게 가르쳐주었다. 그와 같은 부류에게 손대는 것이 바로 우리의 일이라는 것을. 따스한 눈 맞춤과 부드러운 손길, 다정한 목소리로. 풀썩 피어올랐다 조용히 가라앉는 파우더 가루처럼 가만한 행동으로. 우리 마음의 편견과 두려움을 툭툭 털어냈다.

나오미 로드

그럼 우리 시합해볼까?

스물두 살의 간호학생이던 나는 소아과 병동으로 실습을 나가게 되었다. 전에 실습 나갔던 심장병동이나 수술실에 비해 소아과 병동은 더 힘이 들까? 사실 나는 항상 어린아이들을 돌보고 함께 노는 것을 즐겼다. 그러니 이번 실습은 누워서 떡 먹기이리라. 가뿐하게 실습을 마치고 졸업에 한 걸음 가까이 다가가는 거다.

병동에서 만난 크리스는 여덟 살 난 사내아이로, 어떤 놀이든 기가 막히게 잘하는 에너지 덩어리였다. 부모님 말을 듣지 않고 공사장에서 사다리를 타고 놀다가 넘어지는 바람에 팔이 부러졌다. 여기까지는 남자아이들에게 흔한 사고였다. 그런데 문제가 생겼다. 부러진 팔에 한 깁스가 너무 꽉 조여진 바람에 팔이 괴사했고, 결국 절단하게 된 것이다.

나는 그 아이가 수술 받은 후에 간호하는 책임을 맡았다. 처음 며칠은 빨리 지나갔다. 나는 크리스의 몸을 세심히 보살폈고, 아이의 부모는 언제나 크리스 곁을 지켰다. 모두 아이의 기운을 북돋워주려 애썼다. 서서히 약물 치료를 줄이면서 아이의 의식도 점점 또렷해지고 기분도 좋아진 것 같았다.

하지만 목욕에 필요한 장비를 들고 병실에 들어섰을 때 크리스는 몹시 주저하는 눈치였다. 그래서 스펀지를 건네고는 직접 해보라고 부추겼다. 크리스는 얼굴과 목을 닦더니 거기서 멈추었다. 나머지 목욕은 내가 맡았다.

다음 날, 다시 크리스에게 목욕의 전 과정을 맡겼다. 아이는 거절했지만, 나는 물러서지 않았다. 크리스는 반쯤 몸을 씻다 말고 나자빠지며 말했다.

"너무 피곤해요."

나는 부드럽게 채근했다.

"이제 곧 퇴원하게 될 거야. 스스로 돌보는 법을 배워야 해."

"못 해요. 손이 하나뿐인데 뭘 어떻게 하란 말이에요?"

아이가 얼굴을 찌푸리며 쏘아붙였다.

"물론 넌 할 수 있어, 크리스. 다행히 오른손은 멀쩡하잖아."

원망에 찬 어린 눈이 나를 노려보았다.

"난 왼손잡이라구요. 왼손이 있었을 때는요. 이제 어떡하라고요?"

당황스러웠다. 갑자기 모든 일이 어려워져버렸다. 신중하지 못했다는 자책과 아이에게 도움을 주지 못한다는 좌절이 밀려들었다. 어떻게 오른손잡이인 것이 당연하다고 생각했을까?

크리스와 나, 두 사람 모두 배울 게 많은 듯했다.

다음 날, 마음을 굳게 먹고 환하게 웃으며 병실로 들어섰다. 나는 고무

줄을 내밀어 보였다.

"자, 우리 시합하지 않을래? 넌 왼손잡이고 난 오른손잡이야. 나는 오른손을 묶고 등 뒤로 돌려서 고무줄을 유니폼 단추에 감을 거야. 내가 너한테 오른손으로 뭔가 하라고 시킬 때마다 먼저 나부터 왼손으로 시범을 보일게. 그리고 너랑 있을 때 외에는 절대 왼손으로 연습하지 않겠다고 약속할게."

여전히 미심쩍은 표정.

"당장 시작하자! 우리 무슨 일부터 해볼까?"

크리스가 툴툴대며 대답했다.

"뭐… 난 방금 일어났다고요. 이 닦아야 해요."

그래도 약간 흥미가 생긴 모양이다.

나는 왼손만으로 어렵사리 치약 뚜껑을 열었다. 치약을 짜내려고 노력했지만 생각만큼 쉽지가 않았다. 안간힘을 쓸수록 우스꽝스러워졌다. 몇 분이나 흘렀을까. 치약을 많이 낭비한 끝에 드디어 칫솔에 치약을 조금 묻히는 데 성공했다.

"나는 누나보다 빨리 할 수 있어요!"

크리스가 자신 있게 말했다. 그러고는 재빨리 치약을 칫솔에 묻히고는 의기양양하게 웃는다. 또래 남자아이들과 다를 바 없는 씩씩한 미소였다.

그로부터 2주일은 눈 깜짝할 새에 지나갔다. 우리는 매일 경쟁에 열올렸다. 셔츠 단추를 채우고 빵에 버터를 바르는 일은 잘 할 수 있게 되었지만, 신발 끈 매는 일은 여전히 어려웠다. 비록 나이 차는 컸지만, 우리는 똑같이 경쟁하며 놀았고 게임하듯 연습했다.

소아과 실습이 끝날 즈음, 크리스도 퇴원할 준비를 마쳤다. 우리 둘 다 전보다 조금 더 자신감을 가지고 세상과 맞설 수 있게 되었다. 크리스와 나는 서로를 꼭 끌어안고 작별의 눈물을 흘렸다. 진한 우정을 느꼈다.

그 후로 30년이 넘게 흘렀다. 간호사 생활을 하면서 좋은 날도 많았지만 힘든 날도 있었다. 도저히 넘을 수 없을 것 같은 장애물에 맞닥뜨릴 때면 나는 크리스를 떠올렸다. 그 아이는 어떻게 자랐을까. 잘 적응해냈겠지?

지금도 나는 왠지 막막하고 주눅 드는 날엔 욕실로 가서 왼손으로 양치를 해본다. 오른손을 등 뒤로 돌려 허리춤에 감추고서.

수전 M. 골드버그

며칠에 못 배우는 것은 몇 년에 걸쳐 배우게 된다.
- 랠프 왈도 에머슨

무뎌지지도 무너지지도 말고

아동 병원에서 2년차 간호사 실습을 하는 동안 나는 지미라는 아이를 사랑하게 되었다. 지미는 보름달이 뜬 밤하늘처럼 보랏빛 눈동자를 가진 아이였다. 동그랗게 말린 금발 머리와 딸기처럼 붉은 뺨…. 아이는 성당 스테인드글라스에 그려진 천사 같았다. 하지만 늘 외롭고 겁에 질린 채 엄마 잃은 강아지처럼 울어댔다. 사실 지미는 고아였다.

지미는 홍역과 폐렴을 앓고 있어서 전염성 병동에 격리 수용되었다. 대부분을 산소 텐트 속에 갇혀 지내다가 깨어 있을 때는 내내 침대에서 나오려고 울었다. 하지만 내가 병실에 들어가면 울음을 뚝 그쳤다. 내가 그 작은 몸을 안아서 흔들고 노래를 불러준다는 것을 알고 있었다.

생후 15개월. 지미는 태어나서 줄곧 고아원에서 살았다. 그곳에서 보살핌을 잘 받았겠지만, 엄마의 사랑을 대신할 수는 없었으리라. 나는 콧노래로 자장가를 부르면서 공상에 잠기곤 했다.

"지미, 내가 간호학교를 마치는 대로 네 엄마가 될 방법을 찾아볼게.

너는 내 특별한 천사가 될 거야."

나는 학교를 졸업하자마자 결혼할 계획을 세웠다. 나와 결혼하는 남자는 이 예쁜 아기를 나만큼이나 사랑해야 하리라.

병실 문이 열리고 감독관이 다그치는 소리가 들렸다.

"화이트 간호사! 할 일을 다 하고 차트 정리를 마쳤나요?"

"거의 다 했습니다. 스티클바이 선생님."

"근무 교대 시간이 다 됐어요. 이제 아기를 내려놔요. 맡고 있는 다른 환자들을 돌아본 다음, 가서 넬슨 간호사를 돕도록 해요. 오늘 넬슨 간호사가 환자 한 명을 추가로 간호하는 것 같으니까."

대답도 하기 전에 문이 닫혔다. 환자 한 명을 추가로 돌보는 사람은 수지 넬슨이 아니었다. 바로 나였다. 수지에게 지미를 돌보는 일이 맡겨졌지만, 내가 그녀에게 부탁해서 지미의 간호를 떠맡았다. 앞으로 사흘간 휴가라 그날은 지미와 조금이라도 더 같이 있고 싶었다.

일부러 시간을 끌면서 지미의 작은 다리를 마사지하고, 노란 담요로 까꿍 놀이를 했다. 아이는 숨을 몰아쉬면서도 키득키득 웃었다. 지미는 여느 날보다 활발한 반응을 보였다. 잡는 손아귀 힘도 더 강해졌다. 상태가 좋아지고 있다는 증거였다.

다시 병실 창문을 두드리는 소리가 요란했다. 스티클바이 간호사였다. 나는 재빨리 지미가 좋아하는 곰 인형을 옆에 놔주고 등을 문지르며 인사했다. 아이의 눈이 스르르 감겼다. 잘 있으라고 나직이 속삭인 뒤 산소 텐트를 내리고 병실을 나섰다.

간호사실로 돌아가서 지미의 차트를 기록하는 내내 스티클바이 간호사의 따가운 눈총이 느껴졌다. 저 여자로 말할 것 같으면 우리 실습생들의 선생님이자 감독관이다. 그녀에게 밉보이면 곤란했다. 그녀는 우리가 맡은 일을 잘 하고 있는지 일일이 점검했다.

병원은 직원과 실습생이 담당하고 있는 어린 환자들을 안아주고 놀아주고 책을 읽어주라는 방침을 세우고 있었지만, 나는 한 번도 스티클바이 간호사가 아기를 어르거나 책 읽어주는 모습을 본 적이 없었다. 근무교대 시간이 될 즈음이면 항상 실습생들의 분홍 유니폼은 구겨지고 축축했다. 하지만 스티클바이 간호사의 유니폼은 근무를 시작할 때와 똑같이 빳빳하고 말끔했다. 망을 씌운 내 머리칼은 삐죽삐죽 밖으로 나왔지만, 그녀의 머리 매무새는 언제나 단정했다. 그녀는 분명 능력이 대단한 간호사였다. 그런데 그녀의 마음은 어떨까?

나는 교대를 하면서 지미의 병실 쪽에 대고 손을 흔들었다. 휴가 때 가기로 한 트래킹 생각에 마음이 들떴다. 하지만 한편으로는 회복 중인 지미 곁에 있고 싶은 마음도 간절했다.

휴가를 보내며, '내 아기'에게 줄 장난감 몇 개를 샀다. 지미는 아동병원협회에서 준 일회용 장난감만 갖고 있었다. 퇴원해서 고아원으로 돌아가면 지미가 갖고 놀던 장난감은 전염 방지를 위해 다 소각될 터였다.

드디어 휴가가 끝났다. 지미를 빨리 보고 싶은 마음에 황급히 병원으로 향했다. 병동으로 가는 길에 지미의 병실 창을 들여다보았다. 그런데 병상이 말끔하게 정돈되어 있었다.

"지미를 어디로 옮겼어요?"

야간 당직 간호사에게 물었다

"아, 그 아이는 토요일 밤에 죽었어요. 몰랐나요?"

그녀는 너무나도 태연하게 대답했다.

얼굴이 하얗게 질렸다. 나는 장난감 봉투를 움켜잡고 의자에 주저앉았다.

"유감이에요, 조이. 지미는 특별한 아이였어요."

그녀가 길게 한숨을 쉬면서 덧붙였다.

"토요일 밤은 끔찍했어요."

어떤 말도 위로가 되지 않았다. 나는 비틀거리면서 간호사 휴게실로 갔고 그곳에서 하염없이 울었다.

"화이트 간호사!"

스티클바이 간호사의 굳은 목소리가 들렸다.

"업무 인계 시간이에요. 눈물을 닦고 업무를 시작해요. 어서."

갑자기 지미를 향한 감정이 이 냉정한 여자한테 펄펄 끓는 기름처럼 쏟아졌다.

"어떻게 그렇게 냉정할 수 있어요? 그렇게 아름다웠던 한 아이의 삶이 끝난 것만으로도 비통한데, 죽을 때 곁을 지켜줄 엄마도 없었어요. 그런데 선생님은 어떤가요? 지미나 다른 어린 생명들에게 관심이나 있어요? 아뇨! 그저 '화이트 간호사, 업무를 시작해요. 아무 일도 없었던 듯이 굴어요.'라는 말뿐이죠. 아뇨, 아무 일도 없었던 게 아니에요! 마음이 너무 아파요. 그 아이를 정말 사랑했다고요…."

눈물이 뚝뚝 떨어졌다.

"화이트 간호사…. 조이. 우리 일을 하다 보면 지미 같은 환자를 너무도 많이 만나게 될 거예요. 마음을 굳게 다잡지 않으면 매번 마음이 무너지죠. 우리는 젤리처럼 탄력적인 마음을 가져야 해요. 언제나 적응할 방법을 모색해야만 하죠. 내가 확실히 알고 있는 것은, 우리가 모든 아이를 똑같이 돌봐야 한다는 거예요. 한 아이만 편애하면 좋은 간호사가 될 여지가 제한될 수 있어요."

잠긴 목소리로 침착하게 말했지만 그녀의 눈가도 젖어 있었다.

"지미가 세상을 떠날 때 혼자가 아니었다는 사실이 위안이 될지 모르겠네요. 내 품에 안겨 있을 때 죽음이 와서 그 아이를 데려갔으니까요."

우리는 잠깐 나란히 앉았다. 경험 많은 선생님과 신출내기 학생이 똑같이 울고 있었다. 얼마 후 우리는 미소 띤 얼굴로 휴게실을 나섰다. 어린 환자 모두에게 사랑과 애정을 나눠주기 위해 다시 씩씩하게 병동으로 향했다.

조이스 뮬러

세상은 고통으로 가득하지만
한편 그것을 이겨내는 일로도 가득 차 있다.
– 헬렌 켈러

환자의 가족에게 줄 수 있는 것

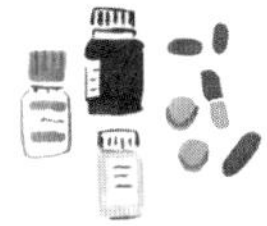

간호사로 일하면서 가장 힘든 일은 오히려 강의실에서 배우지 못한다. 나는 전문 간호에 관한 최첨단 지식으로 무장하고 자신 있게 항공 간호에 뛰어들었다. 환자 이송 헬기에서는 문자 그대로 별별 일이 다 생긴다. 그중에서도 생사기로에 선 환자의 가족을 대하는 일은 결코 능숙해지거나 쉬워지지 않는다.

첫 아이를 임신했을 때, 소아과 의사인 동료가 출산하고 나면 환자를 보는 눈이 극적으로 변할 거라고 말했었다. 전에도 환자와 가족에게 연민을 느꼈지만, 첫 출산 후 과연 그녀의 말대로 되었고, 여전히 그 말을 마음에 간직하고 있다.

작은 병원 응급실에서 아기를 헬기로 이송해달라고 호출했다. 생후 5개월인 아기는 막 호흡이 멈춘 상태였고, 아기의 엄마는 자기가 아기를 이렇게 만들었을까 봐 제정신이 아니었다. 그녀는 우리가 "아기는 무사할 겁니다."라고 말해주길 간절히 바랐다. 하지만 검사 결과와 당시 상황을 고려할 때 그렇게 장담할 수 없었다.

그 시절 이송 헬기는 너무 좁아서 보호자를 한 명도 태울 수가 없었다. 아기가 워낙 위중하고 전문 치료가 시급해 '응급 우선 수송(응급조치 없이 병원으로 즉시 옮기는 방식)'을 해야 할 상황이었다. 우리는 대기 중인 소아 전문 병원으로 전속력으로 날아갔다. 이송하는 내내 아기는 내 품에 안겨 있었다.

하지만 결국 아기는 세상을 떠났다. 상태가 너무 나빠 소생 시도조차 소용없었다. 그제야 비로소 아이 엄마 생각이 났다. 급히 서두르느라 헬기를 출발하기 전 엄마가 아기를 만나게 해주는 걸 잊어버렸던 것이다. 그 엄마가 다시는 자신의 아기를 안아보지 못하리란 사실을 깨닫자, 설명하기 어려운 감정이 가슴을 때렸다. 그리고 그 감각은 이후로 내 안에 무겁게 자리 잡았다.

시간이 흐르고, 내게 예쁘고 건강한 네 아이가 생기면서, 환자 가족까지 챙길 기회가 늘었다. 정말로 환자를 보는 눈이 극적으로 변했다. 차트, 약, 장비, 기술 모두 중요하지만, 정말 중요한 것은 사람의 손길임을 배웠다. 우리가 이송하는 환자들 대부분은 극도로 위중한 상황에 처해 있기 때문에 의학 기술이 효과를 거둘 가능성은 많지 않다. 그런데도 환자 가족은 나를 비롯한 항공 이송 요원들이 마지막 기적을 일으켜주기를 기대한다.

환자의 가족 역시 보살핌과 치유가 필요하다. 그들을 도와야 할 상황에 처할 때마다, 다행히도 진심에서 우러나오는 연민이 내 가슴을 채운다. 이제 나는 환자와 그 가족이 서로 끌어안을 수 있게 해준다. 거기서 치유 과정이 시작된다.

딸이 사고로 세상을 떠나고 며칠 후 망연자실한 아버지가 찾아왔다. 헬기 뒷좌석에 둔 딸의 핸드백을 가지러 온 참이었다. 그는 딸이 마지막에 무슨 말을 했는지, 많이 고통스러웠는지 알고 싶어 했다. 자신이 이 비극을 막을 수 있었는데 그러지 못한 건 아닌지 물으며 자책했다. 나는 뛰어난 의료진이 가능한 시도를 다 했노라고 위로했다. 그는 눈물을 뚝뚝 흘렸다. 우리는 서로 작은 위로를 나누고 헤어졌다.

한번은, 집 수영장에 빠진 세 살 아이를 데리러 갔다. 열댓 명이나 되는 가족이 한목소리로 외쳤다.

"다행이야, 이분들이 우리 아기를 구하러 오셨어!"

아이는 몸과 뇌에 너무 오래 산소 공급이 안 된 상태였다. 여섯 살 누나가 동생의 곰 인형을 가지고 나왔다. 동생은 늘 인형을 찾는다며. 입맞춤과 격려의 포옹, 안전한 운항을 기원하는 인사가 오간 후, 우리는 병원으로 날아갔다. 잊지 않고 곰 인형도 태우고서. 고맙게도 아이는 가족이 병원에 도착할 때까지 살아 있었다. 가망이 없음을 알자 아빠는 아들이 아직 살아서 따뜻할 때 마지막으로 안아보게 해달라고 간청했다. 우리는 몸에 붙은 의료 장치들을 떼어내고 아이를 담요로 감싼 뒤 그에게 건넸다. 아빠는 아기를 포근하게 안고 소중한 마지막 시간을 보냈다.

고속도로에서 발생한 교통사고 현장에서도 나는 희생자가 사망할 것 같자, 규정을 어기고 가족이 노란색 '접근 금지' 테이프를 넘게 했다. 가족을 떠나보내기 전에 서로 온기를 나누고 작별 인사를 할 수 있도록 말이다. 다시는 서로 살아서 보지 못할 테니까. 병원 규칙을 어긴 일이 그

것만은 아니다. 헬기로 옮겨지는 어머니 옆에서 어린 자녀들이 울고 입맞추고 어루만지고 곁에 누울 수 있게 둔 적도 있다.

환자들에게 쓸 수 있는 약이 있어 참 감사하다. 의학 기술이 빠르게 발전하는 시대에 살아 참 감사하다. 하지만 영혼과 영혼이 잇닿고, 말없이도 소통할 수 있는 순간이 가장 감사하게 다가온다. 내가 환자 가족들을 위해 해줄 수 있는 것은 사랑하는 이와 마지막 기억을 나눌 수 있도록 마음을 쓰는 일밖에 없으므로.

제니 K. 포드

나이팅게일의 마음

오래전에 남편은 요양원에서 보조 직원으로 일했다. 환자들이 요양원을 떠나는 경우는 병원으로 실려 가거나 세상을 떠나거나, 둘 중 하나였다. 면회 오는 사람도 거의 없었다. 남편은 늘 따뜻한 말과 미소로 아프고 쓸쓸한 환자들의 마음을 조금이나마 위로하려 애썼다.

부활절이 다가오고 있었다. 남편은 환자들에게 명절 기분을 느끼게 해주고 싶었지만 뾰족한 수가 없어 속상해하고 있었다. 남편이 요양원에 취직하기 전 한동안 실직 상태였기 때문에 우리 가족도 경제적으로 어려웠다.

"좋은 선물을 살 금전적 여유는 없지만, 환자들이 부활절을 더 즐겁게 보낼 수 있도록 뭔가 할 수 있는 일이 없을까?"

고민하는 남편 옆에서 하릴없이 집안을 둘러보던 중 햇볕 잘 드는 창가에 놓인 화분이 눈에 들어왔다.

"환자 모두에게 화분을 만들어서 선물하면 어때?"

우리는 스티로폼 컵을 사서 바닥에 돌을 채우고 흙을 담은 다음 우리 화분의 식물들을 조금씩 나눠 심었다. 작은 화분 서른 개를 만든 후에도 우리 집 창가는 여전히 푸르렀다.

교회에서 부활절 예배를 보고 나서 어린 아들을 데리고 요양원으로 향했다. 간호사가 카트를 마련해준 덕에 거기에 화분을 담고 방마다 배달을 시작했다. 환자 하나하나 이름을 불러주고 인사를 건넸다.

부활절 복장을 한 아들이 '할아버지' '할머니'라고 부르며 화분을 건네자 모두 활짝 웃으며 반겼고, 우리는 몇 분씩 정답게 이야기를 나눴다. 평소 부활절을 챙기지 않는 이들도 있었겠지만 우리의 이벤트는 종교를 초월했다고 느껴졌다. 아들은 노인들이 머리를 쓰다듬고 뺨에 입 맞춰 주는 것을 좋아했다. 우리 가족에게는 최고의 부활절이었다.

며칠 후, 간호사들이 파업을 단행했다. 일용직 간호사들이 임시로 고용되었고, 덩달아 남편을 비롯해 다른 보조 직원들은 근무 시간이 연장되는 바람에 업무가 끝날 무렵에는 모두 파김치가 됐다.

"피터슨 씨가 돌아가실 것 같아요."

그날 남편은 임시 간호사가 수간호사에게 보고하는 내용을 들었다. 피터슨 씨는 가망이 없어 보였고, 최대한 편안하게 쉬도록 해주는 것 외에는 의료진이 할 수 있는 일이 없었다. 간호사는 그에게 약을 준 후 간호사실로 돌아왔다. 평소 같았으면 죽어가는 환자 곁을 지켰을 터였다. 하지만 이 날은 인간적인 서비스를 제공해줄 여력이 없었다.

남편이 수간호사에게 말했다.

"제가 피터슨 씨 곁을 지키겠습니다."

"근무 시간이 끝났잖아요. 아시겠지만, 시간외 근무 수당을 지급할 수가 없어요."

"그래도 곁에 있을게요. 괜찮습니다."

한참 후에야 남편에게 그날 일을 들을 수 있었다.

남편은 피터슨 씨 곁에 앉았다. 우리가 선물한 작은 화분이 머리맡 테이블에 놓여 있었다. 피터슨 씨는 남편을 알아보았다.

"난 죽을 거네."

그가 낮은 목소리로 말했다.

남편은 눈물을 삼켰다.

"제가 곁을 지켜드릴게요."

노인이 물었다.

"함께 기도해주겠나?"

피터슨 씨가 어떤 종교를 믿는지 알 수 없었지만, 남편은 노인의 앙상한 손을 잡고 하느님의 은총을 구했다. 몇 시간 동안 곁에 앉아서 이야기하고 기도했다. 피터슨 씨가 미소 띤 얼굴로 저세상으로 갈 때까지.

"그날 나는 신의 마음을 느꼈어. 피터슨 씨는 그 분과 함께 있을 거야."

남편은 비록 '정식' 간호사는 아니지만, 그날 그의 마음만은 완전한 간호사였다. 나이팅게일도 분명 그렇게 인정해줄 것이다.

비어트리스 셰프텔

유용한 일을 하는 것,
용기를 북돋는 말을 해주는 것,
아름다운 것을 생각하는 것.
한 사람의 인생이 그 정도면 족하다.
- T. S. 엘리엇

나만의 임무를 찾아서

10대 후반 무렵, 젊은 신부님에게서 기도 카드를 받은 적이 있다. 거기에는 '내겐 임무가 있네'라는 제목의 글이 적혀 있었다. 19세기의 사제였던 존 헨리 뉴먼 대주교가 쓴 것이었다.

하느님은 분명한 임무를 맡기려 나를 창조하셨네.
그분은 내게 일을 주셨네. 다른 이에게는 주지 않은 일을.
내겐 임무가 있네. (…)
나는 사슬의 한 고리라네. 사람들을 서로 이어주는 연결고리.
신은 이유 없이 나를 만들지 않으셨지.
나는 잘 해내리라. 하느님의 일을 하리라.

이 글귀는 내 깊은 곳에 울림을 남겼다. 나는 이 카드를 보물처럼 오랫동안 지니고 다녔다. 신부님은 인도에서 빈자를 돌보는 테레사 수녀에 대해서도 들려주었다. 나도 인생에서 의미 있는 일을 하고 싶었다.

결혼을 하고 몇 년이 지난 후에야 지역 전문대학에서 야간 수업을 듣기 시작했다. 먼저 심리학 강의를 들었고, 이어서 베트남 전쟁을 주요하게 다룬 사회학 강의를 들었다. 정말 열심히 공부한 끝에 대부분 과목에서 좋은 점수를 얻었다. 특히 열정을 쏟은 사회학은 A를 받았는데, 이 수업을 통해서 좋은 성적 이상의 뭔가를 얻었다.

나는 움직이기 시작했다. 반전 시위는 물론이고 나아가 전쟁에 반대하는 대통령 후보를 위한 선거운동에도 적극적으로 뛰어들었다. 온갖 자료를 읽고 책을 파고들면서 미국이 베트남 전쟁에 끼어드는 이유를 납득해보려 애썼지만, 알면 알수록 도저히 이해할 수 없었다.

당시 나는 두 아이의 엄마였고 셋째가 배 속에 있었다. 그래도 계속 수업을 들었다. 학구열과 모성애 모두 내 인생의 중요한 두 기둥으로 자리잡아가고 있었다. 자신감이 생긴 나는 생물학 집중 코스를 신청했다. 수업을 듣는 동안 간호사가 되면 어떨까 하는 생각이 싹텄고, 무사히 코스를 이수했을 때는 결심이 섰다. 곧이어 화학 과목을 들었다. 시험을 무려 2등으로 통과했다. 그렇게 나는 앞으로 나아갔고, 결국 간호학 학위를 땄다.

베트남 전쟁은 길어졌고, 전쟁에 반대하는 나의 싸움도 여전히 진행 중이었다. 하지만 때때로 무력감이 밀려왔다. 싸우는 일 외에도 또 다른 작은 헌신을 할 수 있지 않을까? 나는 남편에게 베트남 아이를 입양하면 어떨지 물었다.

우리는 세 명의 아이를 입양 신청했지만, 수속 과정은 순탄치 않았다.

몇 개월을 초조하게 기다리다가 직접 베트남에 가서 절차를 밟기로 했다. 베트남에 도착하자마자 나는 이 힘찬 나라와 사람들에게 매혹되었다. 그리고 바로 다음 날, 호주의 사회복지사가 베트남에 세운 '토암(따뜻한 둥지)'이라는 영아 시설에서 일을 도와달라는 요청을 받았다. 그날 저녁, 나는 토암에서 자원봉사자로 일하는 미국인 간호사 일레인의 따뜻한 환대와 함께 바로 일을 시작했다.

일레인은 지친 기색이 역력했다. 시설에는 아기가 넘쳐났다. 건물 내부에 수용할 공간이 없어서 현관 앞 노천에서도 아기들을 재워야 하는 형편이었다. 중환자실로 쓰는 거실에는 아픈 아기가 무척 많았다. 대부분 벽에 박은 못에 수액을 걸어 링거 주사를 맞았다.

내가 배운 과정으로는 이런 일을 감당할 수 없었기 때문에 나는 앞에 놓인 엄청난 임무에 놀랄 뿐이었다. 안절부절못하면서, 이렇게 많은 아기를 돌볼 수 있을지 자신이 없다고 일레인에게 털어놓았다. 그녀는 웃으면서 금세 배울 거라고 위로했다. 우리는 이야기를 나누면서 아기들의 기저귀를 갈아주고 우유를 먹였다. 마침내 지쳐서 침대로 기어 들어간 나는 속수무책으로 잠에 빠져들었다. 한밤의 오케스트라가 들려왔다. 아기 울음소리, 거리에서 울려 퍼지는 총성, 멀리서 터지는 폭발음….

새벽이 되기 전에 일어나니, 일레인은 벌써 일을 하고 있었다. 그녀는 작은 사내 아기를 손짓하면서, 밤새 돌봤다고 말했다. 그 아기는 새로운 가족에게 갈 예정이었는데 그러지 못할 것 같다고 했다. 내가 보기에도 상태가 안 좋았다. 일레인과 함께 아기가 눈을 감을 때까지 보살펴주었다. 아기가 죽는 것을 처음 본 나는 너무 울어서 일을 계속하지 못할 것 같았다. 북받치는 감정을 감당할 수 없었다. 하지만 일레인은 밤을 꼬박 새워 너무 피곤했다.

나는 일레인에게 쉬라고, 자는 동안 내가 일을 보겠다고 말했다. 그녀가 자리를 비운 사이 내가 책임을 맡아야 했다. 혼자 방에 남게 되자 짊어진 일의 무게에 은근히 겁이 났다. 갑자기 아기로 꽉 찬 집이 내 책임이 된 것이다. 의사도, 다른 간호사도 없이 대부분 영어를 하지 못하는 베트남인 직원들뿐이었다. 의지할 만한 사람은 없어 보였다. 모든 것을 알아서 결정해야 했다.

보모가 아기를 품에 안고 내게 다가왔다. 그녀가 아기 이마를 손짓했다. 아기의 달아오른 얼굴을 보고 이마를 만져보니 불덩이처럼 뜨거웠다. 허둥지둥 찬물을 적신 스펀지로 아기 몸을 닦았다. 다행히 점차 열이 내려가고 아기가 곤히 잠들었다. 그제야 보모는 아기를 침대에 눕혔다.

보모들을 따라 아기들을 둘러보면서 이 여성들이 자신들의 책임을 잘 해내고 있음을 알았다. 비록 대화를 나누지는 못했지만 아기에게 필요한 사항은 의사소통할 수 있었다. 어떤 보모가 다가와 아기의 팔에 꽂은 링거 수액이 새고 있다고 손짓했다. 주사 바늘을 찌른 부위가 벌겋게 부어 있었다. 필요한 일이 뭔지 알지만, 의사가 없었기 때문에 나 혼자서 해야 했다. 주사 바늘을 빼서 다시 혈관에 찌르는데 손이 떨렸다. 생전 처음 꽂는 링거였다. 수액이 잘 들어가자 마음이 놓였다. 염려스러워 몇 분에 한 번씩 수액이 잘 떨어지는지 살폈는데, 희한하게도 계속 잘 들어갔다.

시간이 가면서 일이 손에 익기 시작했고 할 일이 뭔지 파악할 수 있었다. 한 아이의 처치가 끝나면 다른 아이를 돌봐야 했다. 어느덧 아기들 얼굴도 구분할 수 있게 되었다. 계속 아기들을 돌아보고 있으니 시간 감각이 사라지는 듯했다.

마침내 고개를 드니 일레인이 미소 짓고 서 있었다. 그녀는 한결 기운을 차린 것 같았다.

"타고났네요."

그녀가 말했다.

"제게는 임무가 있잖아요."

마침내 내가 해야만 하는 일을 찾은 셈이었다.

나는 미국에 돌아가 아이들과 남편을 데리고 다시 베트남으로 돌아와 새로운 터전을 일궜다. 그리고 '국제소망선교(International Mission of Hope)'라는 비영리기구를 출범시켰다. 간호사로서 곤궁에 처한 아이들을 돕는 일생의 임무 또한 시작된 것이다.

셰리 클라크

나 홀로 병원에

“왜 간호사가 되고 싶나요, 퍼트리샤?”

간호학과 교수 두 명과 학과장이 테이블 너머에 앉아서 물었다. 가뜩이나 딱딱한 의자에 앉아 있던 나는 긴장으로 몸이 굳었다.

“지원자가 2000명이 넘어요. 그 가운데 60명을 선별해야 하죠. 왜 우리가 퍼트리샤를 뽑아야 하는지 한번 말해봐요.”

학과장은 잔뜩 쌓인 지원서들을 흘긋 곁눈질하고는 다시 나를 빤히 바라봤다.

잠시 머뭇거렸다. 이 의자에 앉았던 다른 지원자들은 어떤 대답을 했을까? 무슨 말을 해야 시험관들의 귀가 솔깃해질까? 그들이 내게서 듣고 싶어 하는 말을 떠올려보려고 안간힘을 썼다. 하지만 차마 입이 떨어지지 않았다. 내가 간호사가 되고 싶어 하는 이유는 너무 단순해서 어처구니없이 들릴 것 같았다.

사실 내가 간호학교에 지원하는 것 자체가 우스운 일이었다. 어릴 적

나는 병원을 무서워했다. 의사와 간호사도 내겐 공포의 대상이었다. 정기 검진을 하러 갈 때조차 얼마나 겁을 먹었던지! 최대한 피하고 싶어 했던 곳에서 일하기 위해 공부하겠다고 나서다니…. 언뜻 이해하기 어려운 선택이었지만, 어린 시절의 특별한 경험이 나를 여기까지 이끌었다.

여섯 살 때였다. 의사는 내가 병원에 입원해 몇 가지 검사를 받아야 한다고 했다. 다음 일요일 오후, 부모님은 나를 차에 태우고 어린이 병원으로 갔다. 날씨는 스산했고, 병원 건물은 너무 거대했다. 나는 엄마의 옷소매에 얼굴을 묻었다. 들어가지 않으려 버텼지만, 소용없었다.

우리는 엘리베이터에서 내려 긴 복도를 따라 걸었다. 칸칸이 나뉜 큰 방으로 들어가자 머리가 하얗게 센 할머니 간호사가 우리를 작은 방으로 데려가서 가방은 어디에 놓을지, 잠옷과 가운은 어디에 걸지, 그리고 필요하면 버튼을 누르라는 것도 일러주었다.

아빠는 먼저 아래층으로 내려가고, 엄마는 곁에 남아 내 마음을 편안하게 해주려고 애썼다. 간호사가 저녁 식사를 가져왔지만 먹을 수가 없었다. 모든 것이 낯설었다. 엄마는 나를 달래면서 밥을 먹게 했다. “다른 아이들은 아파서 여기 왔지만 너는 검사만 받으러 왔으니 얼마나 다행인지 몰라. 곧 집에 가게 될 거야.”라면서.

문득 왜 엄마는 옷가방을 가져오지 않았는지 궁금했다. 엄마도 잠옷이 필요할 텐데? 간호사가 식사 쟁반을 가져간 후에야 그 이유를 알았다. 부모님은 나와 함께 잘 수 없었던 것이다. 두 분은 집에 가고 나만 병원에 남는다고 했다. 혼자서 자본 적이 한 번도 없었던 나는, 엄마가 떠날 채비를 하자 울음을 터뜨렸다.

"엄마, 가지 마. 날 두고 가지 마!"

나는 온몸으로 매달렸다. 엄마는 나를 떼어 놓으며 내일 오겠다고, 간호사 선생님들 말을 잘 듣고 착하게 있으라고 말하며 떠났다. 엄마의 멀어지는 발자국 소리를 들으면서 침대에 잔뜩 웅크리고 누웠다. 행복했던 기억과 좋아하는 노래, 집에 있는 동물 인형의 얼굴을 떠올리려고 애썼다. 그때 할머니 간호사가 들어와 "잘 시간이다." 하며 환자복으로 갈아입히는 바람에 겨우 떠올린 좋은 것들이 흩어져버렸다. 누워서 몸을 웅크리자 눈물이 줄줄 흘렀다.

불이 꺼지고, 나는 어둠 속에 홀로 깨어 있었다. 시간이 얼마나 흘렀을까. 누군가 방에 들어오는 소리가 들렸다.

"아직 안 자는구나?"

조용하면서도 상냥한 목소리.

"잠이 안 와요."

나는 훌쩍거리면서 말했다.

"잠깐 일어나서 나랑 얘기할까?"

나는 일어나 앉았다. 어슴푸레한 어둠 속에 처음 보는 간호사의 얼굴이 있었다.

"집에 가고 싶어요."

다시 울음이 터졌다. 간호사는 손을 뻗어 나를 안아주었다.

"토할 것 같아요."

정말로 뱃속이 울렁거리기 시작했다. 그 간호사는 대야를 내 앞에 대주고 젖은 수건으로 얼굴을 닦아주었다. 그리고 나를 안고 진정시켰다.

나는 축 늘어져서 그녀의 어깨에 얼굴을 묻었다.

아주 긴 시간이 지난 것 같았다. 그녀가 내 머리를 쓰다듬으며 말했다.

"이제 일하러 가야 해서 같이 있어줄 수가 없구나."

다시 눈물이 차올랐다. 그녀는 내 얼굴을 가만히 바라보더니 이렇게 덧붙였다.

"하지만 네가 나를 따라가서 함께 있을 수 있지. 어디 보자…."

그녀가 복도에서 나무로 만든 수레를 가지고 들어왔다. 수레에는 매트리스와 베개가 놓여 있었다. 간호사들이 어린 환자를 산책시킬 때 쓰는 수레였다.

"자, 여기 타면 되겠다."

그녀가 수레에 나를 옮겨서 눕힐 때 명찰이 눈에 들어왔다. 화이트 간호사.

화이트 간호사는 수레를 밀고 간호사실로 가서 책상 곁에 놓았다. 나는 그녀가 책상에 앉아 뭔가 적는 것을 보았다. 그녀는 가끔씩 날 바라보면서 미소 지었다.

나는 곧 잠들었다. 새벽 일찍 그녀가 나를 병실에 데려다 눕혀주었다. 깊은 잠에 빠져들어 잘 자라고 인사하는 소리도 가물가물했다.

아침이 되자 엄마가 왔고, 이틀째 밤은 견디기가 더 수월했다. 하지만 첫날밤의 공포와 외롭고 겁에 질린 아이를 달래준 화이트 간호사의 친절은 결코 잊히지 않는다.

왜 간호사가 되고 싶냐고? 나는 허리를 곧게 펴고 턱을 똑바로 들고 말했다.

"병원에 환자로 있는 것은 무서운 일입니다. 누구나 마찬가지일 거예요. 어떤 사람은 그런 감정을 잘 숨기지만, 모든 환자는 다 겁을 먹습니다. 저는 여섯 살 때 병원에 혼자 입원한 적이 있는데 많이 무서웠습니다. 그때 한 간호사 선생님이 아주 따뜻하게 대해주셨어요. 입원한 내내 참을 수 있었던 것은 그 분 덕분이었습니다."

면접실 안이 조용했다. 나는 말을 이었다.

"저는 항상 그녀를 기억하고 있습니다. 그리고 그녀처럼 친절한 간호사가 되고 싶습니다. 겁먹은 아이에게 용기를 주고, 외로운 노인 환자의 손을 잡아주고, 초조해하는 환자의 불안감을 달래주는 간호사가 되고 싶습니다."

나는 다행히 합격했고, 환자를 돌보기 위한 기술과 지식을 익혔다. 졸업식 날 단상으로 나가 학위증을 받으면서 화이트 간호사를 생각했다. 그녀는 자신이 내게 어떤 영향을 미쳤는지 모르겠지만, 나는 그녀 덕분에 간호의 가장 중요한 본질을 배웠다. 환자에게 연민을 갖고, 환자의 어려움을 공감하고 위로해주는 일이 무엇보다 중요하다는 것을. 그녀가 내게 내민 따뜻한 손길을 이제 내가 환자들에게 내밀고 있다. 그들과 나, 우리가 사는 세상을 변화시키고 있다.

퍼트리샤 캘러과이어

오늘도 만나러 갑니다

어느 무더운 여름날 아침의 출근길. 열대야로 잠을 설친 탓인지 머리는 돌덩이라도 얹은 듯 무겁고 등에서는 연신 땀이 흘러내린다. 몸도 걸음도 축축 늘어진다.

'이런 날 방문은 무리야….'

나는 어려운 처지에 놓인 이들을 직접 찾아가 의료 서비스를 제공하는 '방문 간호사'이다. 병원에 오는 환자들을 맞이하는 대신, 돌봄이 필요한 대상자를 직접 찾아 나선다. 폭염과 폭설은 우리의 적.

'그래, 오늘은 쉬엄쉬엄 하자.'

그러나 책상에 앉자마자 머릿속이 바쁘게 움직이더니, 어느새 내 손엔 새로 받은 차상위 대상자 명단이 들려 있다. 순간 피식 웃음이 나온다. 늘 실적에 목마른 월급쟁이의 본능이 발동해버린 건가. 그래, 나가자. 이 더위에 하루라도 빨리 도움을 받아야 할 사람들이 있을 테니.

명단을 훑어 내리다 한 노부부에서 눈길이 멈췄다. 지적장애 1급에 청

각장애 3급인 할아버지와 신체장애 4급 할머니, 전세 1500만 원, 의료 차상위 등급. 상황이 퍽 좋지 않은데 왜 수급자가 아닌 차상위일까? 고개를 갸우뚱하며 전화를 건다. 신호가 한참 울린 후에야 수화기 너머로 아주 작고 지친 목소리가 들려왔다.

"여보세요…."

"안녕하세요, 어르신! 저는 구리시 방문건강관리센터 간호사입니다."

수화기 저편은 묵묵부답.

"어르신! 어르신! 제 말 듣고 계세요?"

재차 묻자 모기 같은 목소리가 겨우 흘러나온다.

"예…."

"오늘 제가 어르신 댁에 찾아가 뵈려고 하는데요. 오전 10시에 가도 될까요?"

"그래요…."

그러고는 바로 전화가 끊겼다.

가방을 점검하고 보건소를 나섰다. 새로운 대상자들과의 만남을 앞두면 설레는 한편으로 두렵기도 하다. 우리는 병원에서 일하는 간호사들과 달리 늘 같은 환경 속에서 환자와 마주하는 대신, 대상자가 실제로 살아가는 제각각의 공간 속으로 뛰어든다. 그래서 어쩔 수 없이 생활에 관계된 돌봄으로까지 일의 영역이 확장되기도 하고, 생각지 못한 그들의 삶의 무게가 밀어닥치기도 한다.

어라? 지도에서는 분명 확인되었는데, 막상 가보니 집을 찾을 수가 없다. 다른 번지수는 다 있는데 그 호수만 유독 눈에 띄질 않는다. 근처를 헤매다 평소 안면이 있는 통장님 도움을 받고서야 겨우 찾을 수 있었다. 동사무소나 복지관 직원들도 쉽게 찾지 못하는 집이란다.

더운 날 길을 헤매느라 다리는 힘이 풀리고 온몸이 땀으로 범벅이 된 상황. 처음 나설 때의 설렘은 이미 사라졌다. 더군다나 반지하로 내려가다 계단 모서리에 이마를 쿵 찧었다. 벌겋게 부풀어 오른 이마를 문지르며 현관문을 두드렸다.

인기척이 없다. 크게 불러보았다.

"할머님, 보건소 간호사입니다!"

안에서 질질 끌리는 소리가 나고, 한참 후에야 문이 열렸다. 문 안쪽은 어둠의 소굴이었다. 체구가 무척 작은 할머니가 현관 바닥에 주저앉아 있었다. 할머니를 부축해 방으로 들어섰지만, 방안도 어두컴컴했다. 작은 쪽창으로 빛이 조금 새어들어 방 한구석에 놓인 뭔가의 윤곽이 어렴풋이 드러났다. 어둠에 눈이 조금 익숙해진 후에야 그것이 사람의 형체임을 알 수 있었다.

방에 불을 켜니 벌레들이 재빨리 몸을 숨겼다. 작은 소반에는 밥을 물에 말아 먹은 듯 대접과 숟가락 두 개가 놓여 있었다. 반찬이라곤 간장, 젓갈, 깍두기가 전부. 순간 조금 전 느꼈던 짜증이 쑥 들어갔다.

간단히 소개를 하고 자리에 앉아 집안을 둘러보았다. 낡고 해진 매트리스, 문짝이 떨어져 나간 장롱 하나, 텔레비전 한 대가 살림의 전부였다. 언제 도배했는지 모를 정도로 빛바랜 벽지가 방안 분위기를 더욱 음침하게 만들었다. 애써 밝은 표정을 지으며 여쭸다.

"어르신, 왜 이리 어둡게 하고 계세요?"

"돈벌이도 못하는 산송장들인데, 아까운 전기 축내면 안 되지."

할머니가 조용히 대답했다.

주섬주섬 면접 조사지를 꺼내놓고 질환과 투약 여부 등을 체크하던 도중, 힘에 부쳤는지 할머니가 누워야겠다며 몸을 기울였다. 그러자 여태 말 한마디 없이 석상처럼 앉아 있던 할아버지가 재빠르게 베개를 찾아 할머니의 머리 아래에 받쳐주신다.

나머지 면접 조사는 다음에 하기로 했다. 할머니는 투석 받은 날이면 혈압이 떨어져 맥을 못 추신다고. 38킬로그램밖에 나가지 않는 분이 주 3회나 투석을 받는다니, 얼마나 힘들까 싶어 마음이 짠했다. 가냘픈 팔뚝엔 구불구불한 인공 혈관이 이식되어 있었다.

혈압을 재는 도중에도 많이 힘드신 듯 할머니가 '휴우' 하고 한숨을 내쉬자, 할아버지는 머리맡에 신문지로 덮어두었던 물그릇을 말없이 할머니 쪽으로 내민다. 그 모습이 어쩐지 무척 감동적으로 다가왔다. 비록 입 밖으로 내뱉는 화려한 말은 아니지만, 몸짓 하나만으로 서로의 마음을 읽고 조용히 챙기는 노부부. 그 마음을 나는 '그림자 사랑'이라고 부르고 싶다.

이어서 할아버지의 건강도 체크했다. 다행히 활력 징후 상태는 정상이었으나, 일제강점기 때 순사에게 구타당해 한쪽 청력을 잃고 지적장애를 갖게 되었다고 한다. 복지관을 통해 노인 돌봄 서비스를 주 2회 받고 있지만, 누가 챙겨주지 않는 날에는 대부분 끼니도 거르는 듯했다.

돌아오는 길에 유달리 마음이 무거웠다. 두 분을 어떻게 도와드릴 수 있을까. 머릿속이 다시 바쁘게 움직인다. 우선순위에 따라 식사 관리가

급해 보여서 동사무소 사회복지사에게 전화를 걸어 무료 도시락 연계를 의뢰했다. 또 허약노인 집중관리군으로 분류해 연계 인력의 도움을 청했다. 주저앉은 채 엉덩이를 끌며 방과 부엌을 오가는 할머니의 건강 개선을 위해 운동지도사의 방문도 시급해 보였다. 투석 환자의 영양 관리를 위한 교육도 필요하다. 머릿속에 서비스 계획에 대한 그림 지도가 착착 펼쳐졌다.

'아무래도 벽지가 마음에 걸려. 시청 주민생활지원과에 새로운 도배 장판 시공도 신청해봐야지.'

1주일 뒤 전화를 드렸다. 수화기 너머로 한결 밝은 목소리가 들려온다. 복지관에서 도시락이 배달된 것이다. 연신 고맙다고 인사를 하셔서 송구스러울 정도였다. 전화 한 통으로 새삼 방문 간호사로서 자긍심이 마구 샘솟는다. 나야말로 너무나 고맙고 행복했다.

얼마 후 찾아갔더니, 두 분이 서툰 동작으로 운동 시연을 보여주신다.

"운동 선상님이 이렇게 하라고 했어."

사뭇 어설퍼 보였지만 힘껏 박수를 보내드렸다.

생활비는 막노동을 하는 둘째아들이 그날 일당에서 조금씩 떼어주는 것과 노령연금, 장애연금이 전부였다. 공과금을 내고 나면 빠듯한 생활. 그나마 의료차상위로 병원비는 면제 받고 있었지만, 나랏돈이라도 아까워 진료를 거의 받지 않는다고 하신다.

"공짜라고 마구 쓰면 안 되지."

할머니의 지론이었다.

노력한 자에게 길이 열리나니. 드디어 시청에서 도배 장판을 교체해주겠다고 연락이 왔다. 다음날 오후에 방문을 드렸다. 연한 분홍빛이 도는 벽지를 새로 바르고, 낡은 형광등을 바꾸고, 거무튀튀한 쪽창까지 하얗게 페인트로 칠하고 났더니 한결 산뜻하다. 할머니는 무척 기뻐하며 내 두 손을 꼭 잡으신다.

"고맙구려! 간호사 양반. 이 은혜를 어찌 갚을꼬?"

눈시울을 붉히는 두 분을 뒤로 하고 보건소로 향하는 발걸음은 새털처럼 가벼웠다. 허약노인 집중관리가 종료될 즈음 우리의 관계는 더욱 가까워졌다.

"나 요즘 다리 운동 선상님이 알려준 대로 매일 하고 있어. 다리가 굵어졌지?"

할머니가 비쩍 마른 종아리를 보여주신다.

"네, 어르신! 엄청 튼튼해지셨어요. 운동 계속하셔서 지팡이 짚고 할아버지랑 가고 싶은 곳 맘대로 다니셔야죠."

그러자 할머니가 활짝 웃으신다.

방문을 끝내고 내가 일어서면 할머니는 엉덩이를 끄는 대신 힘들어도 당신 다리로 애써 일어나 배웅해주신다. 어느덧 행태 변화가 온 것이다. 물론 할머니가 자리에서 일어서는 데만도 꽤 많은 시간이 걸린다. 항상 시간에 쫓기지만 그래도 나는 늘 할머니의 배웅이 마무리될 때까지 기다려드린다. 그것이 할머니가 나에게 주시는 감사의 표현임을 알기 때문이다.

두 분은 자꾸 내게 인사하지만, 오히려 내가 두 분께 감사드리고 싶다. 내 작은 노력이 의미 있는 변화를 가져왔다면, 그것은 간호사를 전적으로 신뢰하고 따라준 두 분의 믿음과 사랑 덕분이리라.

어르신, 저를 믿어주셔서 정말 감사합니다.

박미경

경기도 구리시 보건소에서 방문 간호사로 일하고 있습니다.

우리는 위대한 일을 할 수는 없습니다.
다만 위대한 사랑으로 작은 일을 할 수 있을 뿐입니다.
- 마더 테레사

Part 2

마음의 온도를 지키는 방법

사랑한다고 전해주세요

23년 동안 여러 분야에서 간호사로 일했지만, 지금부터 '토미'라고 부를 이 아이를 돌본 일은 늘 마음을 떠나지 않는다.

당시 나는 폭행당하고 방치된 아동을 위한 임시 보호소에 근무했다. 갓난아기부터 17세까지 아이들의 쉼터였다. 그날 나는 로비에 앉아서 경찰관이 알려주는 대략의 정보를 들었다. 토미는 경찰관 등 뒤에 숨어서, 가끔 자기 이름이 나올 때만 고개를 내밀었다. 한 손은 경찰관의 손가락을 잡고, 다른 손에는 해진 곰 인형을 들고 있었다.

공중에 비눗방울을 불면서 곁눈질해보니, 아이가 나를 바라보고 있었다. 아이는 천천히 경찰관 등 뒤에서 걸어 나와 비눗방울이 하늘에서 쏟아져 카펫에 떨어지는 것을 지켜보았다. 두 발자국쯤 움직였지만, 여전히 경찰관의 손가락을 붙잡고 있었다. 곁에 서 있는 어른 중 아무도 자기가 움직인 것을 눈치 채지 못한 것 같자 조금 놀란 기색이었다.

토미가 드디어 경찰관의 손을 놓았다. 양손으로 곰 인형을 가슴에 꼭 안고 가만히 걸음을 내디뎌 세 발자국쯤 떨어진 곳에 무릎을 꿇었다. 공중에 떠다니는 비눗방울을 보느라 고개를 이리저리 돌렸다.

나로서는 처음으로 아이의 상태를 체크할 기회였다. 아이가 나를 신뢰하는 것은 비눗방울에 마음을 빼앗긴 동안만이라는 것을 알았다.

토미의 발그레한 뺨에는 먼지와 눈물이 말라붙어 있었다. 뺨의 붉은 기운은 손자국임을 알 수 있었다. 손가락 자국까지 선명했다. 부어서 거의 감긴 왼쪽 눈은 벌겋게 멍이 들었다. 긴 속눈썹과 갈색 눈동자가 반짝거리는 오른쪽 눈은 비눗방울을 좇아다니느라 바빴다. 갈라진 아랫입술에도 상처가 나 있고, 목덜미의 피부도 벗겨져 있었다. 비눗방울이 바닥에 떨어지기 전에 잡으려 손을 뻗을 때, 오른손바닥에 난 작고 동그란 흉터가 눈에 들어왔다. 담뱃불로 지진 자국이었다.

나는 조용히 앉아 토미와 비눗방울 놀이를 하면서, 아이가 겪은 일에 대한 감정을 드러내지 않으려 애썼다. 아이에게 이런 짓을 한 사람을 향한 분노도 삭여야 했다. 나머지 상처는 목욕을 위해 옷을 벗겼을 때나 확인할 수 있을 것이다. 하지만 토미는 아직 그럴 준비가 안 돼 보였다.

아이가 수줍은 듯 속삭이는 목소리로 방울을 불어봐도 되느냐고 물었다. 자기가 만들어낸 비눗방울이 공중을 둥둥 떠다니자, 토미는 즐거운 웃음을 터뜨렸다. 그 순간만은 모든 것을, 모든 사람을 잊었다.

경찰관이 다가와서 토미 곁에 한쪽 무릎을 꿇고 앉아 이제 가봐야겠다고 말했다. 그가 토미의 셔츠에 장난감 배지를 달아주면서 말했다.

"토미는 오늘 용감하게 행동했으니 명예 경찰관으로 임명해줄게."

토미의 몸이 뻿뻿해지며 다시 말이 없어졌다. 경찰관과 악수할 때는 눈에 눈물이 고여 반짝였다.

토미는 비눗방울은 잊고 경찰관의 목을 끌어안고서는 말했다.

"아빠한테 사랑한다고 전해주세요."

레베카 스코우론스키

나는 이 아이들을 사랑한다.
그리고 이제 막 신이 보낸 그들이 우리를 사랑하는 것은
결코 사소한 일이 아니다.
- 찰스 디킨스

행복은 포근한 강아지

간호학과를 졸업하고 첫 직장에서 수습 기간을 밟던 중에 올드먼 부인을 만났다 여든 살쯤 되는 이 매력적인 할머니는 이전까지 아프거나 입원도 해본 적 없는 분이었다.

어느 날 그녀가 눈물을 흘리며 멍하니 바깥을 응시하고 있는 것을 보았다.

“어디 아프세요?” 하고 묻자, 그녀는 흠칫 놀라며 고개를 들더니 머리를 저었다.

“아니에요, 그냥 바보 같은 기분이 들어서…. 페피 때문에… 외로워서 그래요. 개 때문에 이러다니 아무래도 망령이 들었나 봐. 하지만 페피는 항상 내 주변만 맴돌았거든. 난 페피가 사람이 아니라는 걸 잊고 있었어요. 녀석에게 말을 걸면, 어쩐지 다 알아듣는 눈치였죠.”

부인은 눈물을 훔치고는 힘없는 미소를 지어 보였다.

“내가 우스꽝스럽다고 생각하지요?”

"아니에요."

"잠깐이라도 페피를 보고 껴안을 수 있다면 무슨 일이든 하겠어요."

부인이 간청하는 눈빛을 던졌다. 하지만 내가 난감한 표정을 짓자, 담담하게 말했다.

"괜찮아요, 불가능한 일인 줄 알아요."

"개 알레르기가 있는 사람도 있거든요."

개와 고양이를 비롯한 애완동물이 환자 면회 시간에 침대 밑을 뛰어다니는 광경을 떠올리며, 방법이 없음을 설명하려고 애썼다.

"그럴 테죠."

올드먼 부인은 슬프게 고개를 끄덕인 뒤 페피에 대한 이야기를 들려주었다.

이웃에 사는 프룬드 부인이 페피를 돌보고 있는데, 그 부인은 페피가 주인이 입원한 걸 안다고 확신한다는 것이다. "영리하지 않아요?" 하더니 그녀는 서글픈 목소리로 "그래요, 페피는 날 보고 싶어 해요. 나도 페피가 그립고요."라고 중얼거렸다.

시간이 흐를수록 부인은 점점 기운을 잃었다. 나는 그녀가 기운을 차리게 하려고 최선을 다했지만 소용이 없었다. 병동의 다른 환자들도 나의 노력과 올드먼 부인의 침묵을 눈치 챘다. 그들은 부인에게 간식거리를 나눠주고 카드놀이를 권했다. 부인은 진심 어린 감사 인사를 했지만, 예의 바르게 모든 걸 사양했다.

여러 환자들이 입원하고 퇴원하는 동안 올드먼 부인은 장기 입원자로 남았다. 그러는 사이 나와도 가까워졌다. 나는 그녀가 살아갈 이유와 의지를 찾지 못하고 죽을까 봐 두려웠다. 사람이 살려는 의지를 잃으면 죽을 수도 있다는 말을 자주 들어왔기 때문이다. 그때 문득 페피가 떠올랐다. 나는 카메라를 들고 프룬드 부인을 찾아가 페피의 사진을 찍었다. 사진을 보면 올드먼 부인의 기분이 조금은 나아지지 않을까 기대했다.

페피는 내가 사진을 찍는 동안 멍하니 앉아 있었다. 작고 검은 개였다. 어릴 때는 분명 생기 넘쳤을 테지만, 지금은 머리를 앞발에 올려놓은 채 허공만 바라보는 늙은 개.

프룬드 부인이 말했다.

"딱해 죽겠어요. 개가 어찌나 외로워하는지…. 이러다 죽을 것 같아요. 음식을 입에도 안 대고 저렇게 창밖만 내다보면서 앉아 있지 뭐예요."

부인은 애원하는 눈길로 나를 보며 덧붙였다.

"페피가 올드먼 부인에게 가볼 수 있으면 둘 다에게 도움이 될 텐데요."

나는 고개를 저었다. 프룬드 부인은 집요했다.

"병원 마당에 데려가는 건 괜찮지 않을까요? 올드먼 부인이 창문으로 페피를 볼 수 있지 않을까요?"

에라, 모르겠다.

"그래요! 한번 해보죠. 내일 오후 3시에서 4시 사이에 오세요. 그 시간은 수간호사 회의 시간이라서 제가 병동을 맡거든요."

프룬드 부인에게는 페피를 쇼핑백에 넣어서 병원 정문을 통과하라고 일러주었다. 그녀는 자기 일처럼 기뻐했다.

"개가 시베리안 허스키나 세인트 버나드처럼 큰 종류가 아니어서 정말 다행이죠?"

다음 날, 수간호사인 그린 간호사가 얼른 회의에 가지 않아서 어찌나 마음을 졸였는지 모른다. 면회객들이 병동으로 들어왔다. 올드먼 부인을 제외한 모든 환자가 손님을 맞이했다.

"혼자 조용히 계시도록 병상 주변에 커튼을 쳐드릴까요?"

내가 물었다. 다른 면회객들이 올드먼 부인을 애처롭게 쳐다봤다.

"그래요."

부인은 힘없이 중얼거렸다.

커튼을 닫았다. 프룬드 부인이 정문을 지키는 경비원 두 명의 눈을 속일 수 있을까? 계획이 실패로 끝날까 봐 걱정스러워서 올드먼 부인에게는 말도 꺼내지 못했다.

멀리서 프룬드 부인의 모습이 보이자 가슴이 방망이질 치기 시작했다. 프룬드 부인은 의뭉스럽게 걸어와 꽃밭을 한 바퀴 돌더니, 장난기 어린 표정으로 좌우를 살폈다. 내가 병원 뜰로 난 창문을 가리고 서 있어서 올드먼 부인은 밖에서 무슨 일이 있는지 눈치 채지 못했다. 프룬드 부인이 가볍게 창을 두드렸다. 드디어 쇼핑백이 우리 앞에 당도한 것이다.

그 순간을 평생 잊지 못하리라. 올드먼 부인이 벌떡 일어났다. 얼굴이 새빨개지고 눈이 반짝반짝 빛났다. 그리고 그 목소리라니!

"페피! 페피구나!"

"쉬—잇!"

나는 황급히 입술에 손가락을 가져다 댔다.

창밖에서는 페피가 낑낑대며 펄쩍펄쩍 뛰고 있었다. 잠시 정신이 나갔던 것 같다. 무슨 짓을 하는지도 모른 채, 내 손이 창문을 열고 있었다. 나는 창밖으로 팔을 뻗어 쇼핑백에 든 작은 개를 꺼내서 올드먼 부인의 품에 안겨주었다.

프룬드 부인은 페피가 들어 있던 빈 봉투를 들고 창가에 선 채, 기적이라도 본 것처럼 아니 기적을 만든 사람처럼 환한 미소를 짓고 있었다.

잠시 후 밖에서 그린 간호사의 목소리가 들렸다. 가슴이 쿵 하고 내려앉는 것 같았다.

"빨리요. 이제 페피를 보내야 해요."

나는 서둘러 프룬드 부인이 들고 있는 쇼핑백 안에 개를 넣었다. 병실로 다가오는 그린 간호사의 발자국 소리가 천둥소리만큼 크게 울렸다.

"무슨 소리 못 들었어요? 병동에 개가 있나요?"

나는 재빨리 올드먼 부인의 소변기를 들고 커튼 밖으로 나왔다. 일이 바빠 정신이 하나도 없다는 듯이, 간호사 특유의 잰 발걸음으로 그린 수간호사 앞을 지나치며 말했다.

"네? 무슨 소리요? 회의가 빨리 끝나셨네요."

"분명 개 짖는 소리가 들린 것 같은데…."

그녀가 의심 가득한 눈초리로 나를 바라봤다.

나는 짐짓 무덤덤하게 대답했다.

"뜰에 떠돌이 개가 들어왔나 보죠."

그린 간호사는 아무 말도 하지 않고 나를 따라 비품 처리실로 들어왔다. 나는 우뚝 멈춰 섰다. 소변기에 아무것도 없었던 것이다. 어찌해야 좋을지 암담했다. 빈 소변기를 들고 나온 걸 들키면 오늘 내가 한 짓도

들통날 텐데….

비품실에 침묵이 흘렀고 내 머릿속은 뒤엉켰다. 간호부장에게 내가 규칙을 위반한 사실이 보고될까? 아직 수습 기간인데 잘리는 거 아닐까? 입과 목이 바싹바싹 말랐다.

그때 그린 간호사가 말했다. 내 쪽은 쳐다보지도 않은 채.

"병원의 규칙은 다 이유가 있어서 만들어진 거예요. 물론 예외도 있지요. 나는 규칙 위반과 비밀에는 반대하지만, 때론 그 편이 더 나은 방법일 때가 있긴 하죠."

나는 가만히 고개를 주억거렸다. 때마침 환자의 호출 신호가 들어와서 얼른 비품실을 나서려는데, 귓등을 때리는 한마디.

"소변기 가져가야죠. 올드먼 부인에게 필요할 것 같은데."

그녀가 문을 열어주었고, 나는 병실로 달려갔다. 어리둥절했다.

올드먼 부인은 신이 나서 페피의 문병에 관해 이야기하고 있었다. 나는 다른 환자들에게 페피가 다녀간 일을 비밀로 해달라고 부탁했다. 병원에 들키면 내가 직장을 잃을 거라고 말이다. 모두가 약속을 지켜주었고, 그 일 덕분에 목격자들과 올드먼 부인은 특별한 친구가 되었다. 부인은 친구들과 마음을 나누며 점점 회복하기 시작했다. 앞날에 대한 기대를 품고 자신감도 생겼다. 어찌나 열심히 운동을 하는지, 삼사십 대 환자들이 무색할 정도였다.

머지않아 올드먼 부인은 퇴원했고, 페피는 팔짝팔짝 춤을 추며 주인을 맞이했다.

그린 수간호사는 페피의 문병에 대해 한마디도 언급하지 않았다. 그리고 내가 종종 환자를 위해 규칙을 위반할 때면 그때마다 묘하게도 자리에 없었다.

리니 R. 그롤

우리 병원의 하숙생 아기

사랑스러운 우리의 아기 빌리는 다운증후군을 가지고 태어났다. 빌리의 엄마는 미혼모였고, 아이는 입양 보낼 계획이었다. 하지만 아기가 '문제'를 갖고 태어났다는 말을 듣고는 얼굴도 보려 하지 않았고, 결국 아기를 버려둔 채 몰래 병원을 나가버렸다.

법을 따르자면, 아동보호국에 연락해야 했다. 아기가 당장 갈 곳이 없을 경우에는 시립병원으로 보내지고 그곳에서 입양을 기다리게 된다. 이 사실을 들은 산부인과와 신생아실 간호사들은 간호부장에게 우르르 몰려갔다.

"갈 곳이 정해질 때까지 우리가 빌리를 데리고 있으면 안 될까요?"

간호부장은 대답했다.

"알다시피 그 아이는 여기 있을 수 없어요. 법에 어긋나는 일이니까요. 우리에겐 임시로라도 아기를 데리고 있을 자격이 없어요. 안 됩니다. 내 힘으로는 어쩔 수 없는 일이에요."

"하지만 빌리는 입양이 쉽지 않다는 걸 아시잖아요. 문제가 없는 아이도 입양이 어려운데 빌리는 더군다나 힘들 거예요. 제발, 아동보호국에 연락하지 말아주세요. 먼저 병원 관리부장님과 이야기해주시면 안 될까요? 아니, 먼저 그분을 불러서 아기를 보여주는 게 더 좋겠어요. 저희가 빌리를 돌보고 모든 비용을 감당하겠다고 말씀드려주세요. 산부인과에서 빌리를 데리고 있게만 해주세요."

이즈음, 병원의 모든 직원이 빌리의 상황을 알았고 그 아이에게 사랑을 느끼고 있었다. 다행히 정이 많은 관리부장이 간호사들의 애원에 공감했고 우리의 '범행'을 눈감아주기로 했다.

이제 빌리를 어디에 두고 키우느냐가 문제였다. 감염 위험이 있어 신생아실에는 둘 수 없었고, 그렇다고 소아과 병동에서 키울 수도 없었다. 아픈 아이들이 빌리에게 병을 옮길 우려가 있기 때문이었다. 결국 산부인과 병동에서 키우기로 결정했다.

신생아를 분리 수용하는 방 세 곳 중 하나가 빌리의 집이 되었다. 빌리는 복도 쪽으로 난 창으로 밖을 내다볼 수 있었고, 방문객과 간호사들도 안을 들여다볼 수 있었다. 처음에는 아기 침대 하나만 덩그러니 있었지만, 직원들이 아기 옷과 의자, 장난감, 유모차 등 필요한 물품을 하나씩 사다 날랐다. 직원 모두가 빌리의 가족을 자처했다. 각자 휴식 시간과 점심시간, 비번인 날을 할애해 빌리를 돌봤고, 순서를 정해서 아이를 산책시키기도 했다.

산부인과와 신생아실 간호사 모두가 빌리에게 엄마 노릇을 해주었지만, 그중에서도 올리비아가 가장 많은 일을 했다. 그녀는 능력이 뛰어난 간호사였지만, 뻣뻣한 군인 스타일이었다. 실제로도 군대에서 간호장교로 근무한 적이 있다고 했다.

그때까지 누구도 올리비아에게서 모성 본능 비슷한 것도 발견하지 못했다. 심지어 동료들은 그녀가 웃는 모습도 본 적이 없었다. 그랬기에 그녀가 빌리를 안고 함박웃음을 지으며 어르는 광경이 펼쳐지자 모두 깜짝 놀랐다. 빌리는 대체 어떻게 그녀의 마음을 녹였을까? 올리비아는 지극 정성으로 아이를 보살폈다. 빌리를 진심으로 사랑했고 입양까지 생각했다.

그러나 때는 1960년대, 까마득한 옛날이다. 불행히도 그 시절엔 미혼 여성이 아이를 입양하는 것이 사회적으로 용인되지 않았다. 불가능하다는 걸 알고 있던 올리비아는 입양을 시도조차 하지 못했다. 하지만 마찬가지로 빌리를 유독 사랑한 신생아실 담당 간호사가 있었고, 다행히 기혼이었던 그녀가 입양 신청을 냈다.

빌리는 넘치는 사랑 속에서 우리 모두의 '하숙생 아기'로 무럭무럭 자랐다. 병원 직원 모두 천사의 탈을 쓴 공범이었다. 빌리를 키우는 것은 우리만 아는 비밀이었다. 병원 복도 밖에서는 아무도 빌리의 이름을 입에 올리지 않았다.

그러던 어느 날, 보건 당국에서 불시 감사를 나왔다. 산부인과 병동에도 감사관들이 도착했다는 날벼락 같은 소식이 전해졌다. 관리부장은 감사팀을 산부인과에서 가장 멀리 떨어진 병동으로 먼저 안내했다. 빌리를 숨길 시간을 최대한 벌기 위해서였다.

일단 빌리를 산부인과 병동에서 빼돌려 병원 맞은편에 사는 간호사의 아파트에 숨겼고, 빌리가 있던 방을 재빨리 치웠다. 가구를 전부 지하실로 옮기고, 창에는 흰 종이를 붙이고 문을 잠갔다.

마침내 감사관이 산부인과 병동에 도착했다. 빌리의 방을 둘러보는 감사관 옆에서 수간호사 선생님이 천연덕스럽게 설명했다.

"아, 이 방은 신생아를 분리 수용하는 곳인데, 지금은 리모델링 중이에요."

병원은 무사히 감사를 통과했고, 감사팀이 떠나자 빌리의 방은 다시 원래대로 꾸며졌다. 물론 빌리도 제 방으로 돌아왔다.

빌리가 생후 15개월로 접어들었을 때 비로소 입양 신청이 승인되었다. 빌리에게 사랑 많은 가족이 생긴다는 사실에 다들 기뻐했다. 올리비아는 특별히 빌리의 대모가 되어 매우 행복해했다.

병원 직원들은 빌리의 생일이나 명절이면 선물을 보내고 때론 파티를 열어주기도 했다. 빌리의 엄마와 대모가 된 두 간호사는 빌리가 커가는 모습을 사진으로 또 이야기로 모두와 공유했다. 물론 빌리의 '첫 번째 집'이었던 병원에 자주 데려오는 것도 잊지 않고 말이다.

재프라 레스카키스

크리스마스 선물

12월 25일, 응급실은 유난히 조용했다. 당직 간호사들이 모여 크리스마스에도 근무해야 하느냐며 투덜댈 뿐, 사방이 고요했다. 나는 그날 응급실 접수 담당이었다. 대기실에 가봤더니 진료 순서를 기다리는 환자가 하나도 없어서 간호사실로 갔다. 누군가 크리스마스 선물로 가져다 놓은 따뜻한 과일차가 있길래 한 잔 따라서 마시던 중이었다. 그때 다른 직원이 와서 환자 다섯 명이 기다리고 있다고 알려주었다.

"다섯 명이요? 방금 대기실에 갔을 때는 한 명도 없었는데."

"다섯 명이 한꺼번에 들어왔거든요."

곧장 대기실로 가서 맨 먼저 진료 받을 사람을 불렀다. 그러자 다섯 명이 한꺼번에 다가왔다. 안색이 창백하고 몸집이 왜소한 부인과 너덜너덜하게 해진 옷을 입은 어린아이 네 명이었다.

"모두 아픈가요?"

나는 의심스러운 듯이 물었다.

"네…."

아이들 엄마가 힘없이 대답하고는 얼른 고개를 숙였다.

"알았어요. 그럼 누가 먼저 진료를 받으실래요?"

그들을 나란히 앉히고 기본적인 질문을 묻고 기록했다. 그런데 정확히 어디가 어떻게 아픈지 묻는 대목에 이르자 분위기가 애매해졌다. 두 아이는 머리가 아프다고 했지만, 일반적인 두통 환자와 달리 표정이 해맑았다. 나머지 두 아이는 귀가 아프다고 했으나, 한 아이만이 어느 쪽 귀가 아픈지 말할 수 있었다. 아이들 어머니는 헛기침을 하는 눈치였다.

뭔가 이상한 구석이 있었지만, 환자를 돌려보내지 않는 것이 우리 병원의 방침이었다. 찾아온 환자는 돌봐야 한다. 나는 아이들 어머니에게 몇몇 응급 환자가 있어 의사에게 진찰을 받으려면 좀 더 기다려야 한다고 설명했다.

그러자 그녀는 오히려 기뻐하는 기색이었다.

"천천히 오셔도 괜찮아요. 여긴 따뜻한걸요."

그러고는 아이들을 데리고 대기실로 돌아갔다.

본능적으로 (간호사의 판단력이랄까) 그 가족의 접수 차트를 살펴보았다. 주소가 없었다. 노숙자 가족이었던 것이다. 대기실은 따뜻했고, 그들은 크리스마스트리 앞에 옹기종기 모여 있었다. 동생들은 TV를 가리키며 신이 나서 재잘대고, 맏아이는 크리스마스트리 장식에 자기 얼굴을 비춰 보고 있었다.

나는 간호사실로 돌아가서, 대기실에 노숙자 가족이 들어왔다고 알렸다. 어머니와 네 살에서 열 살 사이의 아이 네 명이 왔다고. 크리스마스에도 병원에서 일해야 한다며 불평하던 간호사들은 따뜻한 크리스마스를 보내기 위해 병원으로 찾아온 가족에게 연민을 느꼈다.

우리 간호사 팀은 응급 상황이 발생했을 때처럼 재빠르게 움직였다. '크리스마스 조치'를 시작한 것이다. 우리는 병원 식당에서 크리스마스 근무자에게 무료로 제공하는 음식으로 식탁을 차렸다.

선물이 빠질 수 없지. 누군가 크리스마스 선물로 놓고 간 오렌지와 사과를 바구니에 담았다. 또 엑스레이 촬영실에서 얻어온 스티커, 의사들이 간호사실에 선물한 사탕, 최근 색칠 대회에서 사용한 크레용, 매년 연수할 때 간호사들에게 지급되는 곰 모양 단추, 간호사들이 청진기에 다는 작은 곰 인형을 선물 주머니에 넣었다. 그리고 머그컵과 코코아 가루를 비롯해 몇 가지 물건, 리본과 포장지, 종 모양의 크리스마스 장식품을 마련했다.

그날 병원을 찾아온 환자들을 잘 돌본 것처럼, 크리스마스를 보내려고 찾아온 이 가족에게 따뜻함을 선사해주고 싶었다. 우리는 순서를 정해서 대기실에서 열린 크리스마스 파티에 참석했다. 기뻐하는 다섯 가족의 웃음소리와 재잘거림이 간호사들에게도 전염되었다. 어느덧 내 차례가 되었다. 나는 그들 가족과 대기실에 차려진 식탁에 앉아 함께 꿈에 관해 이야기를 나눴다.

"어른이 되면 무엇이 되고 싶니?"

여섯 살 난 여자아이가 말했다.

"나는 이다음에 커서 간호사가 되어 사람들을 돕고 싶어요."

네 아이에게 꿈 이야기를 들은 후, 나는 아이들의 어머니를 바라보았

cocoa
crayons

다. 그녀는 활짝 웃으며 말했다.

"저는 그저 우리 가족이 안전하고 따뜻하고 만족하면 좋겠어요. 지금 이 순간처럼요."

'파티'는 근무 교대 시간까지 계속되었다. 그 사이 우리는 이 가족이 크리스마스를 보낼 쉼터를 알아보았다. 아이들 어머니가 진료 기록을 없애달라고 부탁해서 그날 그들은 응급실에 오지 않은 셈이 됐지만, 우리는 모두 즐거운 시간을 보냈다.

가족이 병원을 떠날 때 네 살 난 막내 꼬마가 달려와서 나를 껴안고 말했다.

"오늘 우리 천사가 돼주셔서 고마워요."

아이는 다시 가족에게 달려갔고, 우리는 손을 흔들어 배웅했다. 나는 천천히 자리로 돌아왔다. 나도 모르게 눈물이 흘렀다. 당황스러워 급히 주위를 둘러보는데… 나머지 동료들도 자리에 선 채 눈물짓고 있는 게 아닌가. 옆에 있던 동료가 티슈 상자를 건네주었다. 아마 그날 함께했던 모두가 그 크리스마스를 잊지 못할 것이다.

빅토리아 슐린츠

극한 직업의 보상

간호사는 보상이 큰 직업이라고들 하지만 이런 말은 어쩐지 클리셰처럼 들린다. 오히려 간호사란 사람을 시험에 들게 하고, 없는 힘까지 짜내라고 요구하는 '극한 직업'에 가깝다. 간호사들은 대개 자기가 어떤 사람인지 알고 있는, 흔치 않은 사람들이다. 환자의 눈에 비친 모습을 통해서 자신을 들여다볼 수밖에 없기 때문이다. 간호사로서 우리를 지금의 모습으로 있게 한 것은 함께 일하는 동료들이라기보다, 난데없이 닥치는 위기에 대처해나가도록 끊임없이 우리를 압박하는 환자들 아닐까.

마리아라는 소녀가 들것에 실려 온다. 이 아이는 심한 우울증을 앓고 있다. 말도 하지 않고 잠도 거의 자지 않는다. 음식은 숟가락으로 떠먹여줘야 한다.

담당 의사가 전기 충격 요법을 처방한다. 전기 충격 요법은 마리아도, 간호사인 나도 처음 경험하는 치료다. 사람들은 전기 충격 요법을 무서워한다. 의사가 버튼을 누르자, 마리아의 몸이 위로 번쩍 솟구친다. 나는 아이의 팔을 힘껏 붙잡고 있다. 마리아가 경련을 일으키기 시작하자, 차라리 외면하고 싶어진다. 정신 질환을 꼭 이런 식으로 치료해야 하나? 나는 왜 하필 간호사가 됐을까?

6주 후, 마리아의 치료가 끝난다. 마리아는 이제 퇴원할 수 있다. 아이는 정상적으로 먹고 자고 말한다. 미소 짓고, 소녀답게 웃기도 한다. 예쁘고 건강하다.

마리아가 내게 다가와서 손을 잡는다.

"도와줘서 고마워요."

그때 이런 생각이 든다.

'직업 한번 잘 선택했지.'

여섯 살 난 이 아이는 몸보다 머리가 크다. 뇌수종으로 알려진 괴물 같은 병에 적응하려면 시간이 걸리게 마련이다. 처음 봤을 때 달아나고 싶은 마음까지 들었다. 커다란 아이 머리를 손으로 받치고 입에 음식을 떠 넣는다. 이렇게 한들 무슨 소용이 있을까? 이 아이는 앞으로 어떤 삶을 살까?

문병 시간에 아이 어머니가 온다. 아이와 부모의 사랑을 본다. 그제야 깨닫는다. 도망가지 않길 잘했음을.

매니는 긴장병이라는 정신 질환을 앓는 사람이다. 체구가 커다란 그는 꿈쩍도 않고 앞만 보고 있다. 매일 몸을 밀고 당기며 움직이게 하려고 노력해도 허사다. 샤워를 하면서도 움직이지 않아 홀딱 젖고 만다. 덤덤한 표정엔 아무 변화가 없다. 그는 완전히 세상과 담을 쌓은 것 같다. 내가 여기 있는 줄이나 알까? 협조하지 않는 사람을 보살피려 애쓰자니 안달이 나기도 한다. 내가 이대로 뒤돌아 나가버린다 한들 뭐가 달라질까?

그런 매니가 평생 잊지 못할 특별한 기억을 선사한다. 나는 테이블 다리를 잡고 있는 다른 남자 환자와 대치하고 있다. 그가 내게 테이블을 던지려 한다. 순간, 저쪽에서 움직임이 보인다. 커다란 주먹이 테이블 다리를 잡고 있는 환자를 저지한다. 나를 죽일 수도 있었던 환자의 가슴팍을 밀어내는 저 큼직한 어깨는 누구인가.

몇 주일 후 매니가 퇴원할 때 나는 묻는다.

"매니, 그날 말이에요, 왜 그랬어요?"

매니가 미소 짓는다.

"간호사 선생님이 날 도와줬잖아요. 그러니까 그때는 내가 도와드릴 차례였지요."

그날 온종일 매니의 말을 곱씹어본다. 그리고 누구에게랄 것도 없이 말한다.

'간호사가 되길 정말 잘했어.'

앨런은 정신분열증에, 자기 파괴적인 환자다. 나는 어떻게든 그의 세계를 들여다보려 애쓴다. 하지만 허사다. 무기력한 느낌이 든다. 가끔은 의기소침해져서, 차라리 앨런이 죽는 편이 낫겠다는 생각까지 한다.

하지만 놀랍게도 어느 순간 나와 앨런의 끈이 이어진다. 대화가 분명해지고, 이제 그가 이치에 맞는 말을 한다!

그가 좋아하는 화제는 하나다.

"도니, 난 퇴원하면 작은 강아지를 기를 거예요."

그 강아지 얘기 때문에 난 미칠 지경이다. 맨날 강아지 얘기뿐이지만, 어쨌든 그는 그늘진 세계에서 밖으로 나왔다.

2년 후, 병원 마당을 거닐고 있는데 자동차 경적이 울린다. 고개를 드니 오픈카 운전석에 앨런이, 뒷자리에 큰 개가 앉아 있다.

"내 강아지가 마음에 들어요, 도니?"

앨런이 웃으면서 덧붙인다.

"어쨌거나 2년 전에는 작은 강아지였다고요!"

멀어지는 앨런의 차 꽁무니를 바라보면서 생각한다.

'하마터면 앨런을 포기할 뻔했지 뭐야.'

해리는 우울증 환자다. 힘이 세고 폭력적이다. 입원 기간 내내 독방에서 보낸다. 나는 야간 근무를 할 때면 주방에서 콘플레이크를 먹곤 한다. 그런데 해리가 다가온다. 목구멍에 뭐가 걸린 기분이다. 해리는 콘플레이크 그릇을 쳐다보더니 묻는다.

"나도 먹을 수 있을까요?"

그릇에 콘플레이크와 우유를 붓고 스푼을 내밀자 후딱 먹어치운다. 함께 콘플레이크를 먹는 일은 이제 우리 둘이 밤마다 치르는 이벤트다. 해리는 더 이상 독방에 갇히지도 않고 폭력을 휘두르지도 않는다. 다른 환자와 함께 아무 문제 없이 병실을 쓴다. 콘플레이크는 약이 아니다. 하지만 모두 묻는다.

"해리가 웬일로 도니한테는 문제를 안 일으키지?"

나는 그저 웃는다. 콘플레이크의 힘을 어찌 설명할 수 있을까?

이제 앉아서 지난 45년을 되돌아본다. 만족과 충만감이 밀려든다. 나는 '보상'을 받았다. 나 혼자만의 노력으로 그렇게 됐을까? 아니, 그렇지 않다. 그래서 고맙다는 인사를 하고 싶다. 마리아에게, 뇌수종에 걸린 아이에게, 위험에서 구해준 매니에게, 앨런과 강아지에게, 해리와 콘플레이크 한 그릇에게….

그들은 환자였고, 나는 간호사였다. 하지만 누가 누굴 도운 것일까?

돈 헤인스

신은 능력이나 무능력을 요구하지 않는다.
그 자리에 있기만을 요구한다.
– 메리 케이 애시

간절히 듣고 싶었던 한마디

의사인 나는 직업상 간호사들과 가깝게 지내며 일한다. 우정과 사랑을 나눌 뿐 아니라, 그들의 능력과 전문가다운 태도로부터 많은 도움을 받아왔다.

처음으로 내 인생에 큰 영향을 준 간호사를 만난 것은 1968년 하와이 트라이플러 군 병원 신생아실에서였다. 당시 나는 스무 살짜리 의예과 학생이자 해군의 아내로 첫 아이를 출산했다. 남편 래리는 출산 며칠 전에야 6개월의 해외 복무를 마치고 돌아왔다. 우리 부부는 부모가 된다는 감격 이전에 어떻게 아이를 키워야 할지 몰라 큰 부담감을 느끼고 있었다. 가까이 사는 친척도 없었다.

드디어 피터가 무사히 태어났지만, 모든 게 정상적으로 돌아가진 않았다. 아기가 황달이라고 했다. 산모인 나와 아기의 혈액 타입이 맞지 않아서였다. 다음 날 아침, 다른 산모의 아기는 엄마 품에 안겼는데, 내 아기는 홀로 신생아실에 남아야 했다. 피터의 빌리루빈(황달을 일으키는 화학

요소) 수위를 규칙적으로 관찰해야 했기 때문이다. 남편이 군인 신분이라 임신 기간 동안 매번 다른 의사에게 검진을 받았던 터라 내 질문에 충분히 답해주고 안심시켜줄 주치의도 없었다.

의예과 학생이었던 나는 일반적인 병의 기초 징후를 간단히 기록한 의학서적을 갖고 있었고, 남편에게 그 책을 병원에 가져오라고 부탁했다. 신생아 황달에 관한 항목에는 빌리루빈 수치가 높아지면 아기 뇌에 독소가 될 수 있다고 적혀 있었다. 수치가 20mg%를 넘으면 뇌 손상이 일어날 수도 있었다(당시의 의학 기록은 그랬다).

어설프게 아는 게 더 위험한 법. 나는 피터의 상태를 과장해서 해석하고는 걱정이 돼 죽을 지경이었다. 빌리루빈 측정 수치가 나올 때마다 20이라는 숫자에 매달려서 안달했다. 내 머리에서 20이란 수치는 뇌 손상과 연결되었다. 설상가상으로 당시의 면회 제도 때문에 나는 신생아실에 들어가지도 못했고, 내 아기를 안아볼 수도 없었다.

잠깐씩 신생아실 유리창으로 피터가 능력 있는 간호사들의 보살핌을 받는 광경을 지켜볼 뿐이었다. 반면 나는 아들을 위해 아무 일도 할 수 없었다. 생후 이틀째 되는 날, 피터의 빌리루빈 수치는 20에 가까워졌고, 사흘째에는 22까지 올라갔다. 빌리루빈 수치를 안전선까지 감소시키기 위해 혈액을 바꾸는 치료 동의서에 서명해달라는 요청을 받았다. 걱정이 돼 미칠 것 같았다. 피터가 살아난다 해도 그것은 생명을 위협하는 과정이었다. 빌리루빈 수치가 이미 20을 훨씬 넘어섰으니 뇌 손상을 입은 것은 당연했고….

젊은 부부에게는 혹독한 시련이었다. 그때 우리에게 특별히 관심을 가져준 마음씨 좋은 간호사가 있었다. 그녀는 우리에게 희망과 용기를 북돋아주었고, 피터는 괜찮을 거라고 안심시켰다. 혈액 치료가 끝나자마자 서둘러 내 병실에 와서 모든 게 잘 되었다고 처음 알려준 사람도 그녀였다. 나중에 알았지만, 혈액을 바꾸기 전에 피터에게 세례까지 해주었다고 한다. 그녀는 천사와 같았고, 그녀가 보여준 것은 비할 데 없는 사랑의 행위였다.

위기를 넘기자 잠시 기분이 좋아졌지만, 뇌 손상에 대한 우려가 수면 위로 떠올라 마냥 즐거워할 수 없었다. 산모인 내가 젊었고 위험성이 낮긴 했다. 임신 기간 중에도 만에 하나 태아에게 장애나 중증 질환이 있을 가능성에 대해 생각해본 적이 있었다. 결론은 아기가 어떤 상태든 사랑할 수 있다는 것이었다. 그런데 이제 와서 앞으로 아기가 어떤 상태가 될지 알고 싶어 전전긍긍하는 나는 나쁜 엄마인 걸까?

회진 중인 소아과 의사에게 용기를 내서 물었다.

"빌리루빈 수치가 높았으니 아기가 뇌 손상을 입었을 가능성이 있을까요?"

의사의 대답에 가슴이 쿵 하고 내려앉았다.

"약 1년 동안은 뭐라 말할 수 없습니다."

그런 불확실성을 감당할 수 없었다. 피터가 태어나고 나흘 동안 감정의 격동을 겪었으니 이제는 희망의 빛이 필요했다. 의사는 내가 자기 대답을 듣고 패닉에 빠진 줄도 모르고 유유히 병실을 떠났다. 곧바로 우리의 천사 간호사가 병실에 들어왔다. 나를 염려하는 기색이었다. 그녀의 너그러운 표정 덕에 나는 용기를 내서 같은 질문을 던졌다.

"우리 아기가 뇌 손상을 입었을 가능성이 있다고 생각하세요?"

"당연히 아니죠."

그녀가 대답했다.

"어떻게 아세요?"

"내가 침대를 쾅 치니 아기가 움찔하면서 양팔을 뻗었어요. 그런 반사작용은 아기가 정상임을 말해주죠."

흔들림 없는 한마디. 그것이 바로 내가 듣고 싶은 대답이었다. 마음이 놓였다. 그녀의 격려 덕분에 나는 의기양양하게 아기를 안고 퇴원했고, 여느 정상적인 아이들과 같이 키웠다.

몇 년 후 소아과 실습을 하면서야 그때 간호사가 말한 팔을 뻗는 반응이 '모로 반사'이며 뇌가 최소한만 작동하는 신생아라도 기초적으로 보이는 반응임을 알게 되었다. 하지만 간호사는 그 반응이 아기가 정상이라는 증거라고 말했고, 나는 그 말을 믿었다. 애매했던 의사의 대답이 의학적으로는 정확하다고 볼 수 있겠지만, 그것은 보호자인 내게 미칠 영향은 전혀 고려하지 않은 말이었다. 내가 만약 그 말에 매달린 채 피터의 발달 단계에 의구심을 품고 퇴원했다면 어떻게 됐을까? 내가 아이와 일반적이지 않은 방법으로 소통하려 했다면 지금 피터는 어떻게 자랐을까?

간호사의 대답이 기술적으로 틀린 내용이라 해도, 보호자를 안심시키려는 동기는 옳았다. 내가 편안하고 일관적인 태도로 엄마 노릇을 하게 해준 그녀에게 항상 감사하고 있다.

피터는 재능 있고 열정적인 아이로 자랐고, 지금은 정신과 의사가 되었다. 나는 가끔씩 아들에게 웃으면서 농담을 던진다.

"그때 뇌 손상을 입은 덕분에 네가 이렇게 잘 자랐다니까."

'닥터맘' 마리안 니퍼트(소아과 의사)

생일 축하하오, 그레이스

아버지가 파킨슨병이라는 진단을 받았다. 신체에 큰 타격을 입히는 이 병은 진행 속도가 매우 빨랐다.

발병 초기에 아버지는 병원에 들른 내게 부탁을 하나 들어달라고 했다.

“네 어머니를 잘 돌봐드려라. 내가 당부하고 싶은 것은 그것뿐이다.”

6개월도 지나지 않아 아버지는 전신이 마비되었고, 말도 겨우 속삭이는 정도밖에 하지 못했다. 파킨슨병 환자는 언어 장애를 겪는 경우가 많고, 치매를 동반하기도 한다. 어느 날 의사가 내 손을 잡고 나쁜 소식이 있다고 말했다.

“아버님은 더 나아지지 못할 겁니다. 지금부터는 급격히 하향곡선을 탈 테고, 몇 달 후면 딸 이름도 기억하지 못할 거예요.”

불행히도 의사의 말대로 되었다. 우리 가족 모두 가슴이 무너졌다. 무서운 병마가 아버지를 서서히 빼앗아가고 있었다.

나는 병원에서 100킬로미터도 넘게 떨어진 곳에 살고 있어서 매일 아버지를 보러 가지는 못했다. 하지만 밤마다 전화를 걸어서 아버지와 어머니의 안부를 물었다. 앞으로 닥칠 상황에 대비해 마음의 준비를 단단히 했고, 꽤 잘 버텼다. 기념일이 다가오기 전까지는….

가장 두려운 것은 어머니의 생일이었다. 어머니에게 얼마나 힘든 날이 될지 짐작할 수 있었다. 아버지의 당부가 있었으니 나에게도 힘든 날이 될 터였다. 아버지를 대신해 선물을 샀지만, 어머니의 생일은 예전 같지 않을 것이다.

어머니는 눈에 띄게 우울해하고 있었다. 물론 서로 그런 얘기는 하지 않았다. 딱히 뭐라고 해야 좋을지도 몰랐다.

아버지를 호스피스로 모셨다. 다행히 그곳 간호사들은 아버지와 어머니를 좋아했다. 어머니가 거의 매일 아버지 곁을 지켰으므로 직원 모두 어머니를 잘 알았다. 아버지 담당 간호사인 티나는 어머니가 점점 의기소침해지는 것을 눈치 채고 어떻게 하면 힘을 줄 수 있을지 고민했다. 환자도 아닌데 보호자의 심정까지 돌봐주려 한 티나의 마음 씀씀이가 얼마나 고마웠는지 모른다.

티나는 어떻게 알았는지 다가오는 어머니의 생일을 위한 작은 이벤트를 계획했다. 그녀는 작은 액자를 사서 아버지 사진을 넣었다. 그런데 그냥 액자가 아니었다. 작은 단추를 누르면 녹음된 음성이 나오는 장치가 달려 있었다. 아버지는 아직까지 희미하게나마 속삭일 수 있었다. 물론 잘 달래고 구슬려야 가능했지만.

드디어 어머니 생일이 되었다. 어머니는 여느 날처럼 병원으로 아버지를 보러 갔다. 밤새 울었는지 퉁퉁 부은 눈으로 병실에 들어서던 어머니는 깜짝 놀랐다. 병실 가득 생일 풍선이 장식되어 있고 아버지 무릎에는 예쁘게 포장한 선물이 놓여 있었던 것이다.

어느새 병실에 들어온 티나와 직원들이 어머니 뒤에 섰다. 어머니가 선물을 풀고 액자의 작은 단추를 누르자, 아버지의 가냘픈 목소리가 흘러나왔다.

"생일 축하하오, 그레이스."

티나는 이 한마디를 따내려고 지난 2주 동안 어머니가 집에 돌아가고 나면 아버지 병실에 들어가서 갖은 애를 썼다고 한다. 그 이야기를 전하는 어머니의 격앙된 목소리를 들으며, 나는 우리 가족이 앞으로도 잘 견디리라는 확신이 생겼다. 바쁜 일과 중에도 병든 남자와 그 아내의 사랑과 작은 행복을 챙겨준 간호사의 고마운 마음 덕분이었다.

낸시 B. 깁스(작가)

오늘 당장 인생의 달콤함을 맛보세요

위긴스 부인을 만난 것은 요양원에서 간호사로 일하고 있을 때였다. 나는 내 일을 사랑했지만 때때로 감당하기 벅찬 날도 있었다. 환자들을 가족처럼 여겼기 때문에 그들이 세상을 떠날 때 마음이 무너져 내렸다.

위긴스 부인과도 각별한 친구가 되었다. 몸이 너무 약했던 그녀는 처음에는 누워 있으려고만 했고, 나와 얘기조차 나누지 않았다. 하지만 결국 우리는 점점 가까워졌고, 나는 그녀에 대해 많은 것을 알아갔다.

위긴스 부인은 무척 외로워했다. 사랑하는 남편은 오래전 세상을 떠났고, 자녀가 셋 있었지만 일이 바쁘다며 거의 문병을 오지 않았다. 그리고 임종이 가까워 올 즈음엔 거의 발길이 끊겼다. 나는 요양원을 집처럼 편안하게 느끼게 해주고 싶었다. 하지만 그녀의 이야기에 귀 기울여주는 것 말고 내가 해줄 수 있는 일은 별로 없었다. 위긴스 부인은 항상 똑같은 내용의 과거사를 들려주곤 했다.

작별의 순간은 어김없이 찾아왔다. 나는 그날 조금 일찍 출근해 그녀

곁에 앉아 있었다. 부인의 손은 차가웠고 안색은 핏기를 잃었다. 생기가 다 빠져나간 듯 몸은 미동조차 없었다.

얕은 숨소리와 함께 그녀가 말했다.

"이제 떠날 때가 됐어요. 나를 죽음의 길까지 인도해주겠어요?"

나는 부인의 자녀들에게 전화를 걸어, 어머니의 생명이 다해간다는 소식을 전했다.

"오늘 밤 어머니의 곁은 제가 지킬게요. 부인이 두려움에 떨지 않도록 도와드릴게요."

병실에 돌아와 보니, 그녀의 눈가가 촉촉하게 젖어 있었다.

"꿈을 꾸셨어요?"

부인이 힘없이 웃으며 말했다. 라즈베리 크림 꿈을 꿨다고.

"내가 아주 어릴 적에 이모를 참 좋아했어요. 이모는 나를 여왕처럼 떠받들어주고 원하는 건 뭐든 해줬어요. 이모는 나를 데리고 나가 점심을 사주곤 했어요. 그러면 나는 꿈에 그리던 메뉴를 마음껏 주문할 수 있었어요. 그리고 디저트로는 늘 라즈베리 크림을 먹었죠. 아, 그 부드럽고 풍부하고 순수한 맛을 어찌나 좋아했는지. 이모와의 외출을 얼마나 손꼽아 기다렸는지 몰라요.

하지만 이모는 일찍 세상을 떠났고, 나는 점점 나이를 먹었어요. 학교 공부를 하느라 바빴고, 십대 소녀의 희망과 좌절을 겪느라 바빴죠. 부모님은 내 대학 학비를 버느라 늘 일이 많았어요. 우리는 한 번도 함께 라즈베리 크림을 먹는 호사를 누리지 못했어요.

시간은 정말 쏜살같이 흐르죠. 나는 대학에 들어갔고 작은 기숙사 방

에 살면서 마침내 자유를 찾았지요! 빠듯한 용돈은 책을 사는 데 쓰느라 라즈베리 크림을 한 번도 사 먹지 못했어요. 대학을 졸업한 후에는 직장에 취직해 밉상에다 속물 아래서 쥐꼬리만 한 봉급을 받고 일하다가, 내 마음을 빼앗은 한 남자를 만나 결혼했어요. 2년 후 아이가 태어났고 곧 둘째 아이가 태어났어요.

가족이 생기고 사랑과 기쁨이 넘쳤지만, 형편이 너무 안 좋아서 나를 위한 뭔가를 생각할 여유가 없었어요. 아이들은 하루가 다르게 자라 저희 꿈을 쫓고 나는 그 뒤를 쫓고… 어떻게 라즈베리 크림을 먹을 엄두를 내겠어요?

그러다 남편이 병에 걸렸고 곧 세상을 떠났죠. 아이들은 하나둘 대학에 진학했어요. 그리고 나는 또다시 혼자가 되었죠. 남편이 남긴 연금으로는 하루하루 입에 풀칠하기도 힘들었어요. 그래서 생활비를 마련하려고 다시 일하기 시작했어요. 외로운 세월이지만 가까스로 견뎠어요. 하지만 진짜로 살아 있다는 느낌을 맛볼 만큼의 풍요를 누려본 적은 없어요.

그랬는데… 의사가 암이라고, 곧 죽을 거라고 하더군요. 보험금만으로는 약값과 치료비를 충당할 수 없어서 힘들게 저축한 돈을 모두 써버렸어요. 이제 죽음의 시간이 가까워지고 보니, 하지 못한 일들에 대한 후회로 가슴이 무너져요.

왜 우리는 살아 있다는 느낌을 주는 일들을 나중으로 미룰까요? 왜 우리는 살아남기 위해 삶을 저만치 밀어둘까요? 나는 늘 많은 돈을 갖고 싶었어요. 하지만 그렇지 못했죠. 그러느라 나한테 라즈베리 크림을 즐길 자격이 있다는 생각을 하지 못했어요.

마리, 약속해줘요. 당신은 삶의 기쁨을 뒤로 미루지 않겠다고. 라즈베리 크림으로 인생을 채우겠다고 약속해줘요."

우리는 조용히 눈물을 흘렸다. 하지만 동시에 미소 짓고 있었다. 그녀의 뺨에 입 맞춘 뒤 서둘러 병실을 나섰다. 종종걸음으로 가까운 식품점으로 갔다. 그리고 위긴스 부인이 기다리고 있는 그것을 잔뜩 샀다. 병실에 돌아온 내가 라즈베리 크림을 펼쳐 놓자 부인은 함박웃음을 지었다.

우리는 마주 앉아 함께 라즈베리 크림을 먹었다. 그런 다음 그녀를 자리에 눕히고, 작은 손을 꼭 잡고 입을 맞췄다. 부인의 얼굴에는 고통도 두려움도 없었다. 평화로운 빛이 떠올랐고, 이윽고 신이 기다리는 곳으로 떠났다.

다음 날 자녀들이 와서 장례 절차를 의논했다. 그녀의 딸이 침대 옆에 놓인 빈 그릇을 바라보고 있었다.

"어머니가 라즈베리 크림을 아주 좋아하시는 것 같더군요. 하지만 돈이 없어서 사 드실 수가 없었대요."

그 말을 듣자 딸은 눈물을 펑펑 쏟았다.

"내가 알았다면 얼마든지 사 드릴 수 있었을 텐데. 어머니가 이렇게 빨리 돌아가실 줄 알았다면 더 자주 만나러 왔을 거예요. 하지만 난 너무 내 일에만 빠져 있었고, 어머니는 영원히 떠나셨어요. 왜 정말 중요한 일을 미뤄뒀을까요? 왜 사랑하는 사람을 사랑하는 일을 나중으로 미뤘을까요?"

위긴스 부인과 그 자녀들을 보내고, 나는 집으로 돌아와 깊은 잠에 빠졌다. 꿈을 꾸었다. 위긴스 부인이 나타나 내가 지킬 약속에 대해 재차 당부했다.

잠에서 깨어난 나는 친구에게 전화를 걸었다. 힘든 일을 겪으며 깊은 슬픔과 외로움에 지쳐가는 친구였다.

"나야, 지금 만나러 갈게."

먼저 가게에 들러 친구의 기운을 북돋울 만한 것을 잔뜩 골랐다. 친구는 정말 반갑게 나를 맞았다. 우리는 나란히 앉아 꿈에 대해 이야기했다. 라즈베리 크림을 먹으면서.

마리 D. 존스

아나님의 집으로

태어난 지 겨우 두 돌이 지난 넬리는 미혼모의 아이였다. 넬리의 생부는 애인이 임신했다는 사실을 알고 떠나버렸다. 대도시에서 늘 일어나는 일이다. 하지만 넬리는 특별한 아이였다. 누구나 그 아이를 보는 순간 마음이 녹아내렸다. 하얗고 창백한 얼굴, 큼직하고 까만 눈망울…. 원래는 까만 곱슬머리였다는데, 이제는 화학 치료 때문에 머리칼이 없었다. 넬리는 백혈병을 앓고 있었다. 지난 6개월간 의료진은 연이은 화학 요법으로 아이의 생명을 구하기 위해 애쓰고 있었다.

나는 넬리의 담당 간호사가 되었다. 넬리를 지속적으로 돌볼 사람이 필요했다. 넬리의 엄마는 병원에 거의 오지 않았다. 딸의 병을 감당하기 어려웠기 때문이리라. 그러나 다음 단계의 치료를 논의하는 회의가 열릴 때는 결정에 참여했다. 그녀는 딸을 위해 가능한 한 모든 방법을 동원하고 싶어 했지만, 병상을 지킬 수는 없었다. 내가 보기에 그녀는 이미 딸과 작별 인사를 나눈 것 같았다.

내가 처음 넬리를 만난 것은 5차 화학 치료를 막 시작했을 때였다. 넬리는 스테로이드 때문에 몸이며 얼굴이며 퉁퉁 부어 있었다. 심각한 위염으로 약을 복용할 수 없어서 가슴에 약과 링거액을 주입하는 관이 삽입되어 있었다. 계속되는 설사로 엉덩이는 빨갛게 짓물렀다. 그러나 넬리는 내가 본 중에 가장 예쁜 미소를 지닌 아이였다. 통증조차 일상이 된 듯, 아이는 언제부터 저렇게 태연하게 미소 지을 수 있게 되었을까.

넬리를 행복하게 해주는 일이 두 가지 있었다. 내가 가만히 자장가를 부르면서 몸을 흔들어주는 것, 그리고 빨간 유모차에 타고 '바이바이'를 하는 것. 소방관 모자를 쓰고 병균이 옮지 않도록 마스크를 한 다음, 빨간 등이 달린 유모차에 탄 넬리와 함께 병동을 돌면서 다른 아픈 아이들에게 손을 흔들며 인사를 건넸다.

넬리는 아이만이 가질 수 있는 하느님에 대한 믿음을 갖고 있었다. 넬리는 하느님 얘기를 할 때마다 머리를 숙였다. 그리고 불완전한 발음으로 '아나님 아버지'라고 불렀다. 아침마다 목욕을 시키고 부드러운 슬리퍼를 신겨주면, 넬리는 내 무릎에 올라와서 '아나님'에 대해 물었다.

"아나님의 집은 커요? 얼마나 큰데?"

"금으로 된 길 이야기를 해줘요."라고 조르기도 했다. 엄마가 읽어준 어린이 성경에 나오는 이야기들을 모두 기억하고 있었던 것이다.

어느 날 아침, 넬리가 아무렇지도 않게 말했다.

"난 이제 아나님 집에 갈 거야."

나는 깜짝 놀랐다.

"누구나 언젠가는 하느님 집에 간단다."

겨우 대답했지만, 한편으론 넬리가 이미 받아들인 진실을 부인하고 싶었다.

"나도 알아요. 하지만 내가 맨 먼저 가요."

넬리는 여느 세 살배기랑 다를 바 없는 고집스런 어조로 말했다.

"네가 그걸 어떻게 알아?" 하고 묻는데 목이 메었다.

넬리는 담담하게 말했다.

"아나님. 아나님이 말해줬어."

5차 화학요법이 바라던 효과를 내지 못하자, 의료진 회의가 열렸다. 넬리의 엄마가 참석한 가운데, 아직 어린이 환자에게 사용 허가가 나지 않은 신약 실험 계획안을 두고 진행 여부를 갑론을박했다.

나는 몹시 화가 났다.

"도대체 언제 이제 그만 하자는 말을 하려는 거죠? 이제 넬리를 보내줄 때도 됐잖아요?"

이런 말을 하다니. 나 자신도 믿기지 않았다. 아이의 치료를 그만둬도 괜찮다는 말을 하게 될 거라곤 꿈에도 상상하지 못했다. 아니, 치료를 중단하는 것이 괜찮은 정도가 아니라 옳다고까지 생각하게 될 줄이야. 나는 평소에 '결코 생명을 포기해서는 안 된다'고 주장하는 사람이었지만, 영혼 깊은 곳에서는 누군가가 넬리의 죽을 권리를 위해 싸워야 한다는 것을 알았다.

다음 날, 야간 근무를 하러 가보니 넬리의 치료가 중단되어 있었다. 아이를 되도록 편안하게 해주기로 했다고 한다. 그날 밤 환자는 넬리뿐이었다. 지난 24시간 사이에 몸이 더 많이 부어올랐다. 지금도 확실히 왜 그런 느낌을 받았는지 모르겠다. 하지만 나는 그때 처음으로 넬리가 자신을 안고 흔들어주는 것을 원하지 않는다고 느꼈다. 짧게 자란 머리가 내 손에 닿았다. 넬리는 깨어 있었고, 나는 넬리의 곁을 떠나지 않았다.

새벽 3시경, 넬리가 몸을 돌리며 말했다.

"지금 넬리 안아줘. 넬리가 바이바이 할 거야."

"밤에는 유모차를 못 타, 넬리."

나는 일부러 엉뚱한 대답을 했다.

"지금 넬리 안아줘요. 넬리가 바이바이 할 거야."

아이는 같은 말을 되뇌었다.

나는 가만히 넬리의 작은 몸을 들어 품에 안고 내 어깨에 머리를 기대게 했다. 목덜미에서 가녀린 숨결이 느껴졌다. 우리는 몸을 앞뒤로 흔들었다. 나는 넬리의 등을 쓸어주면서 찬송가를 불렀다.

"아나님께로 가면 나는 기뻐요…."

몇 분 후 넬리는 있는 힘을 다해 고개를 들고 말했다.

"아나님이 여기 왔어."

그러더니 다시 내 어깨에 얼굴을 묻었다. 더 이상 아이의 숨결이 느껴지지 않았다. 얼마나 오랫동안 넬리를 껴안고 몸을 흔들었는지 모르겠다. 눈물이 하염없이 흘렀다. 마침내 간호사를 호출하는 스위치를 누르고 넬리가 아나님에게 갔다는 소식을 알렸다.

조앤 필빈

조랑말이 있는 풍경

존의 모습이 보이기도 전에 발소리부터 들렸다. 존은 크리스마스 선물로 받은 새 슬리퍼를 신고 계속 복도를 걸어 다니고 있었다. 복도를 횡단하는 그를 보다 문득 '할 수 있다고 생각하는 꼬마 기차'(유명한 동화의 제목으로, 꼬마 기차는 힘겹게 산을 넘어 장난감 배달을 해낸다) 이미지가 떠올랐다. 생일 선물로 받은 헐렁한 회색 조깅복 차림에, 머리에는 부스스한 백발로 까치집을 지었다. 무척 졸리고 면도도 필요해 보였다. 하긴 새벽 3시니 그럴 만도 하지.

존이 간호사실 책상에 다가와서 물었다.

"사람들이 저 조랑말을 어쩔 셈이지?"

나는 별 생각 없이 대꾸했다.

"무슨 조랑말이요?"

그는 내 질문은 들은 체도 않고 투덜댔다.

"아니, 조랑말을 목초지 끄트머리에 가져다 둬야지. 그래야 올해 수확

할 때 버려둔 옥수수줄기를 조랑말에게 먹이지."

나는 서글프게 웃으면서, 그가 농장이 아니라 요양원에 있다는 현실을 깨닫게 해주려고 참을성 있게 설명했다.

"존, 당신은 요양원 114호실에 살고 있어요."

그러다 결국 그만두었다. 존의 초점 없는 눈을 보다가 문득 깨달았기 때문이다. 지금 존에게 보이는 현실이 내 눈에 보이는 현실보다 훨씬 낫다는 것을. 그는 조랑말과 함께 푸른 초원에 서 있었다. 나는 그를 요양원 시설의 답답한 벽 안으로 되돌아오게 하려 애쓰고 있었고.

나는 존의 어깨를 두드리면서 말했다.

"그러게요, 목초지 저쪽 끝에 조랑말을 데려다 놔야 딱 좋을 것 같네요."

존은 내 대답에 빙그레 웃고서는 계속 복도를 걸어 다녔다.

메리 제인 홀먼

좋은 일을 하면 기분이 좋다. 나쁜 일을 하면 기분이 나쁘다.
그게 내 종교다.
– 에이브러햄 링컨

할머니의 컬렉션

매지 할머니 하면 '아껴주다'라는 단어가 떠오른다. 할머니는 도움이 필요한 친구와 가족 모두를 푸근하게 보듬었다. 누가 아프기라도 하면 손수 만든 음식을 들고 가장 먼저 나타나는 사람이 할머니였다. 매지 할머니의 소문난 독일식 만두만큼이나 그녀가 함께 있어주는 시간은 아픈 이들을 기운 차리게 하는 치유력을 발휘했다.

그래서 가족과 친구들이 문병 와 그녀의 침대 옆에 둘러앉은 모습은 어쩐지 슬프고 이상해 보였다. 불치의 병에 걸렸다는 진단을 받았을 때 매지는 자신의 집으로 돌아가겠다고 고집했다.

"나는 내 천사 컬렉션에 둘러싸여 있어야 마땅하지."

그녀는 환하게 웃으면서 말했다.

매지 할머니는 엄청난 천사 컬렉션을 소장하고 있었다. 모두 1500개가 넘었다. 그 출발은 크리스마스트리 장식 몇 개와 가끔 할머니가 기념품점이나 벼룩시장에서 산 도자기 인형이었다. 하지만 아들들은 곧 '엄마 선물 고민'의 해결책이 등장했음을 알아차렸다. 그러자 친구와 친지, 이웃, 손주 들까지 매지를 아는 모두가 명절이나 생일, 기념일이면 고민 없이 천사를 선물하기 시작했다. 곧 매지의 작은 집은 천사들로 넘쳐났다. 매지는 선반, 협탁, 커피 테이블, TV위에 천사들을 잔뜩 올려 놓았다. 음악과 관련된 천사들만 모아둔 작은 손님방에는 천사 합창단이 구성되었다. 그 외에도 빙빙 돌며 춤추는 천사 수백 개가 앤티크 선반, 장식장, 소파 옆 탁자에 진열되었다.

매년 11월 1일이면 매지는 나머지 컬렉션을 꺼내는 한 달여에 걸친 연례행사를 시작했다. 천사들은 크리스마스트리와 아래 바닥을 장식했고, 식기장과 벽난로 선반, 화장실 선반, 냉장고 위에 산처럼 쌓였다! 매지는 인형 바닥에 선물 받은 날짜와 준 사람의 이름을 기록해두었고, 각각의 천사를 어루만지며 사랑하는 이들을 기억했다.

그녀는 가족에게 확실하게 일러두었다.

"내가 천국 문으로 들어서면, 내 천사들을 모두 선물했던 사람에게 돌려주렴."

이제 그녀의 곁을 호스피스 간호사와 매지의 두 자매인 레니와 글래디스가 지키고 있다. 천사들을 돌려줄 시간이 임박한 듯했다. 어느 늦은 오후, 손자 트로이가 할머니와의 마지막 시간을 함께하려고 찾아왔다. 그는 침대에 걸터앉아서 매지의 손을 쓰다듬으면서 말했다.

"할머니는 우리 모두의 천사셨어요, 하늘이 준 진짜 선물이요."

몇 시간 후, 매지는 천국의 문으로 들어갔다.

레니와 글래디스, 그리고 호스피스 간호사는 거실에 둘러앉아 매지가 생전에 그랬듯 품위 있고 용감하게 숨을 거둔 데 감탄하고 있었다. 그때 희미한 선율이 그들의 대화를 방해했다. 다들 어리둥절해서 고개를 두리번대며 소리가 나는 곳을 찾았다. 그들은 소리를 따라 손님방에 이르렀다. 그 방에서 천사상 하나가 혼자서 음악을 연주하고 있었다. 글래디스는 떨리는 손으로 천사를 집어 바닥에 적힌 글자를 읽었다.

'트로이 드림, 1992년.'

글래디스는 천사를 가슴에 대고 말했다.

"고마워, 매지. 언니가 하느님의 천사 컬렉션에 합류한 걸 알려줘서."

간호사가 속삭였다.

"천사 매지가 그녀를 우리에게 선물하셨던 분에게로 돌아갔군요."

마지 세이퍼(커뮤니케이션 강사)
글: 리앤 시먼

문신과 장미

나는 오랫동안 대도시에 있는 최상급 시설이 갖춰진 병원에서 일했다. 그러다가 지방의 작은 요양병원에서 오후 당직 간호사로 일하자니 답답한 일이 한두 가지가 아니었다. 가끔 비품이나 기구가 부족했고, 도저히 참기 힘든 음식이 나올 때도 있었다. 무엇보다 큰 문제는, 능력 있는 일손이 부족했다. 그래도 그곳 직원 모두 환자들을 진심으로 사랑했고 최선을 다해 간호했다.

앨리스는 체구가 작고 반짝이는 파란색 눈동자를 가진 노부인이었다. 다들 그녀를 좋아했다. 가족이라곤 아들인 잭 하나뿐이었다. 잭은 덩치가 크고 거친 타입이었다. 양팔에 문신이 잔뜩 있고 턱수염이 덥수룩했다. 팔뚝에서 꿈틀대는 용과 뱀을 과시하느라 아무리 추운 날에도 민소매 티셔츠 바람이었다. 색이 바랜 청바지는 때에 절고 뻣뻣해서 벗어서 세워놓으면 입었던 모양 그대로 서 있을 것 같았다. 직원 모두 잭의 요란하고 거친 태도에 겁을 먹었다.

그런데 이 괴물 같은 남자는 자그마한 자기 어머니를 무척 사랑했다. 매일 털털거리는 오토바이를 몰고 와서 큰 동작으로 현관문을 열어젖혔고, 부츠 굽이 떨꺽대는 소리로 도착을 알리며 병실로 향했다. 잭은 의료진이 앨리스에게 소홀하다고 의심했고, 아무 때나 들이닥쳐서 우리를 놀라게 했다. 그러면서 자기 어머니한테는 얼마나 상냥한지.

나는 잭과 친하게 지내는 편이었다. 그런 사람은 적보다 친구로 삼는 게 낫다. 무엇보다 나도 다른 사람들처럼 앨리스를 진심으로 좋아했으니까.

유난히 힘들었던 어느 저녁, 간호조무사 세 명이 아파서 결근했고 환자 식사는 늦게 도착해 다 식어버렸다. 설상가상으로 환자 하나가 넘어져서 엉덩이뼈가 부러졌다. 그날도 잭은 어머니의 저녁식사를 도우려고 병원에 들어섰다. 그는 간호사실을 지나치며 세 사람 몫의 일을 하느라 정신없이 바쁜 나를 물끄러미 쳐다봤다. 압박감 때문에 내 눈에는 눈물이 그렁그렁 맺혔다. 나는 잭의 시선을 피했다.

마침내 환자들이 식사와 목욕을 마치고 잠자리에 들었다. 나는 책상에 엎드려서 잠시 쉬고 있었다. 곧 야간 근무자가 도착해 교대해줄 터였다. 그때 예의 털털거리는 오토바이 소리가 들리더니 현관문이 벌컥 열렸다.

'아, 제발…! 잭이 또 우리가 제대로 일하나 감시하러 왔군!'

잭이 쿵쿵 소리를 내며 책상으로 다가왔다. 억지로 고개를 들었더니, 피클 병을 든 큰 손이 눈에 들어왔다. 엉성하게 색실로 장식한 병에 장미 한 송이가 꽂혀 있었다. 잭은 내게 꽃병을 건네며 말했다.

"오늘 저녁에 힘든 시간을 보냈잖아요. 이건 어머니랑 내가 드리는 겁니다."

그는 그 말만 던지고 현관문을 나가, 부릉부릉 소리와 함께 어둠 속으로 사라졌다.

간호사로 일하며 감사 선물과 카드를 많이 받아봤지만, 아주 오래 전 그날 밤 피클 병에 담긴 빨간 장미보다 감동적인 선물은 없었다. 그리고 그렇게 예쁜 장미도 본 적이 없다.

캐스린 킴지 저드킨스

눈물이 주룩주룩

뉴욕으로 이주해 새로운 보금자리를 일굼과 함께 나의 항암 간호사 생활도 시작되었다. 우리 병원의 항암 병동은 V자 모양의 간호사 스테이션을 마주보고 침대 겸용 의자들이 빙 둘러서 있고, 그 뒤로 큰 유리창이 나 있어 햇살이 밝게 들어온다. 동선이 그리 크지 않지만, 여러 환자를 간호하며 돌아다니다 보면 어느새 이마에 땀이 송글송글 맺힌다.

유난히 날씨가 좋은 여름날이었다. 그리고 너무 바쁜 날이기도 했다. 오전 11시가 넘어가자 벌써 대기 의자가 다 차고 차트는 산처럼 쌓이기 시작했다. 이상하게 날씨가 좋은 날은 항상 더 바쁘다.

그날따라 신규 환자도 많았다. 신규 환자는 교육부터 서류 준비, 치료까지 손이 많이 간다. 약물 투입에 따른 동의서를 받고, 약물과 부작용에 관해 설명하고, 앞으로의 치료 계획을 안내하는 등 환자는 물론 담당 간호사에게 필요한 교육 시간까지 모두 합치면 시간도 상당히 소요된다. 기존 환자도 약이 바뀔 때면 교육해야 할 것이 많은데, 하물며 신규는 한 명만 맡아도 그날 하루가 금방 간다.

내가 일하는 병원은 따로 간호사에게 환자를 배정하지 않는다. 환자들이 입원하면서 이름과 생년월일, 환자 번호가 적힌 서류를 스테이션 앞에 놓인 상자에 올려놓으면, 여유가 있는 간호사가 순서대로 서류를 집어 들고 해당 환자를 간호하는 시스템이다.

또 한 명 신규 환자가 병동에 들어섰다. 눈에 띄게 큰 키에 빨간색 스냅백과 후드점퍼 차림, 40대 초반 흑인 힙스터의 등장에 눈길이 쏠렸다. 테크니션의 안내에 따라 대기 의자에 앉아서 묵묵히 기다리던 그가 갑자기 쿨럭쿨럭 하는 소리를 냈다. 검정 손수건으로 가리고 있던 목에는 구멍이 뚫려 있었고, 거기로 하얀 가래가 묵직하게 흘러나왔다.

'난 이미 신규 환자 한 명에 다른 환자까지 세 명 더 보고 있잖아. 다른 간호사가 저 환자의 서류를 집어 들겠지? 저 환자는 석션까지 해야 할지 모르니, 내가 맡으면 일이 정말 많아져서 오늘 앉을 시간도 없을 거야.'

나는 고개를 돌리고 내 일에 집중했다. 점심시간이 가까워질 무렵, 신규 환자에게 설명을 마치고 나자 조금 한가해졌다.

'아휴, 이제 좀 앉아서 차팅을 해야겠다.'

한숨 돌리며 의자에 털썩 주저앉았다. 그리고 무심결에 눈을 돌린 곳에 그 흑인 환자가 앉아 있었다. 수액도 연결되지 않은 걸로 보아 아직 아무도 서류를 집어 들지 않은 모양이었다.

'어떡하지? 저 환자까지 보면 차팅할 시간도 없이 바빠질 텐데….'

하지만 이비인후과 병동 경력이 있는 간호사는 나밖에 없었다.

'그래, 내가 잘 아는 파트니 그냥 내가 하자.'

힘을 끌어내 엉덩이를 의자로부터 밀어 일어섰다.

환자의 서류를 집어 들어 살펴본 후 가까이 다가가 인사했다.

"안녕하세요? 미스터 비. 기다려주셔서 감사합니다. 오늘 기분이 어때요? 제 이름은 리연이고, 오늘 당신의 간호사가 될 거에요."

환자는 머쓱한 얼굴로 고개를 끄덕였다.

"많이 기다리셨죠? 이제 치료를 시작하겠습니다."

손을 내밀어 악수를 청했는데, 그의 손은 땀으로 흥건했다.

항암 포트에 주사를 놓기 전 준비를 하면서 천천히 설명했고, 환자는 집중해서 들어주었다.

"이러이러한 과정으로 치료가 진행됩니다. 걱정이나 문제가 있으면 언제든지 저한테 전화해주세요. 다른 사람에게 부탁해서 전화하셔도 되고, 바로 찾아오셔도 됩니다."

그는 수술하고 목에 난 구멍 관리에 많이 적응돼 있어서 그런지 따로 석션이 필요하지 않았고, 예상보다 손이 덜 갔다. 예전에 이비인후과 병동에서 일할 때 많이 간호했던 환자들과 같은 암이라 그런지 예전 환자들 생각이 나기도 하고, 왠지 더 정이 갔다. 병동에서 고통스러운 수술과 치료 과정들을 다 거치고 난 뒤에야 비로소 항암 센터에 와 항암제를 맞는다. 그래서 그가 얼마나 힘든 시간을 보냈을지 짐작할 수 있었다.

이비인후과 계통 암환자들은 대개 말을 할 수 없기 때문에 간호사인 내가 말을 많이 하게 된다. 지나가다 보면 대꾸도 않는 환자를 앞에 두고 혼자 웃고 조잘대니까 정신 나간 사람처럼 보일 수도 있다. 하지만 대화가 충분히 가능하다. 소리를 낼 수는 없지만 입모양으로 무슨 이야기를 하는지 대략 알 수 있고, 잘 알아들을 수 없을 때는 글로 이야기를 나누면 된다. 나는 한국에서 간호사로 일하던 시절 그런 경험을 많이 해봐서 두경부암 환자를 간호할 때 다른 간호사들보다 수월한 편이었다.

미스터 비는 브룩클린에 살고 있었고, 꽤 화려한 삶을 살아온 것 같았다. '지금도 멋지게 차려입었지만, 젊었을 때는 정말 멋있었겠어.' 하는 생각이 들자 어쩔 수 없이 지금 모습이 안타깝게 느껴지기도 했다.

첫 치료를 무사히 마치고 주사를 제거했다.

"생각보다 할 만하죠? 이 약은 부작용도 별로 없으니 괜찮겠지만, 혹시 문제가 생기면 바로 저에게 연락 주세요."

치료를 마치고 귀가하는 환자의 표정이 훨씬 밝아졌다.

다음 주, 환자가 다시 치료를 받기 위해 약속된 시간에 내원했다. 여전히 세련된 힙합 패션에, 좋아하는 색깔인지 오늘 쓰고 온 모자도 빨강이다. 다른 점이 있다면, 밝게 웃고 손까지 흔들며 등장했다는 것.

"안녕하세요, 진짜 멋지네요. 오늘은 기분이 어때요?"

나도 밝게 인사를 건네고, 예정된 치료를 이어나갔다.

이후 매주 치료를 이어가는 동안 우리는 많이 친해졌다. 성격도 서글서글해 대하기 편했고 교육에도 잘 집중해줘서 간호하는 보람이 있었다. 치료 과정에서 부작용도 있었고, 수술 부위에 문제가 생겨 약을 추가하거나 바꾸기도 했다. 경과를 살피며 상처를 확인하고 치료하고 약들을 리뷰하면서 많은 이야기를 나눴다. 그렇게 가을이 오고, 겨울이 갔다. 목에 있는 수술 부위는 겨울철에 관리가 더 힘들어진다. 찬바람이 목에 직접 들어가서 감기나 폐렴에도 잘 노출되곤 한다.

마침내 따뜻한 봄이 왔고, 예정된 치료가 다 끝나가고 있었다. 미스터 비를 간호하는 일이 즐거웠고, CT 결과도 점점 좋아지고 있어서 그가 치료 받으러 오는 날이 괜히 기다려졌다. 그가 병동에 들어서면 항상 의자에서 벌떡 일어나 맞이했다.

하지만 반년이 넘는 항암 기간 동안 보호자가 한 번도 동행하지 않은 것이 늘 마음에 걸렸다. 아마 투병하는 모습을 주위에 보여주고 싶지 않았던 것이리라. 그래서 더 따뜻하고 다정하게 대하고 싶었다.

드디어 치료 마지막 날이 왔다. 여느 날과 마찬가지로 반갑게 그를 맞이했다. 전날 환자 인계를 받을 때부터 나는 무척 들떠 있었다.

"미스터 비, 오늘 치료 마지막 날이죠? 너무 축하해요."

여기저기서 간호사들의 축하가 쏟아졌다. 미스터 비는 수줍어하면서도 환하게 웃으며 손을 흔들어 고마움을 표시했다.

"오늘 마지막 날이네요. 너무 축하해요. 이렇게 치료를 다 끝내기 힘든데 너무 자랑스러워요."

나도 진심으로 축하의 말을 건넸다. 그리고 미스터 비가 두 손으로 내 손을 꼭 잡으며, 인사를 건넸다. 소리 내지는 못했지만, 그의 입모양을 읽을 수 있었다.

'Thank you so much.'

눈시울이 뜨거워졌다. 하지만 환자들 앞에서 울지 않는 것이 내 철칙이기 때문에, 애써 마음을 달래고 마지막 치료를 시작했다. 추후 관리에 관한 설명을 끝으로, 무사히 모든 치료를 마쳤다.

"축하해요. 이제 항암제 맞으러 여기 오지 않아도 되요. 6주 뒤 의사와

경과 진료 받으러 오시면 되는데, 저 보러 잠깐 들르는 거 아시죠?"

볼 키스를 하고 꼭 안아준 뒤 그를 보내고서야, 나는 화장실로 달려갔다. 문을 닫자마자 눈물이 쏟아졌다.

'좋은 날 주책없이 왜 이래, 진짜.'

찬물에 황급히 얼굴을 씻고 다시 간호사 스테이션으로 향했다. 동료들이 다가와 말을 건넸다.

"리연, 괜찮아? 너무 걱정하지 마."

"응, 괜찮아요. 너무 좋아서 그래요."

나는 곧 기운을 내 아무 일 없었다는 듯이 일로 돌아갔다.

그날 퇴근 후 남편과 함께 우리가 좋아하는 식당에서 정말 맛있는 저녁을 먹었다. 집으로 돌아오는 차 안에서 한참 즐겁게 이야기를 나누던 중 남편이 물었다.

"오늘은 병원 많이 바빴어?"

"아니, 괜찮았어. 오늘은 진짜 좋은 날이었어. 내가 좋아하는 환자가 드디어 치료를 다…"

꾹 참았던 눈물이 쏟아졌다. 나는 엉엉 울어버렸다. 너무 행복하고 기분이 좋은데도 눈물이 멈추지 않는 건 왜일까.

마음속으로 기도했다.

'최대한 늦게 다시 만났으면… 아니, 이제 다 괜찮아져서 항암 센터에서 다시 만나지 않게 되면 좋겠다.'

가끔씩 이렇게 애착이 가는 환자들이 있다. 그런 환자들을 간호하고 그들이 치유되는 과정을 지켜볼 수 있다는 것에서 내 직업에 감사하고 보람을 느낀다. 이 매력에서 헤어날 수 없어 계속 간호사 생활을 하는 게 아닐까. 이런 경험이 내 안에 차곡차곡 쌓여 다음 환자에게도 좋은 기운을 줄 수 있는 간호사로 성장하길 소망한다.

김리연

미국 뉴욕에서 마운트 사이나이 베스 이스라엘 병원
암센터 간호사로 일하고 있습니다.

만병통치약을 알고 있지.
바로 소금물이야.
땀, 눈물 그리고 바다.
- 이자크 디네센

Part 3

부드럽게 단단하게

실습생, 금기를 깨다

“버지니아! 들것을 들고 헬기로 가. 어서!”

응급실 감독관이 소리쳤다. 나는 응급실 보조로 야간 당직을 서고 있었다. 용수철처럼 튀어 나갔지만, 사시나무 떨듯 몸이 떨렸다. 헬기에서 환자를 받아본 적이 한 번도 없었다. 그때 나는 겨우 열아홉 살, 실습 중인 간호학생이었다.

네 사람이 들것 두 개를 들고 헬기장으로 달려갔다. 바람과 프로펠러 소리가 너무 커서 간호사들이 뭐라고 소리쳤지만 제대로 들리지 않았다. 어렵사리 검은 방수포를 덮은 환자 두 명을 들것에 옮기고, 우리는 있는 힘을 다해 응급실로 내달렸다.

정신이 멍한 가운데, 방수포에 싸인 환자 두 명이 심각한 화상을 입었고 아홉 살 난 딸과 어머니임을 알게 되었다. 그들은 차를 타고 협곡을 지나다가 앞에서 달리던 석유 수송차가 폭발하는 바람에 불길에 휩싸였다. 협곡은 순식간에 아수라장으로 변했다. 모녀는 가까스로 불길을 지나서 협곡 한쪽으로 피한 덕에 구출될 수 있었다.

그때 화상 환자를 처음 봤다. 소녀는 마치 분홍과 검정으로 칠한 플라스틱 인형 같았다. 왼쪽 귀 일부는 녹아 없어졌다. 무시무시했다. 살갗과 머리카락이 타들어간 끔찍한 냄새에서 벗어나고 싶은 마음뿐이었다.

몇 주 후, 나는 특별한 업무를 할당받았다. 다루기 힘든 소아과 환자가 있는데, 그 아이를 돌보는 일이라고 했다. 담당 간호사는 아이가 침을 뱉고 욕설을 퍼붓고 가까이 있는 사람은 누구든 물어버린다고 했다. 가족은 아이의 발악에 어쩔 줄 몰라 하면서도 진정제 투약은 자제해달라고 요청했다. 아이가 하도 발버둥 치는 바람에 사지를 묶어두었고, 이틀간 목욕도 하지 못한 상태라고 했다.

가슴이 철렁했다. 담당 간호사를 따라 병실로 향하는데, 복도에서도 욕설을 내뱉는 아이의 목소리가 들렸다. 가만히 병실 문을 열자 침이 얼굴에 날아들었다. 벌거벗은 채 온몸이 묶여 있는 아이의 짓이었다. 침대는 물론 아이를 묶은 천이 엉망으로 흐트러져 있었다. 발길질을 해대는 통에 아이의 왼쪽 귀를 덮은 거즈가 떨어졌다. 그제야 이 아이가 전에 헬기로 수송된 화상 환자라는 사실을 알아차렸다.

아이는 왼쪽 귀가 좀 작아졌을 뿐 회복했지만, 아이의 어머니는 중환자실에 들어간 지 사흘 만에 세상을 떠났다고 한다. 담당 간호사가 복도에서 차트를 넘겨주면서 주의를 줬다.

"무슨 일이 있어도 아이에게 엄마가 죽었다는 사실을 알리지 말아요. 아이가 안정을 찾으면 가족이 차분히 소식을 알리려 하고 있지만, 상태가 좋지 않네요."

다시 병실에 들어가자 아이가 비명을 지른다.

"나가! 내 몸을 건드리지 마!"

욕설을 퍼붓는 중간에 몇 번이고 "엄마, 엄마, 엄마!" 하고 울부짖었다. 나는 겁에 질린 채, 이 다치고 성난 어린 동물을 돌보는 일을 시작했다.

아이는 수프를 먹이려 해도 그릇을 머리로 받아 엎어버렸고, 입에 물려준 종이 빨대는 씹어서 침 뱉듯 내 얼굴에 내뱉었다. 저녁 때 아이 아버지가 왔다. 아이의 벗은 몸을 덮어주려 했지만 결국 실패했다. 나는 아이의 상태가 엉망인 것에 사과하고는 무기력하게 병실에서 빠져나왔다. 아이의 아버지는 조용히 머리를 저었다. 딸의 이런 행동에 익숙해진 듯했다.

아버지가 병실을 떠날 때 아이가 소리쳤다.

"바보! 바보!"

그 후 한 시간쯤 나는 아이의 분노를 가라앉히려 애썼다. 풀어보지 않은 선물에 대해 물어보고, 꽃병의 물도 갈아주었다. 사탕을 건네고, 책을 읽어주거나 TV 쇼를 보여주려고도 해봤다. 하지만 소용없었다.

두어 시간이 지났을까, 아이가 되뇌는 말이 바뀌었다.

"아무것도 몰라. 다들 아무것도 모른다고. 하지만 난 알아. 난 안다고!"

마침내 아이는 발작을 멈추고 말했다.

"나한테 말해줘!"

나는 겁이 나서 몸이 덜덜 떨렸다. 아이와 나 사이는 고작 두어 발자국 거리. 나는 엉거주춤 몸을 떨어뜨리며 물었다.

"말하라니, 뭘 말이니?"

아이는 나를 빤히 쳐다보더니 소리쳤다.

"당신도 다른 사람들이랑 똑같아. 나한테 똑같은 말만 할 거야!"

이불 속으로 숨어버린 아이에게 나는 진지하게 물었다.

"뭘? 뭘 알고 싶은데?"

여섯 시간 만에 처음으로 발버둥과 욕설을 그쳤다. 너무 조용해서 잠든 줄 알았다. 그런데 이불 속에서 흐느끼는 소리가 새어 나왔다.

"…우리 엄마 죽었지?"

담당 간호사의 경고가 머리를 스쳤다. 사실대로 대답하면 지시 사항을 어기게 된다. 아이의 마음에 영원히 상처를 남길지도 모른다. 숨 막힐 듯한 침묵을 견디기 힘들었다. 한바탕 일어날 발작에 대비해 마음을 굳게 먹고, 다시 한 번 물었다.

"네 생각은 어떤데?"

"그런 것 같아. 우리 엄마가 죽은 것 같아. 엄마를 느낄 수가 없어. 엄마는 죽은 지 오래됐어."

아이는 담담하게 말했다.

이 아이는 분명히 알고 있었다. 숨을 깊이 들이쉰 다음, 속으로 용서를 빌면서 입을 열었다.

"네 말이 맞아, 꼬마야. 네 엄마는 돌아가셨어."

커다란 울음이 터져 나왔다. 무기력하고 쓸쓸한 울음이었다. 희망도, 반항심도, 분노도 없는 그런 울음. 아이의 상실감이 슬퍼서 나도 함께 울었다. 간호사가 되지 못할 거라는 상실감 때문에도 울었다. 아이에게 금지된 사실을 말했다는 게 알려지면 병원에서도 쫓겨날 것이고, 간호학

Diary

교를 졸업하지 못할지도 모른다.

마침내 통곡 소리가 여린 흐느낌으로 잦아들었다

"우리 아빠는 계속 엄마가 다른 데 있다고만 대답해. 엄마가 어디 있냐고 물을 때마다 다들 엄마는 더, 더 좋은 곳에 있다고 말해."

이제 아이는 기운 없이 훌쩍였다.

"이제 브래지어가 필요한데 아빠가 사주는 건 싫어. 엄마가 해줘야 하는데…"

아이의 먹먹함이 전해졌다. 가슴이 아팠다.

근무가 끝나기까지 두 시간 동안 아이를 묶은 천을 풀고 목욕을 시켰다. 침대 시트를 갈고 새 잠옷을 입혔다. 함께 선물을 풀어 봤고, 아이는 가족에게 감사 카드를 썼다. 그러다가도 울컥 눈물을 쏟았다. 슬픔이 밀려들 때마다 나는 아이를 꼭 안았고, 아이는 가만히 있었다. 사고 후 몇 주 만에 처음으로 아이는 묶이지 않은 상태로 잠들 수 있을 것 같았다.

아이가 잠들기 전 오늘 일기장에 썼다는 구절을 읽어주었다.

"엄마는 내 마음속에 있다. 버지니아는 아주 훌륭한 간호사가 될 거다."

그날 밤 근무 보고서를 다 작성했다. 단단히 각오했다. 하지만 담당 간호사는 내 손을 꼭 잡으며 말했다.

"잘했어, 버지니아. 아주 잘했어요."

아이는 곧 퇴원했다. 그리고 2년 후 나는 무사히 정식 간호사가 되었다. '아주 훌륭한 간호사'가 되기 위한 여정도 시작되었다.

버지니아 L. 클라크

우리의 대화가 시작된 순간

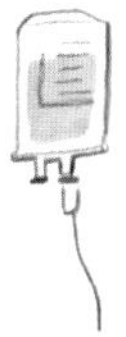

아이가 응급실에서 소아과 집중치료실로 옮겨진 것은 늦은 밤이었다. 아이는 밖에서 놀다가 차에 치었고, 부모 중 한 사람이 아이를 병원으로 데려왔다고 했다. 퍼렇게 멍든 몸에 붕대를 친친 감은 네 살배기 사내아이에게 어른용 들것이 너무 커 보였다. 아이는 혼자였다. 부모는 끔찍한 사고에 대한 충격과 죄책감 때문에 자리를 피하고 싶었는지 집에 가고 없었다. 부모가 누구인지 몰라도 안타까웠다.

나는 아이를 일으켜 꼭 껴안고 다 잘 될 거라고 말해주고 싶었지만 부서질 것 같은 작은 몸에 차마 손을 댈 수 없었다. 다치지 않은 왼손을 꼭 쥐고 기도했다.

이후로 몇 주 동안 아이는 통증을 잘 참아냈다. 왼팔을 제외한 온몸에 상처가 심했기 때문에, 왼팔은 온통 주사 자국투성이가 되었다. 하지만 여전히 아이는 혼자였다. 부모는 아이를 보러 오지 못했다. 사회복지사가 전해주길, 부부는 우울증에 빠져서 상황에 적응하지 못하고 갈라셨다고 한다. 사고를 당한 후로 아이가 한마디도 하지 않은 게 이해됐다. 의사들은 의학적으로는 아이가 말을 못할 이유가 없다고 했지만, 아무도 아이의 말문을 열지 못했다.

아이는 병원에서 다섯 번째 생일을 맞았다. 과연 부모가 나타날까? 젊은 수련의가 간호사들이 걱정하는 소리를 듣고는 작은 선물을 사 오겠다고 했고, 모두 모여서 생일을 축하하기로 했다.

수련의는 어쩌자고 물총을 선물한 것일까? 보통 아이라면 괜찮은 선물이지만, 집중치료실에 입원 중인 아이더러 어떻게 갖고 놀라고…. 어쨌든 나는 총에 물을 채워서 꼬마 친구에게 건네줬다.

"언제든 네가 한마디라도 소리 내 말하면 나한테 물총을 쏴도 좋아."

아이는 씩 웃었지만 곧 몸을 돌려 잠에 빠졌다.

새벽 5시, 업무가 시작되었다. 목욕, 채혈, 이불과 붕대 갈기…. 바쁘게 병실을 돌았다. 그러다 아이의 병실에 들어간 순간, 차가운 물줄기가 날아와 얼굴을 적셨다. "안녕하세요!" 아이가 소리쳤다. 반가워해야 할지, 화를 내야 할지 깜짝 놀라 잠시 멍했다.

"이름이 뭐니?"

내가 물었다.

"제이슨!"

이번에는 물줄기가 머리를 적셨다.

"몇 살인데?"

"이제 다섯 살이요!"

아이는 내 셔츠에 다시 한 번 물총을 쏘며 외쳤다.

"또 알고 싶은 게 뭐예요?"

나는 빙그레 웃으며 수건으로 얼굴을 닦았다.

비로소 우리의 대화가 시작된 것이다.

드니스 커소번

통증을 느껴요, 그리고 싸워요

나는 22년 간 응급실 간호사로 근무했고, 마지막 15년은 항공 구조대에서 비행기로 환자를 이송하는 일을 했다. 5000명이 넘는 환자를 실어나르는 동안 나는 여러 가지 자격증과 학위를 취득했고, 그것들은 내 사무실 벽에 자랑스럽게 붙어 있다. 하지만 내가 벽에 붙여놓은 여러 가지 가운데 가장 뜻 깊게 여기는 것은 따로 있다. 그것은 그저 작은 종이 한 장이다. 하지만 그걸 볼 때마다 내가 왜 간호사가 되었는지를 되새긴다. '사람의 생명을 구할 수 있다.' 바로 내가 이 길을 택한 까닭이다.

하바수 레이크 시티는 애리조나 주와 캘리포니아 주가 만나는 곳에 위치한 유명 관광지로, 주말이면 스키와 보트를 즐기는 사람들 그리고 알코올이 넘쳐난다. 그러나 이 모두가 어우러지면 위험한 상황이 빚어질 수 있다.

그 날은 노동절 주말이었다. 우리 항공 구조대는 보트 사고로 중상을 입은 환자를 피닉스의 의료 센터에 공수하라는 연락을 받았다. 나는 조종사, 호흡요법사와 팀을 이뤄 의료 장비를 싣고 하바수 레이크 시티로 출발했다. 40분 후 비행장에 착륙한 우리는 병원으로 달려갔다.

환자는 28세 청년으로, 보트가 다른 보트와 충돌할 때 몸이 프로펠러로 날아가는 바람에 심각한 부상을 입었다. 이 사람을 존이라고 부르겠다. 존을 옮길 준비를 하면서 존의 담당 간호사는 재빨리 상태를 설명했다. 존은 부목을 대고 있었다. 쇄골이 으깨진 그의 눈에는 공포가 담겨 있었다.

내가 인사를 하자, 그는 겨우 소리 내 말했다.

"난 죽겠죠."

그럴 가능성이 많았다.

존은 프로펠러에 부딪친 뒤에 다시 튕겨 나와 배에 떨어지면서 갈비뼈가 부러지고 오른팔이 심하게 손상됐다. 가슴에 구멍이 났고 폐도 망가졌다. 단단하게 근육 잡힌 복부가 내출혈로 불룩 튀어나와 있었다. 우리는 산소마스크와 심장 모니터를 단 채 존을 구급차에 싣고 다시 비행기로 옮겼다.

피닉스까지 날아가는 동안 병원에서 가져온 엄청난 양의 피를 존에게 수혈했다. 피는 냉장 상태로 보관되기 때문에, 안 그래도 심각한 환자의 몸에 좋지 않은 영향을 줄 터였다. 조금이라도 피를 데우려고 나도 조종사도 호흡요법사도 혈액 주머니를 깔고 앉은 채 각자의 일을 했다.

존은 의식이 있었고, 계속 신음 소리를 내며 고통을 호소했다. 통증이 엄청날 터였다. 호흡요법사는 모르핀을 주사하는 게 어떻겠냐고 물었다.

어쩐지 망설여졌다. 존이 살 수 있는 희망은 수술뿐이고, 피닉스 병원까지는 45분을 더 날아가야 한다. 병원에 도착할 때까지 시간이 넉넉한 경우 환자에게 진통제를 처방하기도 하지만, 존은 달랐다. 그는 상태가 너무 위중해서, 의식을 놓으면 위험할 수 있었다. 깨어 있는 상태로 살아야겠다는 의지를 발휘해야 했다. 진통제로 그 기회를 빼앗지 않을 작정이었다.

몸을 숙여 존과 눈을 맞추고 단호하게 말했다.

"나는 당신이 통증을 느끼길, 그 상태로 버티면서 목숨을 구하려고 싸우길 바라요."

그는 고개를 끄덕이곤 눈을 감았다.

하바수 레이크를 떠나면서 조종사는 피닉스 관제탑에 환자를 싣고 간다고 알렸다. '구명기'는 다른 비행기를 제치고 우선적으로 착륙할 수 있다. 그날 풍향 때문에 다른 비행기들은 동쪽에서 서쪽으로 착륙했지만, 조종사는 우리가 서쪽에서 동쪽으로 '직진해서 들어가 착륙할 수 있도록 다른 비행기들을 치워달라'고 요청했다. 그래야 시간을 줄일 수 있기 때문이었다.

항공 구조대의 격납고로 들어가자, 우리를 병원까지 이송할 헬기가 시동을 걸어놓은 채 대기하고 있었다. 몇 분 후 의료 센터에 도착해 존을 헬기에서 내렸다. 이제 그는 내 목소리에 반응을 보이지 않았다. 엘리베이터 문이 열리자마자 대기하던 외과팀이 우리를 맞았다. 나는 외과의에게 존에게 행한 치료와 그의 반응을 간략히 보고했다. 존은 곧장 수술실로 들어갔고, 나는 기지로 돌아왔다.

존의 상태를 파악하기 위해 의료진과 계속 연락했다. 병원에서는 존이 목숨을 구한 것에 놀라워했다. 그의 복부에 5리터의 피가 쏟아져 나와 있었다고 한다(전체 혈액양의 85퍼센트였다). 다른 부상은 제치고라도 비장이 파열되어서 제거할 수밖에 없었다. 팔 수술도 해야 했다. 수술하는 동안 존은 7.5리터의 혈액을 수혈 받았다. 장시간의 수술이었지만, 존은 견뎌냈고 경과도 좋았다.

나는 존을 다시 만나 "잘했어요."라고 말해주고 싶었다. 이틀 후 중환자실로 그를 찾아갔다. 그는 약 기운 때문에 정신이 흐렸고 호흡을 위해 목에 튜브를 꽂고 있었다. 하지만 나를 보자 희미하게 미소 지었다. 그 와중에 나를 기억하다니…. 그가 입술 모양으로 말했다.

"고마워요."

그는 침대 끝에 붙은 세 아들의 사진을 손가락으로 가리켰다. 그러고 나서 메모지에 천천히 글자를 적었다.

"당신을 기억해요. 버티면 모든 게 괜찮을 거라고 말했지요. 고마워요. 덕분에 목숨을 구했어요."

존은 2주 후 퇴원해서 집으로 돌아갔다. 나는 그 종이를 액자에 넣어서 사무실 벽에 걸어두었다. 무엇보다 중요한 상장으로 여기며.

셰리 소렌슨

아이의 꿈

밤이 내릴 무렵, 소아암 병동 간호사인 나도 조용한 밤을 맞는다. 밤 깊은 시간에 조용히 병실 문에 귀를 대면 쌕쌕 소리가 귀를 간지럽히는 것 같다. 나는 침상과 요람 사이를 오가면서, 어린 환자들이 편안히 자는지 살핀다. 발을 이불 안으로 넣어주고, 바닥에 떨어진 곰 인형을 가슴에 안겨주고, "자장 자장 자장…" 하고 자장가를 읊조린다.

일곱 살 여자아이가 파란 이불 속에서 잠들어 있다. 까만 속눈썹과 장밋빛 입술을 가진 예쁜 아이다. 아이가 문득 내 손을 잡아 가까이 끌었다. 귀한 선물을 받은 기분이다.

아이의 빡빡머리에 입 맞추고 조용히 곁을 떠나려는데, 아이가 내 이름을 부른다.

"알리슨 아줌마?"

나는 아이 곁에 무릎을 꿇고 앉아 다시 손을 잡았다.

"어른이 되면 아줌마처럼 되고 싶어요."

"그럼, 네가 크면 훌륭한 간호사가 될 거야. 분명히 그럴 거야."

"아뇨. 내가 되고 싶은 건 천사예요. 저는 천사가 될 거예요."

일곱 살 베서니 개릿을 추모하며
알리슨 레이 어셔

잘 알지도 못하면서

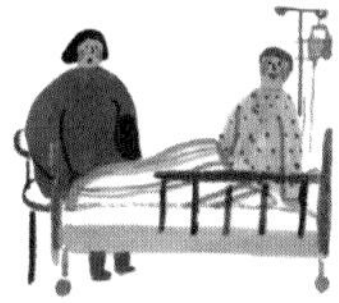

수련의들과 일해본 적이 거의 없던 나는 꼬투리 잡히지 않으려는 생각에 신경이 곤두섰다. 최대한 자신감을 가지고 객관적이고 전문가답게 처신했지만, 치프 레지던트는 내 자신감이 거슬리는 듯했다. 사사건건 냉소적인 반응을 보이는 걸 보면 그는 분명 나를 좋아하지 않았다.

동료에게 고민을 털어놓자 그녀가 말했다.

"자기가 만만하지 않아서 그런 거야, 버지니아. 그 레지던트는 버지니아의 콧대를 꺾으려고 벼르고 있다구."

그러던 어느 날, 일흔다섯의 백발 노인이 심장 이상으로 실려 왔다. 이 환자는 180센티미터가 넘는 키에, 가슴도 오크통처럼 컸다. 큼직한 손은 관절염으로 옹이가 박혀 있었다. 목소리는 여전히 우렁찼지만, 어쨌든 그는 병을 앓고 있었다. 우리는 그의 심장을 소생시키려 애썼지만, 상태는 점점 악화되었다.

오후 7시 38분, 그는 기운을 거의 잃었다. 의료진은 동원 가능한 모든 방법을 취하고 실험적인 약까지 썼지만, 그의 심장은 반응이 없었다. 오실로스코프(진동 현상을 눈으로 볼 수 있도록 기록 또는 표시하는 장치)의 바늘은 몇 차례나 0으로 떨어졌다.

나는 불쑥 그의 이름을 부르기 시작했다. 반복해서 불렀다. 치프 레지던트가 내 어깨를 잡아 흔들면서 쏘아붙였다.

"소리친다고 죽은 사람이 살아나지는 않아요. 그는 당신 목소리를 못 듣습니다. 죽었어요!"

그때까지 나는 내가 환자의 이름을 부르고 있는 줄도 몰랐다.

잔뜩 몸을 굽힌 채 시신에 대고 이름을 부르고 있는 모습을 돌아보곤 덜컥 겁이 났다. 내가 병아리 간호사처럼 굴었다는 사실이 창피했다. 어떻게든 변명해보려 했지만 도무지 둘러댈 이유를 찾을 수 없었다. 어째서 그 상황에서 환자의 이름을 불러야 했는지, 의학적인 이유가 있을 턱이 없었다. 치프 레지던트는 사망 시간을 확인하려 시계로 몸을 돌렸다.

바로 그때 모니터의 초록색 선이 다시 움직였다.

"살아났어요!"

몇 분 후, 놀랍게도 환자의 상태는 안정되었다. 당혹감에 휩싸인 채 간호사실로 돌아갔을 때 동료들도 똑같이 당황해하고 있었다.

"왜 계속 소리를 질렀어?"

"나도 모르겠어. 그래야 할 것 같았어."

그럴듯한 대답을 찾으려 머리를 굴렸지만, 아무 생각도 나지 않았다.

"그냥 어쩔 수가 없어서…."

다음 날 오후에 출근한 나는 당직 간호사의 인계를 받으며 더 당황하지 않을 수 없었다. 환자가 온종일 화가 나 있다고, 내가 출근하면 병실에서 보자고 한다는 것이었다. 끙…. 대체 내가 무슨 짓을 했기에 이 노신사가 그렇게 화를 낸단 말인가.

그의 병실에 들어서자 노인이 나를 노려봤다.

"그러니까 나를 못 가게 붙잡은 사람이 당신이군!"

"그렇습니다."

나는 낮은 목소리로 대답했다.

"내가 당신을 의료 과실로 고소할 거란 말을 들었소?"

"네?"

"당신이 무슨 신이라도 되는 줄 알고 있소? 나를 다시 데려올 권리가 당신에게 있다고 생각했소?"

뭐라고 답하기도 전에 그가 손을 들어 내 말을 가로막았다.

"나는 막 빠져나간 참이었소. 그렇게 아름다운 빛은 처음 봤소. 그런데 누가 나를 부르고 또 불렀지. 밤새도록 당신한테 몹시 화가 나더군!"

나는 더듬더듬 사과했다.

"정말 죄송합니다. 제가 무슨 짓을 하는지도 몰랐어요. 부디 용서해주시겠어요?"

"흥, 당연하지! 당신이 아니었다면 나는 손녀딸이 날 사랑하는지도 모르고 죽을 뻔했소. 그 아이가 날 보고 싶어 할 거라곤 생각하지도 못 했는데, 내가 병원에 입원했다는 소식을 듣자마자 비행기를 타려고 밤새 발을 동동 굴렀다고 했소. 아침이 되어서야 여기 도착했지. 그리고…."

노인은 목이 메었는지, 잠시 침묵하다 말을 이었다.

"당신이 날 부르지 않았다면, 손녀가 날 미워한다고 생각하면서 죽었을 거요. 한데 그 아이는 날 사랑한다오. 오늘 아침 그렇게 말했소. 그리고, 맙소사…. 내게 증손주가 생긴다니!

처음엔 그 빛 속에 머물고 싶은 마음이 간절했지만, 지금은 당신이 날 막아줘서 기쁘다오. 당신이 포기하지 않아서 얼마나 다행인지."

그는 안도감과 당혹감이 뒤섞인 내 표정을 보고 껄껄 웃더니, 가만히 눈을 감고 깊은 숨을 토했다.

"우리 둘 다 뭐가 어떻게 될지 몰랐지요…. 그렇지 않소?"

나는 말없이 고개를 끄덕였다.

이 위풍당당한 노인은 그날 밤, 손녀가 임종을 지켜보는 가운데 세상을 떠났다.

오래 전 그날, 내가 무엇 때문에 그토록 평정을 잃었는지 모르겠다. 과학과 이성 너머의 뭔가에 처음 의존한 날이었다. 그리고 나는 그 후로도 종종 그것에 의존했다. 특히 누구의 콧대를 꺾을 필요가 있을 때는.

버지니아 L. 클라크

불굴의 의지와 고집스러움의 차이는,
전자는 '하겠다'는 강한 마음에서 나오고
후자는 '안 하겠다'는 강한 마음에서 나온다는 점이다.
– H. W. 비처

전설의 간호사

그 병원에는 아직도 '완다 메이의 전설'이 전해져온다. 세월이 흐르면서 이야기가 부풀려졌지만, 그 사건의 목격자로서 있었던 일 그대로를 이야기해보겠다.

신참 간호사였던 완다는 그야말로 '작은 거인'이었다. 키 145센티미터에 체중은 40킬로그램이나 될까 싶었지만, 온몸에서 내뿜는 에너지가 어마어마했다. 초록색 눈과 윤기 흐르는 머리칼을 가진 이 아가씨는, 하얀 간호모를 쓴 모습이 마치 '날아다니는 수녀'(날 수 있는 능력을 가진 수련수녀의 이야기를 다룬 미국 시트콤) 같았고, 몸에 안 맞아 헐렁한 간호복이 오히려 매력을 더했다.

당시 병원의 중환자실은 병상이 15개로 아수라장이 따로 없었다. 산소호흡기와 모니터가 윙윙 삑삑거리는 소리, 긴급 상황을 알리는 방송, 끊임없이 울려대는 전화벨, 번쩍이는 불빛들, 간호사들의 말소리….

우리 환자들에게 감각과부하(감각자극의 양과 범위가 감당할 수 있는 범위를 넘어선 상태)는 일상적인 일이었다. 게다가 중환자실 환자의 10퍼센트가 '중환자실 환각증세(중환자실에서 환자가 겪는 정신적 혼란과 정신착란 증세)'라는 독특한 증상을 경험한다. 이 증세가 발동하면 상냥한 할머니가 느닷없이 영화 〈엑소시스트〉의 배우처럼 돌변하기도 한다. 적절하게 치료하면 24시간 후에는 정상으로 돌아오는데, 환자들이 나중에 자신이 벌인 일을 알면 경악하기 일쑤다.

문제의 그날 밤, 중환자실은 유난히 조용했다. 환자가 셋뿐이었다. 나는 책상에 앉아 심장 모니터들을 확인해야 했고, 명랑하고 노련한 필리스가 환자 두 명을 담당했다. 나머지 환자인 앨런 힐은 완다가 보살피게 되었다.

앨런은 스물일곱 살에 불과했지만 힘겨운 인생을 살아서인지 나이가 훨씬 더 들어 보였다. 신장 질환 때문에 매주 투석을 받는 나날은 누구에게나 힘들다. 거기다 오래 전 가족에게 버림받은 처지와 알코올 중독도 고통을 가중시켰을 터였다. 그는 중환자실 단골 환자였고, 우리는 그가 서른 살을 넘기지 못할 거라고 봤다.

그는 중환자실에서 받는 보살핌을 좋아했다. 사방으로 뻗친 까치머리를 하고 환하게 웃곤 했는데, 그중에서도 완다가 담당일 때 가장 행복해했다. 가장 좋아하는 스트리퍼가 완다와 똑 닮았다며. 그래서 우리는 '헤이, 돈 잘 쓰는 자기'라는 노래를 흥얼거리며 완다를 놀리곤 했다. 앨런은 단점들에도 불구하고 대체적으로 호감 가는 사람이었다.

자정 무렵 환자들은 안정적인 상태였고 점검도 끝났다. 완다는 책상에 앉아 최근 실연한 일을 우리에게 털어놓고 있었다. 그때 갑자기 모니터 여러 대가 경고음을 울렸다. 확인하려 고개를 돌렸을 때, 앨런의 커다란 몸이 우리 앞에 버티고 있었다. 가슴에 모니터 단자만 단 채, 알몸으로 말이다! 라인을 뽑는 바람에 허벅지에서 피가 솟구치고 있었다. 맥박을 재지 않아도 상태를 알 만했다. 출혈이 없었다면 벌거벗은 채 소변 주머니를 질질 끄는 모습에 그저 한바탕 웃었을 것이다. 하지만 그의 눈빛이 심상치 않았다.

완다와 필리스가 그를 달래서 침대로 데려가려 했다. 나는 서둘러 경비를 부른 다음 담당 의사를 호출했다. 이후 얼마동안 펼쳐진 광경은 슬랩스틱 코미디가 따로 없었다. 달아나는 앨런을 완다, 필리스, 70대 경비원 두 명, 감압실 간호사 몇 명이 추격했다. 앨런은 자기 눈에만 보이는 악령을 쫓으면서 이 병실 저 병실 뛰어들었다. 환자들이 비명을 지르고, 경비원들은 고함치고, 의료진들은 이리 뛰고 저리 뛰고. 경관 세 명과 주치의가 왔지만 혼란만 가중되었다. 앨런은 복도 구석으로 몰리며 잡히는 듯했지만, 환각 상태라 그런지 헐크마냥 힘이 장사였다.

그가 감압실 옆 4인실에 뛰어들었고, 병실은 공포로 가득 찼다. 연로한 여자 환자 세 명이 비명을 지르자 심장 모니터가 동시에 요란한 경보를 울렸다.

앨런은 가장 가까운 침대에 뛰어 올라서 환자를 인질로 잡았다. 그가 사용한 무기에 대해 지금도 이러쿵저러쿵 말이 많다. 식칼이라는 소문도 있지만, 내 기억으로는 그렇지 않다. 그는 침상 접이식 식탁에 놓여 있던 편지 봉투 뜯는 칼을 낚아채서는 딱한 노부인을 끌어당겨 목에 편지 칼을 댔다. 광적인 눈빛을 보니 그 칼을 휘두르고도 남을 듯했다. 우리는 그가 시키는 대로 뒤로 물러나 진정제를 주사할 방도를 궁리하느라 바빴다.

목숨이 오가는 이 긴박한 상황에서 완다 메이의 전설이 탄생했다. 완다가 가만히 앞으로 나아가더니, 천천히 캡을 벗고 땋은 머리를 풀었다. 길고 풍성한 머리채가 흩날리는 광경을 모두가 입을 벌린 채 지켜보았다. 그리고 노래가 시작되었다.

"당신이 바에 걸어 들어온 순간…"

그녀는 앨런의 눈을 응시하면서 상의를 머리 위로 벗어 던졌다. 완다가 다가가자 그의 눈빛이 부드러워졌다. '칼'로 위협받는 노부인은 누가 더 '사탄'에 가까운지 혼란스러워하는 기색이 역력했다. 완다가 그에게 따라오라고 손짓하자, 애런은 최면에 걸린 사람처럼 무기를 내려놓고 침대에서 일어났다.

쥐죽은 듯 조용한 구경꾼들이 길을 터주자, 속옷만 입은 완다가 가운데로 걸어갔다. 앨런은 뒤를 졸졸 따라갔고. 그녀는 계속 '헤이, 돈 잘 쓰는 자기'를 흥얼거리며 앨런의 병상까지 갔다. 완다가 침대를 두드리면서 누우라는 몸짓을 했다.

나는 슬슬 완다의 안전이 걱정되기 시작했다. 하지만 앨런은 완력을 쓰기는커녕 훌쩍훌쩍 울기 시작했다. 완다는 그의 머리를 안아서 쓰다듬어주었고, 그 사이 주치의와 나는 주사를 꽂아 진정제를 투약했다. 잠시 후 앨런은 깊은 잠에 빠졌다. 완다는 그에게서 몸을 떼면서 아무렇지 않게 말했다.

"누구 내 옷 좀 가져다줄래요?"

그녀는 자그마한 체구의 소유자였으나, 완다 메이의 전설을 이야기하는 이들에겐 영원히 거인으로 기억될 것이다.

엘리자베스 터너

당신 자신이 되어라.
다른 사람의 자리는 이미 차 있다.
- 오스카 와일드

고요한 밤 거룩한 밤

내가 남을 잘 보살피고 이기심 없는 사람이어서 그 모든 일이 일어났다고 얘기할 수 있으면 좋으련만, 사실은 전혀 그렇지 못하다. 그해 나는 콜로라도에서 고향인 위스콘신으로 돌아와 밀워키의 호스피스에 일자리를 구했다. 가족이 몹시 그리웠고, 콜로라도는 급여가 너무 박했다.

가을에 접어들었고, 크리스마스 근무표가 나왔다.

12월 24일 3시~11시 바버라

12월 25일 3시~11시 바버라

속상했다. 막 약혼한 데다 몇 년이나 가족과 크리스마스를 보내지 못했는데, 크리스마스 당직이라니. 하지만 이제 막 취직했으니 크리스마스 근무를 피할 길은 없었다.

어쩌면 좋을지 궁리하다 좋은 아이디어가 떠올랐다. 내가 가족에게 갈 수 없다면 가족이 내게 오면 되잖아…! 환자와 보호자들도 크리스마스를 함께 보내려고 할 테니, 우리 가족이 그들을 위해 봉사할 수도 있고 말이다. 가족 모두 근사한 계획이라며 찬성했고, 병원 직원들도 좋게 받아들였다. 다른 몇몇 직원도 친지들을 병원으로 초대했다.

우리는 크리스마스를 어떻게 보낼지 계획을 짜다가, 크리스마스이브 밤 11시에 병원 부속 교회에서 성탄 예배가 열린다는 사실을 떠올렸다.

"우리가 환자들을 데리고 교회에 가면 되잖아요."

나의 제안에 다른 간호사들도 맞장구쳤다.

"좋지. 음악과 함께 아름다운 촛불 예식이 열리거든. 환자들도 좋아할 거야."

"맞아요. 예배 후에 조촐한 파티를 열어요. 펀치랑 과자를 준비해요. 작은 선물도요."

깜짝 행사를 계획하면서 다들 흥분했다. 그런데 병원 관리부서의 허락을 받아야 한다는 생각은 왜 미리 하지 못했을까?

결국 나는 소장실로 호출 당했다.

"바버라, 우리 병원에서 크리스마스 파티가 열린다는 소문이 들리던데?"

"아, 네…."

나는 직원들이 추진 중인 계획을 열심히 설명했다. 다행히 소장은 우리가 가족을 초대하는 것은 멋진 아이디어라고 인정했다.

"그렇지만 설마 환자들을 교회로 데려간다는 건 사실이 아닐 테죠? 한 번도 없었던 일입니다."

"사실인데요. 환자와 가족들에게 큰 의미가 될 거예요."

"그 예배에 환자가 참석하는 경우는 거의 없어요. 환자들이 간다고 해도 옷을 제대로 입고 걸어 들어가야 하는데…."

소장은 고개를 저었다.

"우리 환자들은 너무 쇄약해서 그럴 수가 없잖아요."

나도 물러서지 않았다.

"하지만 관심을 보인 환자가 여럿이에요."

"추가 근무자를 배정해줄 수 없어요."

"가족들이 도우면 됩니다."

"문제가 생길 경우 책임은 누가 지고요?"

'죽을 날을 기다리며 호스피스에 있는 환자가 교회에서 죽는다고 뭐 대수인가요?'라고 쏘아붙이고 싶었지만 꾹 참고 끈질기게 설득했다. 소장은 마지못해 허락해주었다.

크리스마스이브. 병원 라운지에 가족들이 모여서 작은 트리를 장식하고 선물 포장을 마쳤다. 직원과 가족들이 환자들을 예배당으로 데려갔다. 대부분의 환자는 가족의 도움을 받았다.

가족이 없는 환자는 샌디 하나뿐이었다. 열아홉 살, 간암 말기. 샌디의 어머니는 3년 전 암으로 세상을 떠났고, 아버지는 발길을 끊은 지 오래였다. 사랑하는 딸이 어린 나이에 죽어가는 걸 지켜보기 힘겨웠던 모양이다. 우리 가족이 샌디를 보살피기로 했다. 여동생이 샌디의 머리를 빗겨주고, 어머니는 립스틱을 발라줬다. 세 사람은 오랜 친구처럼 웃고 떠들었다. 내 약혼자는 샌디를 들것으로 옮기는 역할을 맡았다.

한편 간호사들은 링거대에 링거액을 걸어두고 병원을 나서기 전 마지막 진통제를 주사했다. 우리가 휠체어와 들것으로 환자들을 데리고 교회에 들어섰을 때, 아름다운 화음의 오르간 연주가 막 끝나는 참이었다.

우리가 천천히 통로를 지나자 교회는 침묵에 휩싸였다. 앞에 서 있던 목사도 입을 벌린 채 바라보기만 했다. 신도들 모두 고개를 돌리고 우리 일행을 쳐다봤다. 우리는 불안정한 걸음으로 앞으로 나아갔다. 작은 동작도 큰 예배당에서는 메아리로 퍼졌다.

이윽고 마법 같은 순간이 찾아왔다. 예배를 보던 사람들이 하나둘 일어나 우리가 자리 잡도록 도와주기 시작한 것이다. 환자들이 연단을 잘 볼 수 있도록 휠체어와 들것을 맨 앞자리로 옮겨주었고, 환자들 손에 찬송가 책과 주보를 들려주었으며, 마지막 찬송가를 부를 때 쓸 양초도 나눠주었다. 어떤 부인은 흐트러진 샌디의 베개를 바로잡고 머리를 쓰다듬어주었다.

예배 내내 신도들은 우리 환자들을 함께 돌봤다. 아름다운 예배는 촛불을 들고 '고요한 밤 거룩한 밤'을 부르는 것으로 끝났다. 병원으로 돌아가는 우리를 돕느라 찬송가 부르는 합창 소리가 약간씩 떨렸다.

우리는 펀치와 쿠키를 나눠 먹으면서 늦은 시간까지 이야기꽃을 피웠다. 그날 밤 내가 잠자리를 봐줄 때 샌디가 말했다.

"지금까지 보낸 크리스마스 중에서 가장 멋진 날이었어요."

나중에 가족에게 샌디의 말을 전하면서 문득 깨달았다. 그날 밤 여러 면에서 기적이 일어났음을. 병원에는 전에 없이 따뜻한 분위기가 감돌았다. 샌디는 가장 멋진 크리스마스를 경험했고, 교회에 모인 신도들은

예수님의 사랑을 몸소 나누었다. 그리고 그날 밤, 우리 가족의 영혼은 더욱 가까워졌다.

이후 우리 가족은 여러 번 크리스마스를 함께 보내는 축복을 누렸지만, 그날은 모두에게 특별한 기억으로 남았다. 작가 윌리엄 쇼어는 '주변의 사람과 공동체에 나눔을 베풀 때 비로소 우리 안에 중요하고도 오래 지속되는 무엇이 생긴다'고 말했다. 그것을 그는 '내면의 성전'이라고 불렀다.

나 역시 그렇게 믿는다. 그 크리스마스에 나눈 사랑으로 우리 가족의 성전은 전보다 더 견고해졌다.

바버라 바틀레인

조건 없는 사랑을 약속한 날

중서부 지역의 추운 겨울날이었다. 나는 작은 지방 병원에서 감독관으로 일하고 있었다. 원래 그날은 야간 근무가 아니었지만 동료의 부탁으로 근무 시간을 바꿔주었다.

내가 맡은 여러 가지 업무 중 하나는, 응급실 간호사들이 요청할 경우에 도움을 주는 것이었다. 사방이 조용한 가운데 복도를 돌고 있을 때 호출기가 울렸다. 가까운 내선 전화기를 들자, 응급실 당직 간호사 낸시의 다급한 목소리가 들렸다.

"지금 도움이 필요해요. 어린 남자아이가 구급차를 타고 들어오는 중이에요. 자세한 내용은 파악이 안 됐지만 상태가 안 좋은 것 같아요. 눈밭에서 발견됐는데, 처음 발견한 사람들이 심폐소생술을 실시하긴 했어요."

가슴이 철렁 내려앉았다. 바람이 세차게 부는 몹시 추운 밤이었다. 아이가 살 가망이 있을까. 문득 세 살 난 내 아들이 떠올랐다.

아이는 늘 내 마음속에 무겁게 자리 잡고 있었다. 아들은 어린애치고는 엄마를 너무 멀리했다. 제 방에 들어가서 몇 시간씩 책을 보곤 했는데, 내가 곁에 앉아서 읽어주려 하면 책을 던지고 방을 뛰쳐나갔다. 나는 엄마였고 세상 누구보다도 그 아이를 사랑했지만, 아들은 내 노래보다는 침묵을 좋아했고, 내 사랑보다는 홀로 있기를 원했다.

응급실로 들어서며 아들 생각을 털어냈다. 막 구급차가 도착해 아이가 들것에 실려 들어온 참이었다. 쥐 죽은 듯한 침묵 속에서 심폐소생술이 진행 중이었다. 금발의 소년은 창백한 얼굴로 축 늘어져 있었다. 파란 눈은 초점 없이 허공을 바라볼 뿐, 예쁜 손이 꽁꽁 얼어붙어서 의료진이 주먹을 펼 수조차 없었다. 체온이 올라갈 때까지 심폐소생술을 계속할 수밖에 없었다. 응급실에 있는 어느 누구도 이 어린 꼬마가 살아날 거라 여기지 않는 눈치였다.

이후의 시간은 빠르게 지나갔다. 정맥주사를 놓고, 가슴에 튜브를 연결하고, 복막 투석을 실시하고, 도뇨관을 끼우고…. 따뜻한 식염수가 아이의 얼어붙은 몸에 퍼지도록 했다. 말없이 옆에 서서 아이와 가족을 위해 기도하고 있으려니 눈물이 뺨을 타고 흘러내렸다. 아이의 부모가 겪을 고통이 얼마나 클지 나로선 짐작조차 할 수 없었다. 내가 할 수 있는 일은, 보호자에게 의료진은 최선을 다하고 있다고 계속 알려주는 일뿐이었다.

아이는 내 아들과 동갑이었고, 똑같이 어여쁜 푸른 눈과 금발을 가졌다. 나는 내가 아들을 얼마나 사랑하고 있는지 생각했다. 아이에게 사랑한다는 말을 마지막으로 한 게 언제였을까? 수많은 의사와 간호사들이 불가능한 일을 해내려 필사적으로 노력하는 모습을 지켜보면서, 오늘 출근하면서 아이를 껴안아주지 않은 것이 생각났다. 몹시 후회스러웠다.

그 순간 기적이 일어났다. 별다른 약을 주사한 것도 아니고, 심장에 전기 쇼크를 준 것도 아니었다. 그저 아이 몸을 따뜻하게 해준 것뿐이었는데 아이의 심장이 뛰기 시작한 것이다. 처음에는 천천히, 그러다가 더 규칙적이 되었다. 1분에 10회, 그러더니 20회…. 우리는 아드레날린 투약 여부를 의논했지만 의사들은 그러지 않기로 결정했다. 2분이 지나자 맥박이 잡히고, 10분 후에는 뺨이 발그레해지면서 동공도 반응을 보였다.

응급실이 고요해졌다. 기적을 목격하는 자리에 특별한 초대를 받았음을 깨닫자 경외심이 생겼다.

이후 몇 달에 걸쳐 아이는 완전히 회복했다. 발가락 동상에 걸린 것을 제외하고는 기적처럼 완치되었다. 그날 밤 나는 자신과 약속을 했다. 출근할 때마다 아들과 포옹하고 사랑한다고 말해주겠다고. 아이가 내게 사랑을 주지 않아도, 계속 나를 밀어내도 상관없었다. 그 아이가 세상을 떠날 때, 내가 얼마나 자기를 사랑했는지 알 테니까.

얼마 후 아들은 자폐증 진단을 받았다. 아들은 잘 지냈으며 오늘도 우리는 행복하다. 많은 시간이 흘렀고, 나는 지금껏 약속을 지켰다. 오래전 그날 조건 없는 사랑을 배울 수 있었던 덕분이다.

린다 C. 버드

괜찮은 죽음을 향하여

그는 임종을 앞두고 우리에게 왔다. 그의 얼굴은 창백했고, 몸은 움츠러들었고, 호흡이 불안정했으며, 코에 쓸모없는 영양관이 꽂혀 있었다. 지난 병력과 현재 병의 경과가 적힌 입원 서류와 차트에 그의 50년 인생이 응축되어 있었다. 확실한 사실은 예후가 안 좋다는 것. 선택의 여지가 줄고 있었다. 남은 시간도 줄고 있었다.

가족이 병상 옆에 무릎을 꿇었다. 상황을 알기에 눈가가 촉촉했다. 가족은 그를 안고 세상과의 끈을 놓지 않도록 격려했지만, 환자는 말했다.

"집에 가고 싶어. 집에 가서 죽고 싶어."

의료 종사자들은 '안정요법' '지지개입' '환자의 의사 결정권' 같은 용어를 사용한다. 다들 그 의미를 잘 아는 듯이 말한다. 하지만 그 용어들이 환자와 가족에게는 어떤 의미일까?

가족은 그의 바람을 들어주려고 우리에게 도움을 구했다. 쉽지 않은 일임을 우리만큼이나 가족도 잘 알았다. 가정 간호 준비가 되어 있지 않았고, 환자의 혈압이 너무 낮았다. 집은 한 시간 거리. 보통 기준으로는 먼 거리가 아니지만 이런 상황에서는 위험한 여정이 될 수 있다. 환자가 구급차에서 죽을 수도 있다. 이 모두를 가족은 잘 알았다.

"상관없어요. 그가 집에 가는 길이란 걸 알 테니까요."

어쩌면 그걸 아는 것이야말로 궁극적인 '안정요법'일 터였다.

간호사, 의사, 사회복지사가 팀을 이뤄 계획을 세웠다. 우리는 이 마지막 경주에 참여했다. 퇴원 승인서, 모르핀, 산소, 호스피스 간호사 등등. 급박한 상황은 우리를 압박했고, 결단이 필요했다. 규정에 예외를 두어, 가는 도중 사망할 경우에 대비해 가족 두 명을 구급차에 동승시켰다.

환자는 오후 2시경 집에 도착했다. 네 시간 후 그는 자기 집, 자기 침대에서 가족이 지켜보고 키우던 개를 발치에 둔 가운데 평안하게 숨졌다.

마틴 그레이는 이런 말을 했다.

"우리는 자신을 믿지 않습니다. 삶의 자원들에 대해 영원히 무지하지요. 하지만 삶은 우리가 자기 앞에 쌓은 벽을 뚫습니다. 한계를 초월하려면 자신을 이용하면 됩니다. 삶은 항상 다음으로 넘어가려 합니다."

의료인은 환자가 살고 싶은 방식대로 살도록 돕지만, 때로는 죽고 싶은 방식대로 죽을 수 있게 도와야 한다. 간호사도 그 과정에서 한몫한다. 우리의 재능을 그 경주에 쏟으면 '다음으로 넘어감'을 도울 수도 있으며, 환자뿐 아니라 우리도 강력하고 특별한, 심지어 기적 같은 결과를 얻게 될지 모른다.

앤 리펜버그

나는 겨우 한 명이지만 그래도 나는 한 명이다.
내가 모든 것을 다 할 수 없지만 그래도 뭔가 할 수 있다.
그러니 모든 것을 하지 못한다는 이유로
할 수 있는 일도 안 하는 짓은 저지르지 않겠다.
- 에드워드 E. 헤일

그것은 신의 뜻이었을까

나는 가톨릭 재단에서 운영하는 간호학교에 다녔다. 하지만 우리 반 학생들은 가톨릭 신자가 아니었기 때문에 재단 방침과 충돌을 빚었다. 입학한 첫 해에는 반 전체가 하마터면 간호사가 될 기회를 잃을 뻔했다. 사망한 사람이나 태아에게 세례를 주는 의식을 배우는 수업이 강제되자 전원이 수업 거부 의사를 밝혔기 때문이다. 침례교나 유대교 신앙을 가진 학생들에게 그 의식은 자신이 따르는 신앙의 교리와 배치되었다. 나는 학급을 대표해 반기를 들었다.

"입학할 때 우리 학교가 가톨릭 재단인 것을 알았잖아요. 알고서 입학했으니 우리 교단의 가르침에 따라야 합니다."

학교 측에서도 굽히지 않았다. 간호사가 될 기회를 박탈당할 수도 있는 상황이었다. 그렇게 되는 것은 싫었다. 나머지 친구들도 마찬가지였다. 그래서 우리는 타협안을 제시했다. 직접 세례 과정에 참여하지는 않는 조건으로 수업을 받겠다고 말이다.

나는 무사히 간호사가 되었고, 세월이 흘렀다. 내가 일하던 병상 80개짜리 작은 병원에는 가톨릭 신자인 직원이 많아서 병자성사(죽음에 임박한 신자가 받는 성사)나 세례에 대한 걱정은 할 필요가 없었다. 적어도 폭풍우 치던 그날 밤까지는 말이다.

하늘에서 양동이로 퍼붓는 것처럼 비가 내렸고, 천둥 번개가 요란했다. 나는 신생아실에서 야간 당직 근무를 하던 중이었고, 한 임산부가 실려와 예정일보다 2개월 빠른 출산을 했다. 아기의 몸무게는 1킬로그램이 조금 넘었다. 우리 모두 이 아이가 살 가망이 없음을 알았다. 신생아실의 여건은 열악했다. 전문의도 없었다. 갖춰진 것이라곤 인큐베이터와 산소마스크, 간호사들의 기도뿐.

"아기에게 세례를 주고 싶어요."

산모의 첫마디였다.

그녀가 다니는 성당 신부님에게 와달라고 전화했더니, 악천후로 당장은 방법이 없어 새벽에 곧장 달려오겠다는 말뿐이었다. 우리는 겁에 질렸다. 아기가 밤을 넘길 가망성은 희박했다. 나는 산모에게 가서 신부님의 말을 그대로 전했다. 그녀는 아이가 아침까지 살지 못할 거라는 의사의 진단을 되뇌더니, 필사적으로 매달리며 아기에게 세례를 해달라고 했다. 가톨릭 감독관을 호출했지만 병원에 없었다. 하필이면 야간 근무 중인 직원 가운데 가톨릭 신자가 하나도 없었다. 모든 일을 내가 짊어질 수밖에 없었다.

나는 기도했다.

"안 됩니다, 하느님. 제가 그 일을 어떻게 여기는지 아시지 않습니까."

하지만 간청하는 아기 엄마를 뿌리치지 못하고 결국 학생 시절에 배운 대로 '조건부' 세례를 주겠다고 말했다. 나는 가톨릭 신자가 아니며, 나의 종교에서 유아 세례를 어떻게 여기는지에 관해서도 설명했다. 그래도 원한다면 해보겠지만, 아니라면 아침에 신부님이 올 때까지 아기가 목숨을 부지할 수 있도록 함께 기도하겠다고 말이다. 산모는 당장 세례를 해주길 원했다.

나는 한 손으로는 천사 같은 아기의 머리를 감싸 들고, 다른 손으로는 아기 머리에 물을 뿌렸다.

"조지프 산체스, 네게 성부와 성자와 성신의 이름으로 조건부 세례를 주노라."

아이의 이마를 솜으로 닦았다. 아기 밑에 깔았던 수건을 마른 수건으로 바꾼 뒤, 아기를 엄마에게 데려갔다. 그녀는 감격하며 신이 주신 작은 선물을 품에 안았다. 그제야 내가 옳은 일을 했음을 알았다. 그녀에게 평화를 안겨준 것이다. 마침내 그녀는 아기를 신에게 돌려드릴 수 있었다. 그것이 신의 뜻이라면.

이야기는 여기서 끝나지 않는다. 아기는 폭풍우 치던 그 밤을 넘겼고, 이후 몇 달 동안 우리 신생아실의 '꼬마 조'가 되었다. 간호사들은 꼬마 조가 오늘 근무 시간을 넘기게 해달라고 기도했고, 근무를 마치면 무사히 그 생명의 책임을 다음 근무자에게 넘겼다.

어느 날 교대해주는 간호사가 말했다.

"오늘은 꼬마 조가 힘든 하루를 보냈어요. 어쩌면 오늘 밤을 못 넘길지도 몰라요."

기도와 함께 근무를 시작했다.

"제 근무 시간에 꼬마 조를 데려가지 말아주세요."

신생아실의 아기들을 다 돌아본 후 조가 있는 인큐베이터로 갔다. 뭔가 이상했다. 온도계의 눈금이 26.6도였다! 36.6도가 유지되지 않으면 꼬마 조는 살아남을 수 없다. 얼른 기계를 살폈더니 플러그가 빠져 있었다. 서둘러 플러그를 꽂고 담당 의사를 불렀다.

우리는 아기의 체온을 올리는 데 매달렸고, 조를 위해 끝없이 기도했다. 다행히 조는 그날 밤을 무사히 넘겼다. 그리고 나는 사흘간 휴가였다. 다시 출근한 날 인큐베이터가 비어 있었다.

"조는?"

몸무게가 2.5킬로그램이 되어서 퇴원했다는 기쁜 소식을 들을 수 있었다. 출생 3개월 만이었다. 그동안 매일같이 노심초사했는데 작별 인사도 하지 못하고 헤어져 조금은 섭섭했다. 하지만 성경에도 "누군가 심고 누군가 물을 주면 누군가 거둔다."라는 말씀이 있지 않나. 나는 조가 건강하게 잘 자라기를 기원했다. 살아난 것이 이미 기적이기에.

이야기는 여기서도 끝나지 않는다.

다시 세월이 흘렀다. 어느 날 남편이 교회 모임에 갔다가 잔뜩 들떠서 돌아왔다.

"뭘 보게 될지 기대하라고!"

그는 어떤 소년의 사진을 꺼내들었다. 뒤에는 이렇게 적혀 있었다.

하우스먼 간호사님

제 이름은 조지프 산체스입니다. 지금 열네 살이고 몸무게는 70킬로그램쯤 됩니다. 제가 태어났을 때 잘 보살펴주셔서 감사합니다.

—꼬마 조 올림

하느님은 우리를 특별한 일을 하는 자리에 있게 하셨다. 받아들이고 싶지 않을 때도 있겠지만, 때로 그 분의 뜻을 따라보는 것이 나쁘지만은 않으리라.

베벌리 하우스먼

인생은 의미 있는 것이다.
행선지가 있고, 가치가 있다.
단 하나의 괴로움도 헛되지 않으며
한 방울의 눈물, 한 방울의 피도
그냥 버려지지 않는다.
- 프랑수아 모리아크

이번 주말만은 제발

방문 진료소의 관리자가 말했다.

"새 신청자가 있어요. 일찍 방문해주면 좋겠어요. 환자 이름은 플러드 씨예요. 10시에 항생제 주사를 줘야 하니까, 그 시간에 맞춰서 왕진을 가야겠네요."

그 주말 당번이 하필 나였다. 제발 이번 주말만은 긴급 호출 없이 조용히 지나기를 얼마나 기도했던가. 그날 아침은 우리 교회에서 특별 음악회가 열릴 예정이었다. 내가 정말 좋아하는 성가대가 초대됐고, 오래 전 나와 함께 노래했던 사람들도 그 성가대와 친분이 있다며 들으러 오겠다고 했다. 오랜만에 모두 모여 함께 노래를 듣고 싶었다.

그러나 아침에 관리자에게 전화가 왔다. 실망스럽게도, 새로 가입한 환자 플러드 씨와 그 가족이 당장 방문해주기를 바랐고, 그 외에도 두 환자의 집을 더 방문해야 한다고 했다. 나는 그의 신청서를 검토하고, 주사할 항생제와 상처 치료 사항을 살폈다. 그는 암 진단을 받은 환자였다.

수술에 화학요법, 방사선 치료까지 했지만 효과가 없어서, 생의 마지막 나날을 가족과 보내려고 집으로 돌아간 것이다. 이런 경우 가족들에게 진통제 주사법을 가르쳐주고, 간호에 관한 일반적인 사항과 소독에 대해서도 교육해야 한다.

왕진이 한 시간 내에 끝나서 음악회에 갈 수 있기를 바라며 서둘러 주머니에 녹음기를 넣었다. 면접 조사 내용을 녹음하고, 서류 정리는 나중에 해야지. 다른 두 환자는 오후 늦게 왕진하자. 플러드 씨는 다음 왕진 때 시간을 길게 잡으면 될 거야.

머리를 바쁘게 굴려봤지만, 환자의 집이 가까워질수록 짜증이 났다. 왜 이다지도 운이 없을까. 도착한 후 바로 차에서 내리지 않고 마음을 가다듬었다. 30년 경력 간호사의 전문가다운 태도를 보일 태세를 갖추고, 미소를 지으며 초인종을 눌렀다.

플러드 부인이 문을 열었다. 나를 보자마자 눈물을 줄줄 흘리며 품에 안겼다.

"감당할 수가 없어요! 전에 누굴 간호해본 적이 없어요. 못 하겠어요! 저 좀 도와주세요!"

흐느끼는 부인의 안내를 받아 침실에 들어갔더니 플러드 씨가 조용히 누워 있었다. 그는 틀림없이 통증이 심할 텐데도 품위 있게 견디고 있었다. 병원 기록에는 환자 자신도 죽음이 임박했음을 인지하고 있다고 적혀 있었다. 그는 차분하게 운명을 받아들였다.

겁에 질리고 현실을 부정하는 쪽은 오히려 그의 아내와 딸들이었다. 그들은 호스피스를 소개해주겠다는 병원 측 제안도 거부했다. 그 제안을 받아들이는 것은 곧 남편과 아버지가 죽어간다는 사실을 인정하는 셈이었으니까.

그들은 기적적인 치유를 베풀어줄 누군가를 원했다. 전직 간호사인 플러드 씨의 누이가 간호를 하러 왔지만, 가족은 내게 더 큰 기대를 품었다. 왕진 간호사라고 한들 통증을 완화시켜주는 것 말고는 달리 해줄 수 있는 일이 없는데도 말이다.

진료를 시작하기 전에 욕실로 가서 손을 씻으며 너그럽게 대하자고 다짐했다. 그 와중에도 아무쪼록 일이 제 시간에 끝나서 노래하는 친구들을 만나게 해달라고 하느님께 기도하는 것도 잊지 않았다.

"하느님, 음악회요. 아시죠?"

필요한 서류 작업과 질문과 대답, 서명으로 이어지는 과정 내내 플러드 부인은 몹시 속상해했다. 그녀의 끈질긴 울음에는 '그런 것 따위 상관없어요! 남편을 살려내기만 해요! 그이 없이는 살 수 없어요!'라는 절규가 담겨 있었다. 죽음을 앞둔 환자 보호자가 보이는 반응의 정상적인 과정이라는 점을 알고 있었기 때문에 플러드 씨를 문진하고 치료하는 동안 부인이 끼어들어 울고불고 해도 참을 수 있었다. 플러드 씨 역시 아내를 위로하려 애쓰면서, 필요한 서류에 서명하고 내 질문에 대답했다.

녹음기는 쓰지 못했다. 플러드 씨는 자신에게 집중하려는 내게 협조를 잘 해주었다. 마침내 힘겨운 첫 단계가 끝났다. 네 시간 만에.

중간에 다시 손을 씻으러 욕실로 갔다. 하느님께 친구들의 공연을 놓쳤다는 점을 상기시켜드렸다. 언제 또 그들의 공연을 볼 수 있을지 모르는데 말이다. 아픈 남편을 두고 약해빠진 모습을 보이는 플러드 부인이 짜증스러웠고, 그녀가 제대로 받아들이지도 않는 설명을 하느라 왕진 시간이 길어져 천국 같았을 게 분명한 음악회를 놓친 것도 속상했다.

그 집에 들어선 지 다섯 시간 만에 마침내 모든 과정이 끝났다. 짐을 챙기는데 플러드 씨가 물었다.

"언제나 일요일에 일합니까?"

당번을 정해서 주말에 호출된다고 설명했다.

"평소 일요일 아침에는 교회에 가지만, 오늘은 좀 다른 날이죠."

"그런 것 같군요."

다른 환자에게는 한 번도 그래본 적이 없었지만, 플러드 씨에게는 나도 모르게 물었다.

"기도하고 싶으세요?"

그는 고개를 끄덕이더니 눈을 감고 내가 기도하기를 기다렸다. 나는 플러드 씨와 가족에게 평안과 힘과 위로를 달라고, 짧지만 진솔한 기도를 올렸다. 플러드 부인은 여전히 내게 매달리며 도와달라고 울었다. 플러드 씨가 부인에게 말했다.

"여보, 이제 그만 해요. 나도 말 좀 합시다."

그는 내 손을 잡고 말했다.

"오늘 당신이 와줘서 다행이에요. 그냥 간호사가 아니라 당신이어서. 나는 당신을 모르지만, 오늘 아침 예수님이 여기 함께 계셨다는 느낌이 들었어요."

처음에는 음악회를 놓쳤다고 성낸 것이 부끄러웠다. 그리고 곧 무슨 일이 벌어졌는지 깨달았다. 하느님은 내가 달라고 한 축복을 주시는 대신, 나보다 더 간절한 사람에게 나를 통해 축복을 주셨다. 그 집을 나서며, 플러드 씨를 왕진한 것이 특별한 예배였다는 사실을 받아들였다.

하느님은 나를 잊지 않으셨다. 다음 환자의 집을 향해 운전하는 동안 나는 천사들과 더불어 활기차게 노래를 불렀다. 아마도 맞은편 차선을 지나던 운전자들은 울면서 노래하는 나이 지긋한 여자를 보며 대체 무슨 일인지 의아해했으리라.

메리 색슨 윌번

웰컴 투 더 헬 — 어떤 태움의 기록

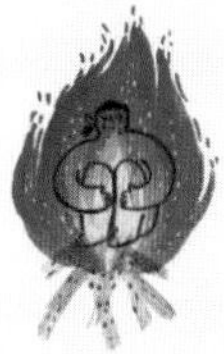

"남자 친구는 있어?"

"아뇨."

"5년 안에 결혼 할 것 같니?"

"결혼은 안 할 것 같은데, 아이는 낳고 싶어요."

"결혼을 안 하고 애를 어떻게 낳아?"

"그렇네요…."

모교 재단병원 특채로 합격이 확실시 된 면접 자리. 간호부장의 질문은 친근하고도 무례했다. 남자 친구가 있으면? 5년 안에 결혼할 거라면? 그러면 불합격인가요? 물론 생각만 했지 입 밖으로 꺼내지는 않았다.

배울 것 많고 할 것 많은 대학병원. 신입을 몇 년에 걸쳐 가르치고 이제 혼자 일 좀 하는 것 같다 할 즈음에 결혼한다며 관두는 간호사가 있기 때문에, 법적으로 허용된 질문이건 아니건 간호부에서는 헛고생을 피하고자 그런 질문을 한다는 것, 나도 잘 알고 있었다. 그리고 우리는 모두 그 질문의 정답을 알고 있다.

"성적은 안 좋지만 일을 잘할 것 같아서 붙여주는 거야. 네 선배 중에 성적은 제일 안 좋았지만 일은 제일 잘하는 간호사가 있어. 그 선배 덕분이라고 생각해."

간호부장에게 그 말을 듣고 "감사합니다!" 하고 나오는데, 면접장 문 뒤로 환청이 들리는 듯했다.

'그러니 정신 차리고 일 열심히 배워서 병원에 뼈를 묻도록 해!'

지금 생각하면 참 어이 없는 성적에 나사 풀린 면접을 해놓고도, 면접 당일 신체검사를 받고 일주일 후부터 바로 병원 생활이 시작되었다.

부서 배정은 본인의 희망 더하기 간호부의 필요, 과장과 부장의 눈썰미가 더해져서 이루어졌다. 당시에는 선배들의 눈썰미로 부서를 배정한다는 게 의아했다. 하지만 몇 년 병원 생활을 해보니 그 눈썰미라는 것에 동의하게 되었다.

병원에는 많은 과가 있고 과마다 분위기와 특징이 달랐다. 처음 보는 사람의 행동이나 성격을 보면 대충 이 사람은 외과계 혹은 내과계, 세밀하게는 수술실 타입이라거나 내과 병동 혹은 외래가 잘 맞을 것 같다는 판단이 드는데, 병원에 오래 있어온 사람들의 그런 판단이 보통은 잘 맞아들었다. 그렇게 내 첫 부서는 수술실로 배정되었다.

여기까지는 평이했다. 그러나 이후엔 좌절의 연속이었다. 선배들은 슬슬 내가 말 잘 듣는 귀여운 신규가 아니라는 것을 알아갔고, 그들은 두 부류로 나뉘었다. 내가 어떻든 신경 쓰지 않고 '네 멋대로 살아라' 하는 쿨내 진동하는 선배들이 하나요, '내가 너를 뜯어 고치고 말리라' 하는 정성 넘치는 선배들이 나머지 하나다. 여중과 여고를 졸업하고 여자가 우글우글한 간호학과를 나온 터라 여자만 있는 집단에서 살아남는 방법은 어느 정도 알고 있다고 믿었건만, 간호 집단은 완전히 달랐다. 여자만 있는 집단 더하기 군대 같은 선후배 관계. 그 좁은 수술실 안에서 마음에 들지 않는 선배를 피할 구석도 방법도 없었다.

말로만 듣던 '태움'이 내게도 왔다. 나만 집중적으로 태우는 선배가 있었는데, 나를 향한 그녀의 사랑은 날로 깊어갔다. 사랑 받는 일에도, 미움 받는 일에도 크게 개의치 않고 '마이 웨이' 하던 나였지만, 매일같이 날선 질책을 당하는 데엔 속수무책이었다.

수술에는 많은 기구가 필요하다. 하나도 빠짐없이 준비하려고 노트에 적어두고 참고해도 항상 한두 개씩 빠지는 물품이 있었다. 수술 전에 시니어 선배들이 와서 내가 준비해놓은 것을 살펴보고 빠진 물건을 집어냈다. 좋게 말하는 선배가 대부분이었지만, 일부는 한심하다는 눈빛으로 빈정거리며 말했다.

"큐렛(currete)이 없잖아. 제일 중요한 것도 빼놓고, 자알 한다."

그러고는 수술방을 휙 빠져나갔다. 나는 한숨을 푹 쉬며 속으로만 외칠 뿐.

'내가 무슨 신데렐라도 아니고 선배들이 새언니도 아니고, 대체 왜 못 잡아먹어서 안달이세요? 그리고 수술에서 제일 중요하지 않은 게 어디 있나요? 다 중요하지.'

정말 중요한 실수를 하고 질책을 받으면 반성을 하겠지만 아주 작은 일들로 '이런 돌대가리가 없다'는 식의 비난을 받으니 마음속에 화가 쌓여갔다.

그러던 어느 날 다른 방 수술을 돕는데 나를 특히나 사랑하던 선배 간호사가 방으로 들어왔다. 배를 열고 하는 수술이라 모든 물품을 카운트해야 했다. 쓰고 난 피 묻은 거즈들은 세기 편하게 다섯 장씩 수술실 바닥에 정리해서 놓았다. 그 거즈를 보더니 선배가 수술하고 있는 팀 앞에서 신경질적인 목소리로 물었다.

"이 거즈 누가 정리했어?"

"제가요."

선배는 거즈 정리한 모양이 마음에 안 든다며 말했다.

"거즈 꼬라지가 이게 뭐야, 다시 정리해."

다 쓴 거즈를 바닥에 다섯 장씩 정리하는 이유는 그게 무슨 대단한 작품이라서 수술실 미관을 향상하기 위함이 아니다. 그저 배 속에 들어가고 나온 물건 수량을 제대로 파악하기 위해서다. 사방팔방 어지른 것도 아니고 규정대로 정리해놨는데, 그저 모양새가 자기 마음에 안 든다는 이유로 사람들 앞에서 신경질을 내니 나도 짜증이 확 올라왔다. 한심하다는 눈으로 선배를 힐긋 쳐다보고는 거즈를 다시 정리하기 시작했다.

물론 선배는 내 눈빛을 읽고 바로 반응했다.

"너 눈빛이 그게 뭐야? 따라와!"

그간 쓸데없는 일로 빈정대기만 했지 기구 준비실로 불러내는 일은 없었다. '무시무시한 소문 속 구석방으로 끌려가는구나.' 마취팀에 외과팀까지 일곱 명 정도 되는 사람들이 흥미진진한 표정으로 쳐다보는 통에 괜히 지고 싶지 않았다. '오라면 못 갈 줄 알고?' 하는 태도로 선배 뒤를 따랐다. 그 방까지 따라 걸어가는 짧은 시간 동안 어떻게 할지 궁리했다. 잘못했다고 빌까? 내가 왜 그랬을까? 나 이제 어쩌지? 무표정한 얼굴 뒤로 내가 저지른 일을 복기하며 마음만은 이미 울고 있었다.

선배를 따라 구석방에 들어섰다. 방문을 그냥 열어놓을까 닫을까 하다가 혹시 왕창 깨지면 창피할 것 같아 문을 닫고 돌아섰다. 선배가 싸늘하게 입을 열었다.

"너 아까 그 눈빛, 그거 뭐야?"

"제 눈빛이 뭐요?"

"아까 그 눈빛 뭐냐고?"

"눈빛이 뭐요?"

선배는 당황하는 기색이 역력했다. 나 역시 말대꾸하는 그 순간이 너무 떨렸지만, 이미 사고는 쳤다. 이렇게 된 이상… 이겨야 돼.

"내가 거즈 다시 정리하라고 했더니 굉장히 불만 있는 눈빛으로 날 봤잖아. 그 태도 어디서 배웠어?"

"전 그런 식으로 선배 본 적 없어요."

"네가 그렇게 봤잖아."

"아니요. 그렇게 안 봤어요. 제가 그렇게 안 봤다는데 선배가 그렇게 느꼈다면 그건 그렇게 느낀 선배 탓이지 제 탓인가요?"

속으로는 벌벌 떨면서도 목소리만은 차갑게 대답을 이어갔다. 선배는 대답 없이 나를 노려봤다.

'나 이제 어떻게 되는 거지? 아, 무서워….'

정적과 함께 영원할 것 같은 시간이 지나간다. 선배가 정적을 깼다.

"난 이제 절대로 널 가르치지 않을 거야!"

선배는 이 말을 내뱉고는 방문을 꽝 닫고 나갔다.

공포의 수술실 구석방을 빠져나와 아무렇지 않은 척 일하고 있던 수술방으로 들어섰다. 그 방에 있던 사람들은 아무것도 묻지 않았다.

사실 그 며칠 전, 퇴근하고 혼자 집에 걸어가다가 눈물을 쏟았다. 그 선배는 내가 퇴근 후 피아노 학원에 가는 것도 마음에 안 들어 했고, 내가 입는 치마도 내가 읽는 책도 무작정 다 싫어하며 빈정거렸다. 그날도 다른 날과 똑같은 하루였는데 어쩐지 마음이 울컥했다. 길바닥에서 꺼이꺼이 흐느꼈다. 눈물이 멈추질 않았다. '사는 게 지겹다. 이렇게 몇 십 년을 여기서 어떻게 살아가지?' 하는 절망감이 갑자기 몰려왔다.

내 안에서 그런 무너짐이 있었기에 감히 선배에게 대들었는지도 모른다. 될 대로 되라 싶은 마음. 절망만 가득했던 그때는 관두고 다른 곳에 가도 그 선배 같은 사람이 또 있을 거라는 부정적 확신이 가득했다.

그렇게 일이 터졌고, 그 후 며칠은 두근거림의 연속이었다. 그동안도 날 못 잡아먹어 안달이었는데 말대답까지 했으니, 이제 얼마나 더 괴롭히려나? 다가올 폭풍우를 기다리며 조마조마한 하루하루가 지나갔다.

기대와 달리, 아무 일도 벌어지지 않았다. 오히려 일이 잘 풀렸다. 그 선배는 정말로 나에게 아무런 신경도 쓰지 않았고, 그 삶은 너무 평화로웠다. 쓸데없는 미움을 폭발시키지 않아도 되는 선배에게도, 쓸데없는 미움을 받지 않아도 되는 나에게도, 그야말로 불필요한 감정적 낭비 없는 건설적 시간이었다. 하지만 평화로웠던 시간 뒤로 오히려 미움을 가슴 깊이 쌓아두고 진상을 부린 것은, 선배가 아닌 바로 나였다.

당시 환자는 많고 일이 힘들어서 들어오는 레지던트마다 몇 달 후 도망치기 일쑤였던 신경외과는 두 번째 신경외과 전임 간호사를 뽑기로 결정했다. 이야기를 듣고 해보면 어떨까 생각했지만 깊게 고민하지는 않았다. 첫 번째 전임 선생님이 워낙 일을 잘하고 있었고, 내가 그분만큼 잘 해낼지 의문이었다. 또 수술실 경력만 있는 내가 신경외과 병동이나 중환자실 일들을 전임 간호사라는 이름에 걸맞게 잘 배워나갈지 확신이 서지 않았다. 지원 마감일이 다가오던 어느 날, 나를 태우던 그 선배가 그 자리에 가고 싶어 한다는 소문을 들었다. 순간 내 속의 작은 악마가 발동을 걸었다.

'그 선배가 가고 싶어 한다고? 그럼 나도 지원해야지. 그 선배 못 가게 내가 뺏을 거야.'

마침 첫 번째 전임 선생님이 병동과 중환자실을 잘 커버하고 있었기 때문에 두 번째 전임 간호사의 일은 수술실 중심이었다. 병동이나 중환자실에 대한 지식은 부족했지만 수술실에서 신경외과와 자주 손발을 맞춘 경험 덕에 신경외과에서는 나를 적임자라고 판단했고, 나는 결국 그 자리에 가게 되었다.

소문대로 그 선배가 진짜 지원을 했는지 안 했는지는 아직도 모른다. 알아볼 수도 있었지만, 알고 싶지 않았다. '그 선배가 지원했지만 경쟁 끝에 내가 그 자리에 갔고 나는 복수를 했노라'라는 내 마음속 시나리오로 3년 가까이 그 선배에게 당한 설움을 위안 받고 싶었다.

시간이 흐르고, 어느덧 그때 그 선배보다 더 연차가 쌓인 '올드'가 되었다. 지금 생각해보면 그 선배가 참 귀엽고 안타깝다. 그녀는, 선배에게

사랑받고 싶어 하는 신규의 마음과 똑같이, 신규가 자기를 다른 선배들보다 더 사랑해주길 바라는 사람이었다. 자기가 자기 선배들에게 하듯이 후배들이 자기에게 존경과 애정을 적극적으로 보여주길 바라는 사람이었고, 모두에게 주목받고 싶고 사랑받고 싶어 하는 사람이었다. 신규가 어서 자신만큼 일을 잘해서 신규 몫까지 자기가 떠맡지 않았으면 하고 바라는, 힘든 게 싫은 보통의 간호사였다. 병원이 원하는 대로, 병원에서의 삶이 자기 삶의 대부분을 차지하는, 병원 밖 세상을 알지 못하는 안타까운 사람이었다. 겨우 '널 가르치지 않겠다'라는 말을 위협이라고 던졌을 뿐인, '악'하고는 거리가 먼 사람이었다.

뻔한 결론으로 이야기를 마치고 싶지는 않지만…, 그로부터 몇 년 지나지 않아 나는 그 선배에게 고마움을 느끼기 시작했다. 병원에서 일하다 보면 항상 새로운 그룹의 사람들을 만나게 되는데, 그 속에는 삐딱한 태도로 남의 인생에 관여하고 싶어 하는 사람이 꼭 있었다. 자기 안의 화와 결핍을 감당하지 못하고 남들에게 분출하는 사람도 꼭 있었다. 한국에서도 그랬지만 호주로 이주한 후에도 마찬가지였다. 사회생활을 하며 그런 사람을 만났을 때 나는 더 이상 같이 흥분하거나 눈물 흘리는 일 없이 가볍게 넘길 수 있었다.

'그래봐야 그때보다 더하겠어? 진상 부리고 싶은 만큼 부려봐요. 내가 다 받아줄게.'

평생 써먹을 사회적 능력을 나에게 준 선배, 그녀와 함께 불지옥에서 보낸 한 철은 힘들지만 분명 값진 경험이 되었다.

정인희

호주 로열 퍼스 병원 수술실 간호사로 일하고 있습니다.

Part 4

봄날의 오프를 좋아하세요?

특별한 오렌지 주사법

당뇨병 환자가 퇴원하면서 직접 인슐린을 주사하는 법을 배웠다. 간호사는 인슐린 주사법을 일러준 후, 그에게 주사 도구와 오렌지를 주고 연습시켰다. 또 식이요법과 운동법, 혈당 체크 방법, 혈당이 너무 높거나 낮을 때의 대응도 일일이 일러주었다. 환자는 이 모두를 잘 숙지했다는 확신을 가지고 퇴원했다.

하지만 다음에 진찰을 받으러 내원했을 때 혈당 수치가 너무 높았다. 의사는 매일 처방대로 인슐린을 주사했는지, 식이요법을 실천했는지 물었다. 환자는 병원에서 간호사에게 배운 그대로 식이요법을 했다고 대답했다. 그리고 오렌지 주스가 혈당 조절에 중요하다는 사실을 안다고 덧붙였다. 그런 다음 자랑스럽게 자신의 인슐린 주사법에 대해 설명했다.

"매일 아침 인슐린을 오렌지에 주사해서 그 오렌지를 먹었다고요!"

조애너 트레이시

마법의 주문

나는 미국 노스다코타 주의 파고에서 간호학교를 다녔다. 정식 간호사가 되어 3년 경력을 쌓고, 텍사스 주의 포트워스로 이사해 자리를 잡았다. 새로운 직장에서 처음 배정받은 곳은 회복실이었다. 신경외과 근무 경험이 있어서 마취에서 깨어나는 환자들을 돌보는 일이 흥미로웠다. 일은 금세 익숙해졌지만, 다른 이유로 내내 긴장을 놓을 수 없었다.

언어 문제였다. 파고와 달리 포트워스에는 라틴계 이민자가 많아서, 스페인어가 일상에서 자주 들렸다. 사물함에 스페인어 사전을 놓고 필요할 때마다 뒤적였다. 다행히 동료 중에 스페인어를 능숙하게 하는 간호사가 많았고, 다른 간호사들도 환자와 회복실에서 필요한 대화 정도는 나눌 수 있는 수준이었다. 나도 꾸준히 노력하면 곧 저 정도는 할 수 있게 되리라.

그러던 어느 날, 멘도자 씨가 마취에서 덜 깬 상태에서 회복실로 옮겨졌다. 차트가 넘어왔다.

'51세 라틴계 남성. 부인이 대기실에 있음. 영어 못함. 우측 서혜 헤르니아(샅굴 탈장). 일반적인 마취 등등'

나는 멘도자 씨에게 심장 박동 검사기와 혈압계, 산소 모니터를 장치한 후 소독을 시작했다. 신체 상태는 정상이었다. 혈압과 호흡 모두 안정적이고, 산소 포화율 99퍼센트. 모세혈관도 정상. 수술 부위 출혈도 없어서 붕대가 깨끗했다.

그런데 신경 상태에 문제가 있는지, 아무리 불러도 꿈쩍하지 않았다.

"멘도자 씨, 멘도자 씨."

이름을 부르고 몸을 건드려도 아무 반응이 없었다. 그의 아내를 회복실로 불러서 남편을 깨우게 했다. 멘도자 씨는 그녀의 부름에도 묵묵부답이었다. 나는 잠든 그를 자세히 살펴본 후 차트에 기록했다.

'신체 상태는 안정적. 부르거나 건드려도 계속 반응 없음.'

이런 말을 차트에 기록하는 것이 적절한지 알 수 없었지만, '목석 같음'이라고 덧붙였다. 어쨌든 나는 그를 깨우려는 시도를 계속했다.

"멘도자 씨, 멘도자 씨."

반쯤 의식이 돌아온 대여섯 명의 다른 환자와 담당 간호사들은 내가 계속 이름을 부르는 소리에 짜증스러워했다. 하지만 나는 환자의 반응을 끌어내겠다고 작정했다. 신음 소리를 내든가 손을 잡든가 눈을 깜빡이든가 하는 반응 말이다. 그때 믿음직한 동료인 아트가 도와주러 왔다.

그는 스페인어와 영어 모두 모국어처럼 구사했다. 아트는 내게 스페인어로 '정신 차리세요.'라고 말해보라고 조언했다. 그가 이 표현을 스페인어로 알려주었고, 나는 고개를 끄덕이며 따라했다. 아트는 그러면 분

명 반응이 있을 거라고 격려해주었다.

아트를 전적으로 신뢰했기 때문에 그 말이 정확히 무슨 뜻인지 확인할 생각도 하지 않았다. 나는 그가 가르쳐준 말을 되뇌며 목청을 가다듬었다. 다른 환자들과 의료진이 응원의 눈길을 보냈다. 모두 멘도자 씨가 어서 깨어나 좀 조용히 쉴 수 있길 간절히 원하는 듯했다.

나는 멘도자 씨의 어깨에 손을 얹고 얼굴을 가까이 가져갔다. 그리고 서툰 스페인어로 다급히 외쳤다.

"베소 미, 시뇨르 멘도자! 베소 미!"

지금도 그 일을 생각하면 얼굴이 달아오른다. '와아' 하는 동료들의 웃음소리가 터져 나왔고, 멘도자 씨가 눈을 번쩍 뜨는 게 아닌가!

나는 멍한 표정으로 고개를 돌려 아트를 봤다. 그는 웃느라 정신을 못 차렸다. 그러면서 더듬더듬 말했다.

"지금 네가 한 말이 '키스해줘요, 멘도자 씨. 키스해줘요.'라는 뜻이거든."

캐슬린 달

검정 스타킹이여, 안녕

내가 세상에서 가장 싫어한 것은 검은 스타킹이었다. 하지만 간호학교에 다니던 3년 내내 검은 스타킹을 견뎌내야 했다. 우리 학교의 교복이자 실습복은 부대 자루 빰치게 매력적이었다. 누런색에 흰 칼라, 짧은 소매, 벨트가 달린 볼품없는 그 원피스는 치마가 무릎에서 발목 사이 어디쯤 어중간하게 내려왔다. 다른 또래 여자애들은 무릎에서 멈추는 스커트를 입고 다니는데 말이다. 그뿐인가. 큼직하게 덧대진 주머니는 항상 펜과 가위, 공책 따위로 불룩했고, 안 그래도 펑퍼짐한 치마 속에 면 속치마까지 입어야 했다. 수술실에서 마취용 가스가 터져 스파크가 일어날 경우에 대비해서였다. 그래, 속치마까지도 참아줄 수 있었다. 하지만 검은 스타킹만은 도저히 참기 어려웠다. 구두도 검정색만 신어야 했으니, 검정 스타킹에 검은 구두는 정말이지 볼썽사나웠다.

학교에서는 신입생들에게 6주째부터 병원으로 실습을 나가게 되니 각자 검은 스타킹을 마련하라고 지시했다. 나와 친구들은 시간을 내 가게들을 뒤졌지만, 검은 스타킹은 전쟁통의 초콜릿만큼이나 귀했다. 당시는 1940년대였으니까. 5주가 지났는데도 스타킹을 구하지 못하자 어머니는 궁여지책으로 황갈색 면 스타킹을 검게 염색해주었다. 그제야 비로소 병원에 실습 나갈 준비가 되었다.

첫날은 저녁 근무였다. 나는 환자 세 명을 돌봤다. 환자들의 끊임없는 요구를 들어주고, 손과 얼굴을 씻기고 양치질까지 해줘야 했다. 낯선 사람의 몸을 만져본 적이 없었지만, 어쨌든 남의 등을 씻기고 알코올로 닦아내고 파우더를 문질렀다. 그런데 더 기분 나쁜 건 환자들이 우리가 머리에 캡을 쓴 정식 간호사가 아니라 머리를 망사로 묶은 '실습생'인 걸 안다는 사실이었다. 나는 맡은 일을 완벽하게 하려고 최선을 다했지만, 환자들은 호출 단추를 눌러댔고 의사들은 나를 복도에 세워 놓고 자초지종을 물었다.

너무 긴장한 나머지 겨드랑이가 땀범벅이 되었다. 근무를 시작한 후 첫 3시간이 3년 같았다. 드디어 환자들이 저녁 식사를 마쳤고, 그들을 돌보는 일도 끝났다. 수간호사는 침대 위 선반을 손가락으로 쓱 밀며 먼지가 없나 검사하고 나서 드디어 내게 퇴근을 허락했다.

나는 서둘러 간호사 숙소로 돌아갔다. 방에 들어가자마자 검은 구두부터 벗어 던졌다. 구두 속이 축축했다. 스타킹을 벗었더니 발이 석탄처럼 까맣게 물들어 있었다. 아무리 빡빡 문질러도 소용없었다. 수업 시간이 5분 뒤였다. 하는 수 없이 발목까지 올라오는 양말을 신고서 강의실로 달려갔다. 그 후 2개월 동안 내 발은 어떤 때는 까맣게, 어떤 때는 회색으로 물들었다. 염료가 발은 물론 구두 속까지 까맣게 만들었다. 모든 것이 다 검게 변한 것 같았다.

12월이 되자 많은 것이 자리를 잡았다. 하지만 그 옛날 간호학교 생활은 풍요와는 거리가 멀었다. 식사는 거의 녹말로 만든 음식이었고, 그나마 한창 나이 학생들의 배를 채우기엔 턱없이 부족했다. 나는 땅콩버터를 서랍에 감춰 놓고 한 숟가락씩 퍼먹곤 했다. 매일 여덟 시간 근무를 하고 서너 시간 수업을 들은 다음 공부를 했다. 일주일에 이틀은 반나절가량 쉴 수 있었는데, 밀린 잠을 자거나 공부를 했다. 훌륭한 간호사가 되고 싶었다. 열심히 공부하고 연습을 거듭한 끝에 환자 다루는 기술이 점점 좋아졌고, 검게 물든 발도 점차 색이 옅어졌다.

하루는 아버지가 시내에 나갔다가 스타킹 가게에 들러 검정색 레이온 스타킹을 세 켤레나 사다주셨다. 얼마나 아껴 신었는지 모른다. 드디어 까만 발에서 해방이다!

2학년 때는 다른 병원에서 온 학생들을 만났다. 그들도 대부분 검정색 스타킹을 신었지만, 화려한 이스트사이드 지역의 병원에서 온 학생들만은 하얀색 구두와 스타킹을 착용하고 있었다. 정말 근사해 보였다. 우리들은 검은 구두와 스타킹만 아니면 교복이 한결 멋져 보일 거라는 데 의견이 일치했다. 그래서 감독관에게 사정했지만 그녀는 콧방귀만 뀌었다. 검은 구두와 스타킹이 '전통'이라면서.

우리는 1095일 간의 학창 시절을 마무리하고 어서 졸업하기를, 흰 스타킹과 세련된 짧은 치마로 빼입을 날을 손꼽아 기다렸다.

그러던 어느 날, 맘씨 좋은 아저씨로부터 귀한 선물을 받았다. 그는 자기 부인이 폐렴으로 입원한 동안 잘 보살펴줘서 고맙다며 병동의 학생들에게 선물 꾸러미를 나눠주었다. 수간호사 선생님이 가져가도 좋다고 허락했다. 상자에는 나일론 스타킹 세 켤레가 들어 있었다. 생전 처음으로 본 나일론 스타킹은, 검은색이었지만 거미줄처럼 안이 훤히 들여다보이고 뒷면 중앙에는 길게 솔기가 잡혀 있었다(일명 심 스타킹). 그 고마운 보호자는 스타킹 가게 주인이었던 것이다. 나는 졸업 때까지 그 귀한 스타킹을 일요일마다 아껴서 신었다.

한편 졸업이 가까워오자, 우리 반 학생들은 몸에 딱 맞는 짧은 길이의 유니폼을 구입했다. 그렇게 원하던 흰 스타킹과 구두도 준비했다. 대망의 그날, 우리 반 21명은 흰 유니폼과 흰 구두, 흰 스타킹 차림으로 자랑스럽게 졸업 행진을 거행했다. 빳빳한 흰 캡에는 학교 배지를 달고서.

그러나 바로 다음 달, 크리스티앙 디오르라는 젊은 프랑스 디자이너가 패션쇼에서 선보인 새로운 스타일에 세계의 패션 피플들이 열광했다. '뉴룩(New Look)'이라는 이름의 이 스타일은, 스커트 길이가 다시 길어져 무릎과 발목 중간쯤 왔고 검은 스타킹과 검은 구두 차림이었다.

정말, 눈치도 없다!

엘시 슈미드 노키

오늘의 재앙은 내일의 농담

시골 작은 병원의 신참 간호사였던 나는 중환자실의 저녁 근무조에 배정되었다. 그때나 지금이나 인력이 부족해서, 우리 조에서 정식 간호사는 나 혼자였다. 그래도 그날은 환자가 다섯 명뿐인 한가한 저녁이었고, 다들 자거나 쉬고 있었다. 나는 배려 넘치게도 같이 일하던 간호조무사 두 명더러 구내식당에 가서 편하게 저녁을 먹고, 올 때 내가 먹을 음식을 좀 가져다달라고 했다. 말을 끝내기 무섭게 동료들은 중환자실을 내게 맡기고 재빨리 자취를 감췄다.

익숙한 모니터의 삐 소리를 들으면서 차트 정리에 몰두했다. 그러다 내 간호사 레이더에 뭔가 거슬리는 소음이 들려왔다. 대체 뭔 소리야?

차트에서 고개를 들어 복도 건너편 병실을 쳐다봤더니, 심장 환자가 일어나서 침대 옆에 서 있었다. 아이고, 저러면 안 되는데. 그 순간, 머릿속 대사를 끝내기도 전에 환자 다리가 앞으로 쭉 뻗고 붕 하고 환자복이 공중으로 떠오르더니, 그가 시야에서 사라졌다!

아이쿠! 의자에서 발딱 일어나 쏜살같이 복도를 가로질러 병실로 돌진했다. 병실에 들어서는데, 푸르스름하면서 누리끼리한 액체가 바닥에 고인 게 보였다. 진단: 푸르스름하고 누리끼리한 액체… 몸에서 나온 분비물… 그렇다면… 맙소사, 대변!

한 발 늦었다! 난 이미 웅덩이를 밟고 팔다리를 허우적대고 있었다. 워낙 낙천적인 성격인지라 긍정적으로 생각했다. 균형을 잡고 양발로 바닥을 디디면 별일 없을 것!

불운하게도 그렇게 되지 않았다. 발이 쭉 미끄러져서 쿵 소리를 내며 벌러덩 넘어졌고 머리를 쾅 찧었다. 아야! 별이 보이는 와중에도 몸을 뒤척여서 환자를 찾았다. 환자는 일어나려고 애쓰는 중이었다. 꽈당! 환자가 다시 넘어졌다. 얼른 일어나 그를 도와주려고 했다. 쿵! 나도 다시 미끄러졌다. 그가 다시 일어나려 했고. 꽈당!

우리는 처음 스케이트를 타는 한 쌍 같았다. 영원과도 같은 시간이 흐르고, 둘의 눈이 마주쳤다. 나는 환자가 웃고 있다는 걸 알았다.

"이건 당신이 생각하는 그런 게 아닐 걸요."

환자는 눈을 찡긋 하면서 우리가 밟은 액체를 가리켰다. 그 옆에 스티로폼 컵이 엎어져 있었다.

나는 무슨 말인지 못 알아들었다.

"네?"

그는 사과라도 하는 듯 고개를 저었다.

"회진 돌기 전에 몰래 담배 피우고 뱉어 놓았던 침을 숨기려다가 그만…."

한참 걸려서야 알아들었다. 이게 좋은 소식이야, 나쁜 소식이야? 담배 때문에 누렇게 변색된 침과 똥물 중에 어느 쪽이 더 나은가? 오늘까지도 모르겠다. 하지만 환자가 무사한 것을 알자 이 상황이 굉장히 웃기다고 느꼈다. 둘 다 깔깔 웃었다.

교훈 하나. 인생의 커브볼 더하기 시간은 유머다. 나중에 생각하고 웃을 수 있는 일이라면, 오래 끌지 말자. 미리 웃자.

교훈 둘. 남들이 웃기 전에 나 스스로 웃어버릴 수 있으면 이득이다. 내가 흰 간호복에 누리끼리한 얼룩을 잔뜩 묻히고 병실에서 나가자, 식사를 마치고 온 동료들은 우스운 상황이 벌어진 걸 알았다. 내가 벌써 웃고 있었기에 다들 놀리지 않고 나랑 같이 웃었다!

교훈 셋. 비극에 가까이 있을수록 이상하게 유머러스해진다. 간호사들은 힘든 일을 두고 웃을 수 있어야 한다. 아니면 나가떨어지거나 이 멋진 직업을 그만두고 말 것이다.

간호사들은 가장 별난 상황에서도 긍정과 유머를 발휘할 수 있으니, 얼마나 다행인지 모른다!

캐린 벅스먼

아기가 어디서 나오는지 알아버렸어

병원에서 간호 감독관으로 40년 가까이 일하면서 별별 응급 상황을 다 경험했다. 하루는 집에 있다가 응급실에서 일손이 부족하다고 호출을 받고 급히 달려 나왔다. 응급실에는 네 번째 아이의 출산이 임박한 산모가 실려 오고 있다는 소식을 들은 의료진이 대기 중이었다. 응급실 앞으로 나가봤을 때 막 차 한 대가 들어왔다. 정신이 쏙 빠진 산모의 남편이 차에서 내리며 소리쳤다.

"아기가 나오고 있어요! 지금 나와요!"

조수석 문을 열어보니, 젊은 산모는 의자에 기댄 채 신음하고 있었고, 뒷좌석에서 세 아들이 의자 너머로 흥미진진하게 상황을 지켜보고 있었다. 산모의 스커트를 들췄더니 이미 아기 머리가 나와 있었다. 한 차례 큰 신음 소리가 나고 산모가 힘을 줬다. 그랬더니 어느새 아기가 내 손 안에 들어와 있지 뭔가.

응급실 직원들이 의료 장비를 들고 차로 달려왔을 때, 세 아이의 말소리가 들렸다.

한 아이가 말했다.

"난 이제 아기가 어디서 나오는지 알았다!"

그러자 남동생이 맞장구쳤다.

"나도 알았어! 자동차 의자 밑에서 나오는 거였어!"

일레인 스톨먼

깜짝 놀랄 일

어느 부부가 제왕절개 수술로 첫 아기를 얻었다. 산모가 마취에서 깨지 않은 상태라 소아과 의사와 담당 간호사인 내가 아기를 신생아실로 데려갔다. 아기 아빠는 처음으로 아기를 안은 감격을 누렸다. 그러다 곧 아기의 귀가 유난히 튀어나온 것을 발견하고는 깜짝 놀라서, 다른 아이들이 '덤보'라고 놀리지 않을까 걱정하기 시작했다. 의사는 아기 귀를 살펴본 후 자라면서 제 모양을 잡게 될 거라고 아기 아빠를 안심시켰다.

아빠는 마음을 놓은 듯했지만, 아내가 아기의 큰 귀를 보고 놀랄까 봐 못내 걱정하는 눈치였다.

"그 사람은 저와는 달리 매사를 쉽게 넘기지 못하거든요."

마침내 산모가 마취에서 깨어나 회복실로 옮겨졌고, 드디어 아기를 만날 준비가 되었다. 나는 혹시라도 산모가 아기의 큰 귀를 보고 당황할 경우 도움을 주기 위해 아기 아빠와 함께 회복실로 갔다. 냉방 장치가 된 복도를 지나느라 담요를 아기 머리까지 덮었다.

나는 엄마의 가슴에 아기를 안겨준 다음, 아기 얼굴을 볼 수 있도록 담요를 내렸다. 엄마는 아기 얼굴을 찬찬히 살펴보더니, 조마조마해하는 남편을 힐끗 쳐다보며 말했다.

"어머나, 여보! 봐요. 당신 귀랑 똑같네!"

로라 비커리 하트

사람들에게 진실을 말하고 싶다면 그들을 웃겨라.
안 그러면 당신을 죽이려 들 것이다.
- 오스카 와일드

레몬 파이의 최후

여느 날과 같은 업무가 시작되었다. 보험 회사 간호사인 나는 고객들의 건강 진단을 담당하고 있었다. 그날은 어느 여성 고객의 집을 방문하기로 되어 있었다. 아기자기하게 꾸며진 현관에 들어서자, 파이 굽는 냄새가 집안을 향긋하게 채우고 있었다.

"음, 정말 냄새가 좋은데요."

"방금 오븐에 레몬 파이 두 판을 넣었어요. 남편이 좋아하거든요."

여자 고객이 상냥하게 대답했다.

우리는 용건으로 들어가서 건강 검사를 진행했다. 마지막으로 소변 샘플을 받으면 끝이었다.

"아까 받아서 냉장고에 넣어뒀어요. 가서 가져올게요."

샘플 용기를 수거용 튜브에 넣는데 뭔가 이상했다. 소변이 유난히 탁했다. 검사용 막대를 넣었다 빼보니 단백질 함량이 극도로 높았다.

"정말 부인의 소변 샘플인가요? 이건 달걀 흰자랑 비슷한데요."

"제 소변이 맞아요. 틀림없이 냉장고 맨 아래 칸 구석에 넣어뒀…. 잠깐만요! 어머나! 말도 안 돼! 끔찍한 실수를 저질렀어요. 그걸로 검사하지 마세요. 새 샘플을 받아 올게요."

얼굴이 붉게 달아오른 그녀가 화장실로 달려갔다. 그녀를 더 당황스럽게 하지 않으려고, 아무것도 묻지 않았다. 하지만 방문을 마치고 나올 때, 오븐에서 파이를 긁어내 쓰레기통에 버리는 소리가 났다.

그날 식탁에 레몬 파이는 오르지 못했겠지.

도나 맥도널

날카로운 첫 주사의 기억

어른이 되면 뭐가 되고 싶냐는 질문에 처음으로 "간호사가 될래요." 라고 대답한 때가 내 나이 네 살. 부모님은 이 꿈을 잘 키워주셨다. 선물로 받은 병원 놀이 상자에는 간호사가 쓰는 도구가 죄다 들어 있었다. 항상 똑같은 숫자를 가리키는 체온계, 사탕이 가득 든 약병(금방 텅 비어버렸다), 아무 소리도 안 나는 청진기, 바늘 없는 주사기….

주사기가 가장 맘에 들었다. 여동생에게 '물' 주사를 놓으며 몇 시간이고 놀곤 했다. 가끔 집에서 키우는 개와 고양이에게도 주사를 놔줬다. 그때는 간호사 하면 '주사 놓는 사람'이라고 생각했다.

그러니 내가 간호사 교육 과정에서 주사 놓는 법을 배우게 되었을 때 얼마나 흥분했을지 상상이 될 것이다. 신중하게 주사법을 배운 다음 복숭아에다 연습했다. 어찌나 연습을 많이 했던지, 집에 사다놓은 복숭아를 모두 구멍투성이로 만들 정도였다.

수업 시간에는 짝과 교대로 연습하기도 했다. 나는 항상 짝꿍의 주사가 하나도 안 아프다고 말했다. 그래야 그 애도 그렇게 말해줄 테니까 말이다.

그로부터 몇 주 후, 콜로라도 스프링스의 어느 병원 응급실에서 실습을 시작했다. 어느 날 구릿빛으로 그을린 미남 환자가 응급실에 들어왔다. 건축 현장에서 일하다 다쳐서 왔는데, 오른쪽 팔이 많이 찢어진 상태였다. 키 195센티미터 몸무게 120킬로그램의 거구에 탄탄한 근육의 소유자였다.

그는 매력적인 미소를 지으며, 별 일 아니라는 듯 말했다.

"양철판에 조금 베었어요."

의사가 그를 진찰대에 눕힌 뒤 열두 바늘쯤 꿰맸다. 환자는 의사가 말하는 주의 사항을 침착하게 들었다. 그때 의사가 몸을 돌리더니 나를 보고 말했다.

"바틀레인 간호사, 이 환자에게 파상풍 주사를 놔드려요."

드디어 기회가 왔다! 진짜 환자에게 진짜 주사를 놓다니. 얼른 파상풍 백신을 꺼냈다. 처방된 분량만큼 주사기에 재서 환자에게 다가갔다. 정확한 지점에 알코올 솜을 문지르고, 가볍게 찰싹 때린 뒤 바늘을 근육에 솜씨 좋게 찔렀다. 그리고 배운 대로 천천히 백신을 주입했다.

환자는 씩 웃으며 "고마워요." 하고 인사했다. 내가 눈을 찡긋하자 그도 내게 찡긋하며 몸을 일으켰다.

그런데 한동안 꼼짝 않고 서 있더니 그 건장한 사내가 바닥에 푹 쓰러졌다. 맙소사, 내가 이 사람을 죽였나봐. 처음 주사를 놨는데 환자가 죽다니! 응급실을 뛰쳐나가 깊은 산속으로 달아나고 싶은 마음뿐이었다.

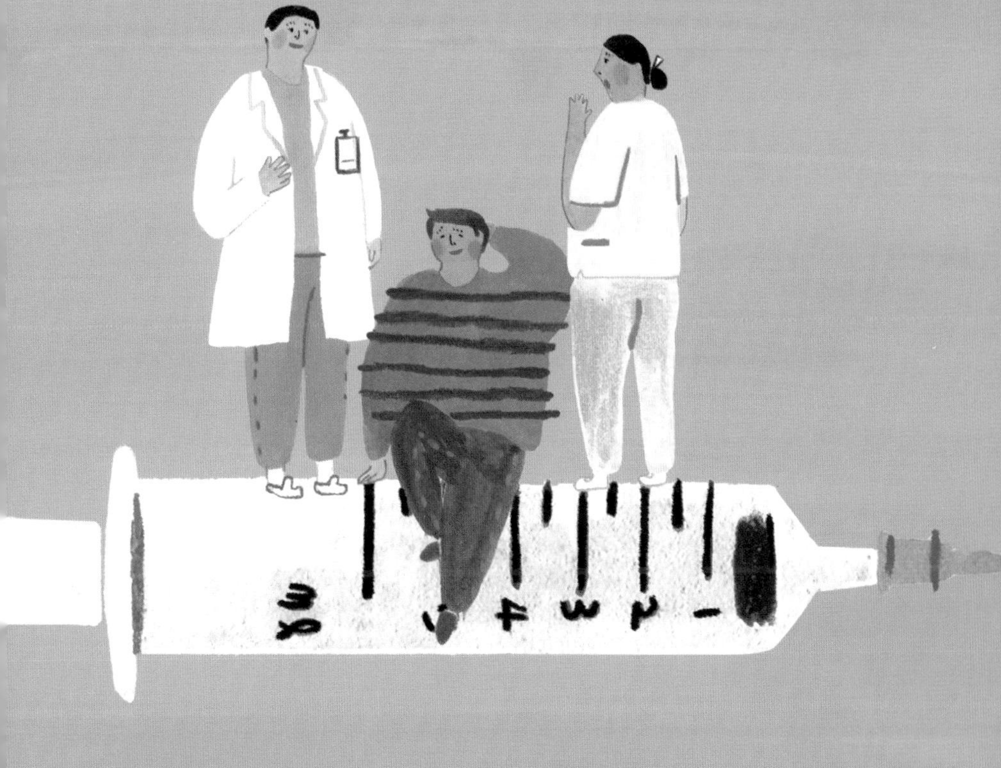

‘간호사가 되는 것은 다 잊어버리자. 주사를 놓는 것도 다 잊어버리자. 이 땅을 떠나 살아야 해. 아무도 찾지 못하는 곳으로 달아나야 해.’

응급실에 있던 사람들이 달려와서 환자를 일으켰다. 의사는 부들부들 떠는 나를 보더니 빙그레 웃으며 위로했다.

“걱정하지 말아요, 환자는 괜찮아요. 항상 덩치 큰 사람들이 기절한다니까!”

바바라 바틀레인

주변 사람을 웃게 하는 사람은
천국에 갈 자격이 있다.
-「코란」

제가 먼저 왔는데요

그날은 산모가 끝없이 들어왔다. 간호사와 보조 직원 모두 분만실을 오가며 산모들의 출산을 도왔다. 분만실 일손이 부족해서 우리 회복실 간호사들까지 동원되는 바람에, 나 역시 입원 수속을 돕고 보호자들을 안내하게 되었다.

그런데 보호자 가운데 한 남자는 첫 아기가 나오길 기다리면서 초조해하는 정도를 넘어서 안달이 난 것 같았다. 그는 아기가 나오려면 얼마나 있어야 되느냐고 연신 물었다. 하도 분만 대기실 안을 걸어 다니는 통에, 산모들 신경이 날카로워졌다. 결국 우리는 그를 보호자 대기실로 데려가야 했다. 음료수를 건네주고 긴장을 풀게 했다. 그의 부인이 출산하려면 시간이 꽤 걸릴 터였다.

한참 후 보호자 대기실에 가서 그에게 부인의 상태를 알려주고 있었는데, 다른 간호사가 들어와서 또 다른 보호자에게 부인이 곧 출산할 거라고 전했다. 나와 얘기를 나누던 젊은 남편은 조용히 일어나 그 간호사에게 다가가서 말했다.

"실례합니다. 무례를 범할 생각은 없고 저도 참을 만큼 참았지만, 저 분보다 제가 먼저 여기 왔는데요."

나오미 폴리스

당장 가서 소를 데려오라구

나는 젊은 시절 간호조무사로 요양원에서 일했다. 긴 시간 일해야 했고 업무가 늘 즐겁지만은 않았지만, 그곳에서 환자들에 대한 이해와 존경, 그리고 사랑을 배울 수 있었다.

여러 요양원 입주자 가운데서도 나는 엘머를 가장 좋아했다. 노인성 치매 환자인 엘머는 돌봐줄 가족도 친척도 없었다. 주 정부는 전에 있던 시설에서 제대로 돌보지 않았다며 엘머를 우리 요양원으로 옮겼다.

그는 촉촉하고 흐리멍덩한 눈으로 주변을 응시하곤 했다. 전 시설에서 방치한 바람에 엉덩이뼈가 뒤틀리고 무릎이 굽어버렸다. 아이가 벽에 마구 그려놓은 낙서처럼, 그가 입은 손상은 지워지지 않았다. 뙤약볕 아래 밭에 나가 일하다가 다리를 접질려 근육까지 다친 상태였다. 그는 다리를 제대로 쓸 수 없는 상황을 이해하지 못했다. 거기다 팔은 여전히 노새처럼 튼튼했다. 우리는 할 수 없이 그를 침대에 묶어 놓았다.

하지만 엘머의 마음만은 현실에 굴하지 않고 자유롭게 과거의 즐거움을 만끽했다. 그는 여전히 막 베어낸 풀에 맺힌 저녁 이슬 냄새를 맡았고, 이른 봄 서리 내린 들판을 달린 말의 땀을 닦아주었다. 하지만 들판과 냇가에 나가 소떼를 돌볼 수는 없었다. 그런 잡일은 내게 떨어졌다.

첫날 저녁, 내가 잠자리 준비를 할 때 엘머가 물었다.

"소떼를 집에 데려왔어?"

내가 대답했다.

"네. 데려왔어요."

"몇 마리나?"

"열 마리요."

"이런, 세 마리가 부족하구만. 밤이 깊어지기 전에 당장 가서 찾아오는 게 좋겠어."

다음 날 밤에도 물었다.

"소를 집에 데려왔어?"

"네, 데려다 놨는데요."

"몇 마리나?"

"열세 마리요."

"이런, 두 마리를 두고 왔군. 당장 냇가에 가서 데려오라고. 거기 두면 위험하거든."

이런 대화가 매일 밤 반복되었다. 몇 마리라고 대답해야 엘머에게 잘했다는 말을 들을지 도무지 가늠할 수 없었다. 하루는 이웃집에서 자기네 소라고 착각하고 우리 소를 데려갔으니 나더러 가서 되찾아오라고 했다. 또 어떤 날은 폭우가 내릴 때까지 기다렸다가 잃어버린 소 한 마리를 찾으러 나가게도 했다. 하지만 밤마다 소의 수는 달라졌다.

어느 날 밤, 엘머의 방에 가보니 침대가 흐트러진 채 비어 있었다. 요양원에서는 좋지 않은 징후였다. "엘머!" 하고 불러봤지만, 대답이 없었다. 간호사실로 달려가서, 엘머가 세상을 떠났느냐고 물었다. 아니란다.

"그럼 퇴원했나요?"

"아니, 그런 일 없는데."

"안 계시는데요!"

나는 걱정이 되어 거의 소리를 질렀다.

"병실에 계실 거야. 다리가 묶여 있으니 아무 데도 못 가셔."

간호사와 함께 병실로 다시 가서 "엘머! 엘머!" 하고 부르짖었다. 한참 부산을 떨다가 침대 난간 사이에 매여 있어야 할 다리 묶는 끈이 난간 밑에 있는 걸 발견했다. 침대 밑에 있어야 할 매듭은 침대 위로 올라와 있고 말이다.

무릎을 꿇고 침대 밑을 들여다봤다. 엘머가 끈에 매달린 채 거기 있었다. 숨을 헉헉 몰아쉬면서.

이 와중에 그가 물었다.

"소떼는 집에 데려왔어?"

수전 타운샌드

찾으려면 어디에나 있지

로즈는 내가 요양원에 취직하기 훨씬 전부터 거기 살았다. 노인성 치매에 걸린 그녀는 늘 미소 띤 얼굴로 병원을 돌아다녔다. 복도를 왔다 갔다 하고 병실을 들락날락하며 가끔 어머니를 찾았고 미사에 갈 차편을 구하기도 했다. 그녀는 늘 행복해 보였고, 그 모습은 우리 의료진에게도 즐거움을 주었다.

로즈에게는 때맞춰 사람들 기분을 띄워주는 재주가 있었다.

되는 일이 하나도 없던 어느 날 저녁, 로즈가 방에서 나오더니 간호사실 맞은편 의자에 앉았다. 간호사실에서 정신없이 서류 작성을 하던 나는 그녀의 한숨 소리를 듣고는 시선은 서류에 고정한 채 왜 그러냐고 물었다.

로즈는 서글픈 목소리로 말했다.

"혹시 제대로 되는 일이 하나도 없는 날을 경험해본 적이 있어요?"

'그걸 말이라고. 있고말고요.'

속으로 중얼거리면서 고개를 들었을 때, 놀라지 않을 수 없었다. 로즈가 속옷을 머리에 뒤집어쓰고 있는 게 아닌가. 다리 넣는 구멍에 한쪽 팔을 척 끼워 넣고서 말이다. 웃음이 터져 나왔다. 덕분에 기분이 한결 좋아졌다.

다른 어느 날의 저녁, 식사 준비를 하는데 로즈의 기분이 안 좋아 보였다. 나는 그녀의 어깨를 감싸 안으면서 무슨 일이 있냐고 물었다.

"돈이 없어요."

나는 로즈가 식사비를 걱정한다는 뜻인 줄 알고 모든 비용은 지불되었다고 설명했다.

"하지만 미사 때 헌금할 돈이 없는걸."

로즈가 고개를 푹 숙였다.

그녀는 자기가 성당 미사에 참석한 줄 알고 있었다. 여기는 요양원임을 알려주려 했지만, 별 효과가 없었다. 나는 할 수 없이 주머니에서 동전을 꺼내 주면서 드레싱 카트를 가리켰다.

"돈 여기 있어요, 로즈. 저기 있는 성금함에 넣으세요."

땡그랑 소리와 함께 동전이 떨어졌다. 그때 로즈의 얼굴에 떠오른 미소란! 다른 사람이 봤으면 복권이라도 당첨된 줄 알았으리라.

물론 나도 활짝 웃었다. 로즈가 나를 끌어안으면서 '천사'라고 불러주었으니까. 로즈는 우리를 그렇게 불렀다.

그날 밤, 로즈에게 잠자기 전에 먹는 약과 사과 주스를 주자, 이번에도 내게 미소와 포옹을 선사하며 말했다.

"아, 취침주로군요! 고마워요, 천사님. 난 잠자기 전에 마시는 술이 좋더라.”

그런 로즈가, 다음 날 저녁 근무를 하러 갔을 때 이미 세상을 떠나고 없었다. 그날 아침 증손자의 고교 졸업식에 가던 중에 눈을 감았다고 했다. 우리는 로즈를 위해 다행이라고 생각했지만, 슬픈 마음은 감출 길이 없었다.

로즈가 머물던 방의 바깥 복도에는 크리스마스 때 찍은 사진이 걸려 있었다. 사진 한가운데서 생긋 웃고 있는 그녀의 사랑스런 표정을 보고 있자니, 로즈가 사진에서 걸어 나와 “당신은 나의 천사님이죠!”라고 말해줄 것만 같았다.

로즈야말로 우리의 천사였음을 그녀는 알고 있을까? 우리 곁에 내려와 삶의 속도를 조금 늦춰도 좋다고, 인생이 살짝 꼬인다 해도 곧 지나간다고 말해준 로즈. 찾고자 한다면 주변에 늘 웃을 일이 존재하고 있음을 우리에게 알려준 천사.

수전 피어슨

영혼을 흔드는 기도 다음으로 좋은 것은
한바탕 웃음이다.
– 새무얼 머치모어

전기톱 크레용 토막 사건

꽤 오래 종합병원 간호사로 일하다가 가정의학과병원으로 옮긴 후 나는 새 직장이 무척 마음에 들었다. 바쁘긴 했지만 다방면의 업무를 맡을 수 있는 게 좋았다. 채혈, 폐기능 검사, 심전도 측정 등등 나는 모든 업무를 새로운 도전으로 받아들였고, 자신감을 가지고 하나하나 숙달해나갔다. 어느 정도 시간이 지나자 거의 모든 일이 손에 익었다. 하나만 빼고.

깁스를 자를 때마다 나는 여전히 긴장했다. 환자들에게 (그리고 나에게도) 전기톱을 보여주며 이것이 절대 살을 베지 않을 거라고 안심시킬 목적으로 늘 손가락 끝을 회전하는 칼날에 바싹 붙였다. 그런 다음 깁스 밑에는 칼날이 살에 닿는 것을 방지하는 솜 붕대가 대어져 있고, 칼날이 닿으면 붕대가 찢어져 감기면서 회전을 멈추게 한다고 설명했다.

하지만 아무리 스스로를 북돋워도 깁스 자르는 일은 여전히 불안했다. 하물며 환자가 자꾸만 몸을 움츠리는 네 살배기 꼬마일 때는 말해 뭐하랴.

대니는 몇 주 전 운동장에서 사고를 당해서 팔이 부러졌고, 의사가 깁스를 할 때 옆에서 내가 보조했다. 깁스하는 동안 용감하게 잘 참았다고 장난감 선물을 주자, 우리는 순식간에 친구가 되었다. 그리고 대니는 친구인 내가 깁스를 잘 풀어줄 거라고 믿었다. 그 믿음이 우리를 하나로 만들었다.

나는 아이를 안심시키는 미소를 지으며 전기톱을 들고 깁스를 자르기 시작했다. 이 떨림은 내 손이 그러는 게 아니라 전기톱이 그러는 거라고, 대니가 믿기를 바라면서.

모터에서 왕왕 소리가 나면서 깁스 조각이 튀기 시작했고, 나는 요령껏 톱날을 앞뒤로 움직였다. 대니는 얼굴을 붉히며 의자에 앉은 채 몸을 뒤틀기 시작했다.

내가 물었다.

“괜찮지, 대니?"

“네… 괜찮아요.”

대니가 어색하게 웃어 보였다. 하지만 얼굴 표정과 몸을 뒤트는 품으로 봐서 뭔가 불편한 듯했다.

다행히 그때 깁스가 갈라졌고, 조심스럽게 깁스를 양쪽으로 벌렸다. 대니에게는 끝이 뭉툭한 가위 끝을 보여주며 절대 살을 베지 않을 거라고 약속한 다음, 솜 붕대를 자르기 시작했다. 대니는 몸을 더 뒤틀었고, 깁스에서 완전히 팔을 빼낼 무렵에는 얼굴까지 찌푸렸다. 거기에다 팔 안쪽에 자주색 선이 기다랗게 드러나자, 나는 충격과 공포로 입이 벌어졌다. 무슨 일이 벌어졌나 싶어서 심장이 방망이질했다. 정맥염일까? 괴

저일까? 내가 살을 벴나? 핏자국은 없는데…?

그때 깁스 속에 붕대에 감긴 채 남아 있는 보라색 크레용이 눈에 들어왔다. 당황한 나는 대니를 바라보았다. 대니도 크레용을 보더니 수줍게 웃으며 말했다.

"어쩐지 가렵더라."

리앤 시먼

Part 5

오늘도 한 뼘 성장합니다

하늘에서 온 씨앗

그날은 아침 일찍 병원에 출근해 구내매점에서 아침 식사로 주스와 페스추리를 샀다. 1달러 96센트. 2달러를 내고 1센트짜리 동전 네 개를 거스름돈으로 받았다. 나는 그날 네 명의 아기를 담당할 예정이었다. 동전은 유니폼 바지 주머니에 넣었다. 아침을 얼른 해치우고 신생아 중환자실로 갔다.

중환자실에 들어가서 병실을 훑어봤다. 왼쪽 통로에 간호사 두 명이 서 있었는데, 간호사 하나가 나직이 속삭이며 다른 간호사의 팔을 두드려주는 것으로 봐서 뭔가 위로해줘야 할 일이 있는 듯했다. 그들 곁에 있는 침대를 들여다봤다. 얼굴이 잿빛으로 변한 신생아가 호흡기를 달고 누워 있었다.

나는 조금 놀랐다. 그 아기는 힘차게 발길질을 하고 있었다. 마치 내 일은 없다는 듯. 머리 위쪽에 달린 모니터로 시선이 옮아갔다. 심장 박동 정상. 혈압은 경계선이었지만 치명적이지는 않다. 그런데 산소포화도가

30퍼센트였다. 정상인은 90퍼센트 이상이다. 혹시 숫자가 잘못 됐나 싶어 한참 쳐다봤지만 30이 맞았다. 저 수치는 곧 죽음을 뜻한다.

아기 침상으로 걸어갔다. 슬픔에 빠진 팸을 위로하던 델리아가 나를 보더니 말했다.

"이 아기를 맡아줄래요? 곧 시신 보관소로 가게 될 거예요."

내 근무 시간은 아직 시작되지 않았지만, 나는 고개를 끄덕였다.

"날 잘 알잖아요. 거기가 어디든 환자가 가야 할 곳으로 데려가죠."

밤새 아기를 돌본 간호사 팸이 나를 빤히 쳐다봤다. 그러곤 경과를 알려주기 시작했다.

아기 이름은 카밀. 25주 만에 태어난 미숙아로, 작은 변두리 병원에서 우리 병원으로 보내졌다. 전날 밤 제왕절개 수술로 태어났는데, 산모는 감염이 되어 중태에 빠졌다. 카밀은 구급차에 실려 왔고, 밤사이 의료진이 아기를 살리려고 최선을 다했지만 폐가 제대로 형성되어 있지 않아서 제대로 기능하지 못했다.

더 할 수 있는 일은 없었고, 우리는 그저 카밀의 아버지가 딸을 보러 오기를 기다리는 중이었다. 그러고 나면 산소호흡기를 떼서 숨을 거두게 할 것이다. 아기의 아버지는 다른 병원에서 치료 중인 아내 곁을 지키고 있었다. 산모의 병세가 워낙 위중했기 때문에 어쩔 도리가 없었다.

나는 다시 카밀을 내려다봤다. 여전히 핏기 없는 얼굴로, 그래도 발차기를 하고 있다. 모니터를 힐끗 보았다. 산소포화도는 이제 28퍼센트다.

의사가 통화를 마치고 우리 쪽으로 다가왔다.

"됐어요. 아기 아빠가 오는 중이긴 하지만, 우리더러 기다릴 것 없다고 하네요. 아기의 호흡기를 떼고 링거를 중지하도록 해요."

나는 모니터로 손을 뻗었다.

델리아가 내게 아기가 숨을 거둘 때 안고 있겠냐고 물었다. 오전 7시가 막 넘은 시간이니 이제 아기는 내 담당이다. 하지만 나는 팸의 의향을 먼저 물었다. 아기는 그녀의 품에 안겼다.

호흡기를 떼자 카밀은 곧 숨을 멈췄다. 팸은 아기 아빠가 올 때까지 기다리겠다고 했다. 팸과 다른 간호사가 분홍 담요에 싸인 아기의 시신을 씻기고 옷을 갈아입힌 다음 유족실로 데려갔다.

병원에 도착한 카밀의 아빠가 유족실로 안내되었다. 그는 딸을 품에 안고 팸과 의사에게서 설명을 들었다. 나는 카밀의 부친에게 인사를 하고 도울 일이 있는지 물었다. 그는 잠시 딸과 둘만 있고 싶다고 부탁했다. 카밀이 혼자 죽어가는 동안 곁을 지켜주지 못한 것에 죄책감을 느낄 터였다. 그로서는 선택의 여지가 없는 상황이었지만. 나는 곧 다시 오겠다고 말하고 조용히 밖으로 나왔다.

중환자실에 돌아가니 두 번째 아기가 와 있었다. 이번에는 정상 분만한 아기였지만, 산모가 당뇨 환자여서 아기 상태를 잘 지켜봐야 했다. 마음 아프게 하루를 시작했는데 통통한 아기가 우유를 먹으며 품에서 꼼지락대는 것을 보자 기분이 좋았다.

카밀의 아빠를 생각했다. 옆방에서는 한 아버지가 담요에 싸인 채 미동조차 없는 딸을 안고 있다.

아기를 재운 후, 다시 유족실로 갔다. 잠시 그의 곁에 앉아 아버지 대 아버지로 대화를 나눴다. 처음 카밀을 봤을 때 내가 받은 인상을 말해주었다.

"힘들어 보였지만 발길질을 하더군요. 카밀은 끝까지 싸웠어요."

"배 속에서부터 쭉 그랬어요. 카밀은 항상 발길질을 했지요."

그는 슬프면서도 대견해하는 미소를 지었다. 가족에게 연락을 하고 돌아온 그가 아기와 사진을 찍고 싶다고 부탁했다. 사진을 찍은 후 카밀은 다시 중환자실로 옮겨졌고, 침대 주위에 가림막을 쳤다. 이제 작별을 고할 시간이었다.

"팸에게 고맙다고 인사 전해주십시오. 모두 최선을 다해주신 줄 알지만, 뜻대로 안 되는 일이 있는 법이죠."

그가 눈물을 훔쳤다.

다시 중환자실로 돌아와 아까 재워둔 아기를 보러 갔다. 책임 간호사가 와서 이 아기는 곧 일반 신생아실로 옮겨 산모와 함께 있게 될 거라고 전해주었다.

아기를 옮기고 난 후 30분 휴식 시간. 잠시 밖으로 나가 머리를 식히기로 했다. 병원 옆 작은 골목길을 걷는데 시원한 바람이 불었다. 길가에 우거진 나무를 바라보면서, 무심코 주머니에 든 동전을 만졌다. 두 아기가 남았다.

중환자실로 돌아갔다. 여자 아기는 조산아였지만 수유를 시작했고, 남자 아기는 25주 만에 출산한 미숙아로 호흡기를 쓰고 있었다. 아기를 담당했던 간호사가 인계할 때 진지한 표정으로 내게 말했다.

"남자 아기 상태가 몹시 불안정하고, 자극에 대단히 민감해요. 마지막으로 몸을 돌려준 후 산소 수치가 갑자기 30퍼센트로 뚝 떨어졌어요. 아기 몸을 건드리지 않도록 조심하세요. 안 그러면 아기가 죽어요."

그 간호사는 내가 힘든 하루를 보내고 있음을 알았고, 뒤늦게 자기가 한 말에 화들짝 놀랐다.

"어머나, 미안해요. 그런 뜻으로 한 말이 아니었어요."

"아니에요, 이해합니다. 나는 환자가 가야 하는 곳은 어디든 데려갈 수 있는 사람이거든요."

나는 씩 웃으며 자리에 앉았다.

여자 아기는 우유를 잘 먹어서인지 상태가 좋았다. 남자 아기는 여전히 호흡기를 쓰고 있지만 꽤 안정적이었다. 몸을 돌려주어도 별다른 변화 없이 잘 견뎠다. 나는 카밀을 생각하지 않으려고 바쁘게 움직였다.

드디어 근무가 끝났다. 가랑비가 막 그친 해 질 녘 저녁 공기가 서늘했다. 주차장으로 가다 말고, 어떤 충동이 일어 발길을 돌렸다. 그리고 낮에 산책한 골목길을 걸었다. 카밀이 떠올라 마음이 아팠다. 작은 숲 앞에 멈춰 선 채 주머니에서 동전을 꺼내 찬찬히 바라봤다.

하늘에서 보낸 네 명의 아기. 천국에서 온 네 개의 동전. 씨앗을 뿌리는 마음으로 동전들을 숲에 던졌다. 그중 세 개의 씨앗이 싹을 틔우고 자라난다면, 꽤 괜찮은 수확을 거둔 날이라 여겨야 하리라.

레이먼드 빙엄

다시 찾은 나의 자리

재활병원의 물리치료사는 치료 준비를 하면서 연신 수다를 떨었다. 이렇게 말하긴 뭣하지만, 제발 닥쳐줬으면 싶었다. 절망에 빠진 내 귀에 젊은 물리치료사의 수다가 들어올 리 없었다. 다른 환자들이 목발을 짚고 휠체어를 타고 버둥대는 광경을 보고 있으려니, 거대한 상실감만이 나를 압도했다.

너무 많은 게 변했다. 뼈에 암이 생겼고, 몇 주 전에 결국 왼쪽 다리를 잃었다. 아직 수술 후 회복하는 과정이라 의자에 한 시간도 채 앉아 있지 못했다. 그런데 이제 의족을 끼고 걷는 법을 배워야 하는 험난한 과제를 받아 들었다.

의족을 하는 과정은 쉽지 않았다. 조금만 움직여도 있지도 않은 발에 심한 통증이 느껴졌다. 그렇지 않아도 화학 치료를 받느라 머리카락도 온몸의 힘도 빠진 상태였다. 두려움과 분노, 슬픔 같은 감정이 그나마 남아 있던 에너지까지 몽땅 쓸어가고 자기 연민만 남았다.

사람들은 너무 큰 고민을 짊어지면 오히려 작은 고민에 몰두해 상황을 모면하려는 경향을 보인다. 나 역시 그랬다. 간호사 일을 못 하게 되어 수입원을 잃게 생겼다며 속을 끓였다. 다행히 경제 문제는 남편이, 병원에서 날아오는 엄청난 액수의 청구서는 보험금으로 해결되었다.

사실 내가 돌보던 환자들과 동료들이 그리웠다. 임산부들에게 수유 방법을 가르쳐주는 일이 즐거웠고, 병과 치료 과정에 대해 설명할 때 이해하며 안도하는 환자의 표정을 보는 게 참 좋았는데…. 내 출산 강의를 들은 부부가 갓난애를 데려와 자랑스럽게 보여주며 "출산 과정이 셜리의 설명이랑 똑같더라구요."라고 말해주는 걸 얼마나 즐겼던가.

언젠가 간호사로 되돌아갈 수 있을 거라고 간절히 믿고 싶었다. 그런 열망에 휩싸여 괴로울 때면 내 이기심이 부끄러워지기도 했다. 감사해야 할 이유는 많았다. 많은 사람이 나를 위해 기도해주었고, 나는 아직 살아 있고, 여전히 하느님의 자식이며, 한 남편의 아내이고, 아이들의 어머니다. 먼저 나 자신과 싸웠고 그 다음에는 신과 싸웠다.

"하지만 주님, 당신은 저를 간호사가 되게 하셨고 그 일을 사랑하게 하셨습니다. 그것은 저의 소명이므로 깊은 상실감을 느낍니다. 어째서 그 일을 제게서 거둬 가셨습니까?"

하느님의 마음을 움직일 멋진 기도를 생각해내고 싶었다. 하지만 솔직히 말하자면, 자기 연민에 빠져서 "주님, 도움이 필요합니다."라는 간청 외에는 아무 말도 생각나지 않았다. 응답은 기대하지도 않았다.

중풍에 걸린 노인이 깡통따개를 가지고 안간힘 쓰는 광경을 지켜보면서 물리치료사의 수다를 흘려듣고 있었다. 그 옆에서 무릎 수술을 받은 중년 남자가 재활하기 위해 애쓰고 있었고, 저쪽에서는 비행기 조종사였다는 잘생긴 남자가 척추를 다친 후 다시 걷는 연습을 하느라 땀을 뻘뻘 흘렸다. 이 와중에도 그는 생기가 넘쳤다. 놀라웠다. 얼마나 단호한 의지를 지닌 사람이길래 저럴 수 있을까. 왜 어떤 이는 패배감을 느끼고 어떤 이는 당당하게 일어설까? 강인함과 끈기도 타고난 자질일까? 신념일까? 뭐가 됐든 나도 그런 태도를 갖고 싶었다.

그때 내 기운을 북돋워주려고 재잘대던 물리치료사가 말했다.

"예전에 간호사였다면서요?"

갑자기 가슴속에서 분노가 치밀었다. 예전이라고? 지금은 나를 뭘로 생각하느냐고 따져 묻고 싶었다. 하지만 신랄한 말대꾸를 생각하기도 전에 내 입에서 불쑥 대답이 튀어나왔다.

"아니요, 지금도 간호사예요."

그렇게 내뱉고 나자 뭔가 기분이 달라졌다. 더 강해진 느낌 같기도 했지만, 정확히 그게 뭔지 왜 그런지 알 수 없었다.

나중에서야 대꾸해줬어야 할 말이 줄줄 생각났다.

'잠깐만요. 나는 예전과 다름없어요. 다리를 하나 잃긴 했지만, 지금도 뇌와 심장을 갖고 있다고요. 나는 예전의 뭐가 아니에요!'

머릿속으로 물리치료사와 설전을 벌이는 상상이 계속되던 어느 날, 성경 구절 하나가 떠올랐다. 「사도행전」 17장 28절.

"우리가 그를 힘입어 살며 기동하며 있느니라."

'살며' '기동하며' '있느니라'라는 세 단어가 마음에 와 박혔다. '있었느니라'라는 말은 없다. 내 인생은 과거형일 수 없다. 나는 언제나 지금의

나다!

그렇다고 갑작스럽고 대단한 변화가 생긴 것은 아니다. 하지만 내 태도는 점차 변해갔다. 부정적인 감정 밑바닥에서 신념이 되살아났다. 몇 달에 걸쳐 그 신념은 예전처럼 불길이 되어 솟았다. 다시 일어설 힘이 생겼고 잠재력이 느껴졌다.

수술 후 1년 반이 지났다. 나는 18년 간 근무했던 병원에 복직했다. 예전과 같은 업무로 복귀하지는 못했지만, 병원에서 새로 시작한 방문 진료 사업의 관리자가 되었다. 내 신체 사정에 맞춰서 어느 정도 조절하며 일했고, 시골 지역이라 가파른 계단이나 난간이 설치된 집은 별로 없었다. 그래도 무거운 가방에 지팡이까지 짚고 의족을 끼운 다리로 왕진을 다니는 일은 결코 쉽지 않았다. 사실 여간 힘든 일이 아니었다. 환자 몸을 소독하려고 몸을 많이 굽혀야 할 때면 흔들리는 다리뿐 아니라 마음의 균형까지 잡으려 발버둥쳐야 했다. 하지만 일이 좋았다.

다시 간호사가 된 기쁨은 비할 데 없었지만, 가끔 내가 정말 사람들에게 필요한 사람일까 하는 의구심이 생겼다. 다행히도 부서는 안정적으로 급성장했고, 방문 간호사를 충원한 후부터는 사무실에서 관리 업무를 하며 다시 전화를 통한 환자 교육을 맡았다. 환자들을 직접 만나지 못하는 경우가 많았어도 시간이 흐르며 점차 우정이 싹텄다. 간호사, 간호조무사, 치료사 들 모두 멋진 한 팀을 이뤘고, 내가 은퇴할 무렵 우리 부서는 성공적으로 자리 잡았다.

내 은퇴 기념식에서 의사이자 오랜 동료가 이렇게 말했다.

"셜리가 우리 공동체에서 일구어낸 업적은 정말 놀랍습니다."

물론 그 업적과 축복은 나만의 것이 아니다. 신이 우리의 약점을 통해 오히려 큰일을 도모하는 것이 참 놀랍지 않은가. 내 비극과 분노는 잘 사용되어져, '과거의 나'를 '지금의 나'로 데려다놓았다.

셜리 맥컬로우

46B호실의 엉덩이 씨

병원과 요양원에서 의료진으로 오래 일하다 보면 환자를 한 명의 개인이요 인격체로 보는 데 소홀해진다. 너무 많은 환자를 만나기 때문이다. 점점 그 환자가 그 환자 같아진다. 어떻게 일일이 이름을 다 기억한단 말인가.

요양병원 안에 소규모 물리치료실을 개업하면서 내가 너무 둔감했음을 깨닫는 계기가 있었다. 어느 날 나는 보조 직원인 바비에게 '46B 엉덩이'를 모셔오라고 시켰다. 46B호실의 환자는 엉덩이 골절이라 평행봉을 잡고 보행 연습을 해야 했다.

바비는 휠체어를 밀고 환자를 데리러 갔지만, 금방 돌아와서 '46B호 엉덩이'가 오늘은 치료를 안 받겠다고 한다고 보고했다.

"흠, 그러면 체중부하가 될 텐데. 환자가 균형을 잡을 수 있어야 해요. 그러려면 여기 내려와서 평행봉 운동을 해야 하고. 다시 가서 오라고 해봐요."

바비는 다시 환자를 설득하러 갔지만 이번에도 혼자 돌아왔다.

"침대에서 나오기 싫어서 안 오겠다네요."

하는 수 없이 내가 나섰다.

그의 병실에 들어선 순간을 못 잊을 것이다. 내가 귀찮아하며 데리러 간 사람이 아무개 환자가 아닌 한 개인이라는 인식이 나를 와락 덮쳤다. 그는 멋진 노신사였다. 침대 옆 탁자에는 내 아버지도 구독하던 잡지인 『네브라스카 목장주와 농부』와 『호텔·레스토랑 경영인 인명록』이 놓여 있었다. 인명록을 펼쳤을 때 거기 적힌 그의 이름을 보았다.

내가 내 인생에서 주인공이듯, 그 역시 자신의 삶을 살아왔다. 그런데 지금은 모든 선택권을 잃고 침대에 갇혔다. 언제 목욕할지, 언제 식사할지, 무엇을 먹을지, 언제 어디로 가서 무엇을 할지(물리치료를 포함해서)… 이제는 아무 것도 자신의 의지대로 선택할 수 없는 처지가 되었다. 선택권과 더불어 독립성과 자존심도 희미해질 위기다.

아마도 그는 자기 몸을 통제하는 기분을 맛보고 싶었을 뿐이리라. 한두 가지 사소한 일 정도는 자기가 원하는 시간으로 정하고 싶었으리라.

나는 그의 손을 잡으면서 말했다.

"안녕하세요, 칼슨 씨. 오늘 물리치료는 몇 시에 받고 싶으세요?"

린다 맥닐

우리가 처음 손잡았을 때

다른 지역으로 이사했더니 새 직장을 구하는 일이 예상보다 훨씬 힘들었다. 집에서 가까운 병원에 지원했지만 빈자리가 없다고 했다. 사무실을 나서려는데, 인사 담당자가 새로 생긴 건강 기관이 있으니 자리를 알아보라고 말했다. "그쪽은 늘 간호사를 구하기가 어렵거든요."라고 덧붙이면서.

찾아가봤더니 그럴 만하다는 생각이 들었다. 그곳은 양로원이었다. 기관 이름에 '양로원'이란 말을 은근슬쩍 뺀다고 해서 그곳에 대한 이미지가 달라지는 것은 아니다. 솔직히 그런 종류의 시설에 '발을 들여놓기가' 싫었다. 하지만 인사과 직원이 시설을 구경시켜주겠다고 해서 그것마저 사양할 수는 없었다.

인사 업무를 담당하는 젊은 여성은 나를 3층으로 데려가더니, 시설 입소자들이 점심 식사를 하러 식당에 가려고 기다리고 있다고 설명했다. 그 광경을 보고 아연실색하지 않을 수 없었다.

복도는 기차 터널처럼 끝없이 길고 어두웠다. 노인들이 탄 휠체어가 벽을 따라 쭉 늘어서 있었다. 머리를 숙인 노인들의 팔다리는 축 처져 있거나 그렇지 않으면 버둥거리며 아무렇게나 발길질을 해댔다. 신음 소리, 중얼대는 소리, 흐느끼는 소리… 모두 한데 섞여 이상한 소리가 났다.

그들은 퀭한 얼굴로 허공을 응시했다. 복도를 지나는 우리를 쓸쓸한 눈빛으로 쫓는 이들도 있었다. 인사과 직원은 쾌활하게 노인들에게 인사를 건넸고, 대부분은 희미한 웃음을 보냈다. 마음이 복잡했다.

그때 어떤 할머니가 손을 뻗어 내 치맛자락을 꽉 잡았다.

"도와줘요. 좀 도와줘요."

할머니의 손아귀 힘이 너무 세서 깜짝 놀랐다. 할머니의 손을 뿌리치고 달아나 평화로운 내 차에 시동을 걸고 싶은 충동이 일었지만, 가만히 서 있었다. 양심상 할머니에게 시선을 돌리지 않을 수 없었다. 나는 몸을 숙여서 물었다.

"성함이 뭐예요?"

"로즈마리."

오랫동안 병으로 고생한 듯 주름진 얼굴이었다. 할머니는 너무 커 보이는 틀니를 낀 채 활짝 웃으며 내 손을 꼭 쥐었다. 나도 할머니의 손을 잡았다. 손등에는 파란색 핏줄이 툭툭 솟아 있었다. 문득 이 할머니와 단둘이 있는 기분이 들었다.

우리의 손이 연결될 때 마음도 그렇게 되었다. 할머니의 파란 눈동자를 마주했다. 더 이상 그곳의 노인들은 불쾌하고 불쌍한 늙은이들이 아니었다. 내 존중과 이해를 받을 자격이 있는 할머니 할아버지가 되었다.

내일 나는 새 직장에 출근한다. 연민을 가지고 그들을 돌보기 위해 최선을 다할 것이다. 우선 로즈마리 할머니부터.

바버라 A. 브래디

우리는 원하는 것을 다 갖고 있지 않으니,
갖고 있는 것으로 행동합시다.
- 존 헨리 뉴먼

죽음과 존엄

오하이오에서 아칸소로 이주할 때 나는 그것을 축복으로 여겼다. 평생 동안 북부에서 살았기 때문에 주변 환경을 확 바꾸고 싶었다. 사실 인생을 확 바꾸고 싶었다. 결혼 생활이 14년 만에 끝장났고, 집은 불이 나서 다 타버렸다. 내 존재가 블랙홀 속으로 빨려 들어가는 것 같았다. 몸이 안 좋은 어머니를 가까이서 보살피기 위해서라는 이유도 그럴싸했다. 더 잃을 것도 없었으니까 말이다. 하지만 이후 내가 얼마나 소중한 선물들을 받게 될지에 대해서는 짐작하지 못했다.

그렇게 아칸소로 옮기고, 기독교 계통 병원의 수술실에서 근무하기 시작했다. 어느 날 암 병동에서 내 일손을 필요로 한다며 옮기라는 지시를 받았다. 항의했지만 소용없었다. 도처에 죽음이 도사린 병동에서 일하고 싶지 않았다.

암 병동으로 출근하고 얼마 지나지 않아 나는 그 병동에서 일할 '필요'를 느꼈다. 어느 날 고개를 들어 보니, 나는 천사 같은 환자들에 둘러싸여 있었다. 신이 나를 이곳에 보냈음을 깨달았다.

그때부터 암 병동은 내 집이었다. 이제 '몇 호실 환자'가 아닌 한 사람 한 사람이 이름과 얼굴로 생생히 다가왔다. 그들이 어떤 음식을 좋아하는지, 자녀는 몇이나 뒀는지, 평생 어떤 일을 하면서 살아왔는지, 암에 대해서는 어떻게 생각하는지 알게 되었다. 많은 간호사가 그렇듯, 나는 이 특별한 사람들과 가까워졌고, 때론 감정을 다스리기가 어려울 정도로 그들을 사랑했다.

특별한 작별 선물 덕분이었다. 어느 날 빌리라는 환자가 병동에 새로 들어왔다. 그는 골종양 환자였는데, 유머 감각이 남달랐고 심한 통증에도 불평하지 않는 사람이었다. 사람 좋은 그의 아내는 상상할 수 없을 만큼의 큰 사랑으로 남편을 간호했다. 우리는 함께 울고 웃었고, 많은 이야기를 나누었다. 그들은 어느새 우리 병원 가족의 일원이 되었다.

빌리는 화학 치료를 받기 위해 입원과 퇴원을 몇 차례 반복하면서 점차 기력이 쇄했고, 마지막으로 입원했을 때는 힘든 기색이 역력했다. 그의 아내도 마찬가지였다. 빌리가 너무 고통스러워했기 때문에 우리 모두 그를 돌보기가 괴로웠다. 특별히 해줄 수 있는 일이 없었기 때문이다. 이제 그는 삶의 막바지에 접어들었고, 통증이 심해서 아무리 약을 써도 듣지 않았다. 병동의 간호사 모두가 빌리와 그의 가족을 위해 울었다.

부활절이 다가오자 빌리를 문병하는 손님이 끊이지 않았다. 부부가 오붓하게 지낼 시간이 전혀 없었다. 나는 부인이 안쓰러웠다. 비록 그녀는 미소를 잃지 않았지만.

어느 날 밤, 근무 시간이 끝날 무렵 나는 마지막으로 빌리의 병실로 가

가만히 문을 열었다. 나도 모르게 탄식이 흘러나왔다. 빌리는 가장 아플 때 취하는 자세로 누워 있고, 그의 팔 아래로 부인이 웅크리고 누워서 아기처럼 쌔근쌔근 자고 있었다. 아주 깊이 잠들었는지 그녀의 입에서 가벼운 휘파람 소리가 새어 나왔다. 복도의 불빛이 달빛처럼 병실을 비추고 있었다.

나는 방해꾼처럼 잠시 서 있었다. 발걸음을 뗄 수가 없었다. 몸을 돌리려는데 빌리가 눈을 떴다. 그는 내게 찡긋하고 웃어보였다. 자기는 괜찮다고 말하는 것 같았다.

조용히 문을 닫고 텅 빈 복도를 지나 병원 기도실로 갔다. 내가 본 그 순간이 말할 수 없이 아름다운 나머지 눈물이 흘렀다.

얼마 후 빌리는 눈을 감았지만, 나는 빌리의 특별한 선물 덕분에 도처에 도사린 죽음을 봄에 있어 새로운 눈을 뜨게 되었다.

수전 스펜스

마른 우물을 채우는 시간

사우스캐롤라이나 시저스헤드 주립공원에는 '프리티 플레이스'라는 곳이 있다. 꽤 높은 산등성이에 있는 야외 예배당으로, 사방이 트여서 숨막히는 절경을 자랑한다. 자연석으로 쌓아 올린 설교단에는 커다란 십자가가 서 있고, 주위를 간결하고 묵직한 콘크리트 벤치들이 에워싸고 있다. 경외감이 감도는, 이름 그대로 멋진 곳이다.

20년 전, 나와 친구들은 부활절에 프리티 플레이스에서 진행되는 해돋이 예배에 참석하기로 했다. 전에도 늘 가고 싶었지만 좀처럼 짬을 내지 못했다. 나는 응급실 간호사였고, 이번 부활절에도 어김없이 근무가 잡혀 있었다. 할 수 없이 새벽에 예배를 보고 돌아와 출근할 수 있게 근무 시간을 조정해두었다.

우리는 밤 2시에 차를 몰고 프리티 플레이스로 향했다. 세상은 아직 어둠에 잠겨 있었지만, 예배당 주변에는 이미 많은 사람이 모여 있었다. 예배 순서에는 찬송가, 기도, 간략한 설교가 포함되어 있었다. 하지만 어느 한 종파를 위한 예배는 아니었다.

그저 앉아서 평온한 분위기에 젖는 것만으로 만족스러웠다. 흙과 소나무 냄새, 살갗에 닿는 서늘한 새벽 공기, 새 소리, 숲의 소리…. 친구들과 함께 이 모든 즐거움을 만끽하노라니 어느덧 동이 터왔다. 빛나는 오렌지색 공이 땅에서 솟는 것처럼 떠올랐다. 방금 전까지 잿빛이었던 캔버스가 오렌지색, 노란색, 분홍색으로 물들었고, 이윽고 빛이 하늘을 가득 채웠다.

사람들은 모일 때보다 더 빨리 현실 세계로 돌아갔다. 나도 직장으로 향했다. 평화로운 기분을 느끼며 병원에 도착했고, 응급실도 조용했다. 청소와 비품 정리를 시작했다. 그러나 얼마 지나지 않아 '복도에 환자 도착했습니다'라는 익숙한 알림이 울렸고, 곧이어 절망과 공포에 휩싸인 채 도움을 청하는 목소리가 들렸다.

복도에는 한 남자가 축 늘어져서 숨을 못 쉬는 여자아이를 안고 서 있었다. 아이의 창백한 얼굴에 피가 흘렀다. 다른 상처는 보이지 않았다. 그가 아이를 내게 넘겼다. 프릴 원피스 차림에 레이스 양말과 구두를 신고 있었다. 어여쁜 모자는 찌그러졌다. 남자가 허겁지겁 설명했다. 집 앞에서 차를 빼는데 뒤에 있는 딸을 미처 보지 못했다고. 아이는 예쁘게 차려입고 교회에 갈 준비를 마치고서는, 아빠가 나가는 것을 보고 뒤쫓아 뛰어갔다. 아빠와 함께 가고 싶었을 뿐이다.

나는 남자를 복도에 두고 얼른 아이를 데려갔다. 곧 누군가 그에게 수속을 밟게 하고, 가족 대기실로 안내할 것이다. 평범한 대기실이 아니라, 조명이 은은한 작은 공간이다. 생명이 위태로운 환자의 가족은 거기서

간절히 기도하며 소식을 기다렸다.

병원 전체에 코드 블루(응급실에서 심정지 등의 응급 상황을 알리는 경보)를 알리는 방송이 울려 퍼졌다. 의료진이 모여들어 아이를 구하기 위한 모든 조치를 취했다. 아이는 목이 부러져 있었다. 원피스를 자르고 삽관을 했다. 심폐소생술을 실시했다. 링거를 꽂아 심장과 폐가 다시 작동하도록 약물을 투여했다. 우리는 사람과 의학이 할 수 있는 범위 내에서 모든 노력을 다했다. 아이의 생명을 포기할 수 없었다. 할 수 있는 일이 더는 없음을 머리로는 알아도 마음이 받아들이지 못하는 경우가 있다. 우리는 계속 시도했다.

이윽고 가망 없는 소생 시도가 중단되었다. 나는 천천히 튜브들을 제거했다. 목구멍이 뻐근하고 가슴이 먹먹했다. 가족이 사망한 아이를 볼 수 있도록 세부적인 일들을 챙겼다.

응급실 담당의가 가족 대기실로 갔다.

"따님이 사망했습니다. 사실 저희가 할 수 있는 일은 없었지만, 최선을 다했습니다."

그는 상황을 더 설명하려고 하다 말을 멈췄다. 소식을 듣고 아이의 아버지가 토해낸 울음은 지금도 내 존재를 흔든다. 그가 느꼈을 고통과 상실감이 그대로 전해졌다.

20년이 흘렀다. 나는 결혼해서 네 자녀를 두었다. 지금은 더 이상 병원에서 일하지 않지만, 부활절이 다가올 때면 아버지 품에 안겨 왔던 소녀와 그 아버지가 고통스럽게 울부짖던 소리가 기억난다. 부모가 되고 보니 당시보다 훨씬 깊이 그 울음이 이해된다.

의료인은 타인의 고통과 아픔을 감당하는 법을 배워야만 자신의 일을 할 수 있다. 우리는 팔다리를 잃고, 목숨을 잃고, 가족을 잃는 불행을 목격한다. 때로는 사람들이 차마 입에 담지 못할 짓을 저지르는 것도 목격한다.

죽어가던 소녀와 그 아버지가 떠오를 때마다, 다행스럽게도 그날 야외 예배당에서 맞이한 해돋이도 같이 떠오른다. 산비탈에서 본 장엄한 일출 장면과 거기서 느낀 경외감을 아직도 뚜렷하게 기억한다.

그날 나는 극단적인 두 감정을 경험했다. 경이와 절망, 삶과 죽음, 기쁨과 고통, 숨 막히는 아름다움과 깊은 슬픔. 부활절 해맞이로 충만해진 마음이 있었기에 어린 생명의 죽음이 가져다준 슬픔을 견딜 수 있었다.

간호사든 의사든, 아픔과 고통을 다루는 사람은 누구나 자신을 먼저 보살펴야 한다. 그래야 다른 사람들을 보살필 수 있다. 빈 우물에서는 물을 길어 남에게 줄 수 없다. 우리에게는 우물이 마르지 않도록 그것을 채울 수 있는 시간이 필요하다. 이를테면, 자기만의 '프리티 플레이스'를 찾는 시간 말이다.

그날 새벽부터 서두르길 참 잘했지.

신디 볼링거

때론 도망치고 싶지만

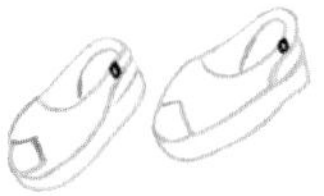

갓 병원에 입사한 초보 간호사 시절, 정형외과 병동에 입원한 노인들과 나 사이에는 공감할 만한 게 하나도 없어 보였다. 그래서 근무가 끝나고 퇴근하는 시간이 너무 반가웠다. 일에 별다른 불만은 없었다. 양쪽 다리가 썩어가는 할머니를 담당하기 전까지는.

내가 담당이 되기 며칠 전, 다른 간호사가 그 할머니의 드레싱 하는 걸 도왔었다. 내가 환자의 발꿈치를 들고 있으면 담당 간호사가 상처를 소독하고 붕대로 감쌌다. 나는 계속 창밖을 보려고 안간힘을 쏟았고, 악취를 참을 수 없어서 입 끝으로만 숨 쉬었다. 그 병실에서 나왔을 때 악취가 여전히 옷에 들러붙어 있는 것 같았다.

그때까지 이런 환자를 맡지 않았던 게 다행이라고 생각했다. 운이 좋았든지 아니면 수간호사가 신참인 나를 배려했든지 둘 중 하나였다. 어쨌든 이제부터 내가 그 환자를 돌봐야 했다. 그 상처와 악취를 생각만 해도 몸이 움찔했지만, 피할 수 없었다.

수간호사가 내게 말했다.

"그 환자는 오전 6시에 드레싱 했고, 오전 10시에 수술할 거예요."

휴…. 그러니까 내가 그 환자의 드레싱을 할 필요가 없다는 뜻이다. 운이 좋았다. 야간 당직 간호사가 환자에게 수술동의서까지 받아 놓았다. 양 무릎 위를 자르는 수술이었다. 이 또한 얼마나 다행인가. 스트레스 받는 대화를 나눌 일 없이 서류 작업만 마무리하면 되는 것이다.

문 앞에서 숨을 들이쉬고 병실에 들어섰다.

"어떠세요, 팔머 부인?"

그녀는 나를 힐끔 보고는 시선을 돌렸다. 비쩍 마른 몸, 볕에 그을리고 수분 부족으로 검어진 피부에, 백발이 된 머리칼을 길게 풀고 있었다. 노인의 긴 머리는 어쩐지 매력적으로 다가왔다. 중세 시대 궁중에 사는 여인처럼…. 어찌 보면 이상했다. 저 연령대 할머니들은 보통 머리를 짧게 자르지 않나. 팔머 부인은 아직도 젊음과 아름다움에 대한 열망을 붙들고 있는 걸까.

나는 그녀가 일어나 앉도록 도운 다음 청진기를 등에 댔다.

"숨을 깊이 들이쉬세요."

이불을 들추고 다리를 살피는 일은 그냥 넘어가기로 했다. 그럴 필요가 없었다. 오후가 되면 다리의 건강한 부분만 남을 테니까.

"수술은 10시예요. 내일이면 한결 나아질 거예요."

"왜 그런 말을 하죠? 난 다리가 아프지 않아요."

팔머 부인이 내게 시선을 돌리고 말했다.

"더 건강해지실 거라는 뜻이었어요."

"……."

"그게 최선이에요. 다른 선택의 여지가 없어요. 병원에서 다시 걷는 법을 가르쳐드릴 거고요."

팔머 부인의 손을 잡았다. 그러자 그녀의 눈에 눈물이 고였다. 나는 이런 상황을 감당할 수 없었다.

"잠시 후에 다시 올게요."

딱딱하게 말하며 손을 떨어뜨리고 얼른 병실을 나와 다른 환자에게 약을 주러 갔다.

그날 덜로리스가 나와 함께 근무했다. 덜로리스는 나이 많은 간호사로, 일 처리 능력이 뛰어났다. 인조 속눈썹을 붙이고 머리는 잔뜩 띄우고 다니는 게 이상했지만, 워낙 일을 잘해서 그녀 곁에서 일하면 뭐든지 쏙쏙 이해되는 기분이었다. 덜로리스는 가끔씩 잘못된 것들을 지적해주었는데, 그 충고는 늘 옳았다. 하지만 비록 배우는 입장이긴 해도, 우스꽝스러운 모습을 한 그녀에게 지적을 받으면 왠지 기분이 꺼림칙했다.

오전 9시. 복도에서 덜로리스를 만났다. 그녀는 내게 일이 잘 돌아가고 있냐고 물었다.

"좋아요. 모든 게 잘 돌아가고 있어요."

나란히 간호사실로 향하면서 덜로리스가 싱긋 웃었다. 얼른 이 상황을 벗어나고 싶었다.

그녀가 나직이 물었다.

"수술은 어때? 에마 팔머 말이야."

"모두 준비됐어요."

"어제는 내가 에마를 돌봤어. 그런 일을 당하다니 참 안됐어."

우리가 팔머 부인의 병실 쪽을 쳐다봤을 때, 당황스럽게도 그녀는 침대에 발을 늘어뜨린 채 흐느끼고 있었다.

"어머나, 울고 계시네!"

덜로리스는 자석에 끌리기라도 하듯 얼른 병실로 들어갔다. 나도 마지못해 따라갔다. 내가 뭘 해야 할까? 어떻게 그녀의 눈물을 그치게 한단 말인가?

"자, 자. 다리를 올려드릴게요."

덜로리스는 팔머 부인의 목에 팔을 두르고, 다른 팔로는 붕대를 감싼 다리를 들어 가만히 침대에 내려놓았다. 맨손으로 그 다리를 만지다니, 나로선 상상할 수도 없는 일이었다.

"아직 가족이 만나러 오지 않았나요?"

덜로리스가 물었다.

"난 가족이 없어요."

팔머 부인이 흐느끼며 말했다.

"어머나!"

덜로리스는 침대에 걸터앉아 팔머 부인을 꼭 껴안았다. 흐느낌은 더 커졌다. 그녀는 덜로리스의 어깨에 머리를 기댔다. 나는 물러서서 침만 삼켰다.

덜로리스가 그녀의 몸을 가만히 흔들면서 말했다.

"에마. 괜찮아요. 아니, 괜찮지 않아요. 그렇죠?"

에마가 눈물을 주르르 흘렸다. 입을 열었지만 말이 나오지 않았다.

나는 그 방에 꽉 찬 고통을 견딜 수가 없었다. 에마가 감당해야 하는 상실감을 떠올려보는 것조차 어려웠다. 덜로리스가 팔머 부인의 여린 어깨를 꼭 안으며 말했다.

"그래요, 힘들어요. 정말 힘든 일이에요."

덜로리스는 몇 번이고 그녀의 등을 쓰다듬었다.

"다리는 없어져요. 하지만 다리가 없으면 건강은 한결 좋아져요."

팔머 부인은 흐느낌 때문에 숨이 뚝뚝 끊겼다. 덜로리스는 몸을 흔들면서 계속 위로했고, 결국 팔머 부인은 진정됐다.

"내 나이에 어떻게 감당할 수 있겠어요?"

"아니, 놀라실 거예요. 요즘은 기술이 워낙 발달해서요."

나는 무용지물이 된 기분이었다. 이 직업의 깊이가 이해되기 시작했다. 그리고 내가 얼마나 얄팍하게 간호사 노릇을 했는지도…. 나도 덜로리스처럼 마음에서 우러나온 태도로 환자를 대할 수 있을까? 저렇게 편안하고 자연스럽게 환자를 달랠 수 있을까?

덜로리스는 손으로 에마의 어깨를 쓰다듬어주면서 말했다.

"다 괜찮아질 거예요."

그러자 에마가 갑자기 울부짖었다.

"어떻게?"

나는 용기를 내 팔머 부인의 다리를 쓰다듬었다. 그리고 말했다.

"어떻게 그렇게 될지 제가 알아요. 도와드릴게요."

다이앤 스탤링스

모든 것에 인내심을 가지라.
특히 나 자신에게 인내심을 발휘하라.
스스로의 불완전함에 용기를 잃지 말고,
곧바로 개선하기 시작하라.
매일 하나씩 새롭게.
- 성 프란치스코 살레시오

사람의 온기, 간호의 온기

간호학생 시절, 실습을 나가서 처음으로 맡은 일은 심장질환과 폐기종을 앓는 노인의 침상 목욕이었다. 담당 간호사가 그 할머니는 의식을 잃었다 되찾기를 반복하므로 의사소통에는 신경 쓰지 않아도 된다고 했다.

목욕 준비를 하는 동안 노인은 꼼짝도 하지 않았다. 눈을 뜨지도 않았고, 내가 거기 있는지도 모르는 듯했다. 수업 시간에 마네킹을 눕혀 놓고 목욕시키는 연습을 하곤 했는데, 누워 있는 할머니를 목욕시키는 것도 그와 비슷할 거라는 생각이 들었다.

그러나 물수건을 할머니 얼굴에 대는 순간, 온기가 손끝에 전해져 나는 움찔했다. 이마에 붙은 머리칼을 바라보며 생각했다. 비록 대화할 수 없다 해도 할머니는 살아 있는 사람이구나.

나는 아기 다루듯 조심스럽게 몸을 씻기기 시작했다. 목욕을 반쯤 마쳤을 때, 할머니가 뭐라고 속삭였다. 잘 들리지 않아 몸을 굽히고 할머니의 뺨을 어루만지면서 여쭀다.

"뭐라고 하셨어요?"

"마음을 써줘서 고마워요."

할머니가 눈을 떴다.

"다른 간호사들은 내가 모르는 줄 알지만, 다 알아요."

얼굴에 생기가 돌았다. 할머니는 어린 시절 이야기며 손주들 이야기를 들려주기 시작했다. 목욕을 마무리할 즈음, 할머니의 이야기도 마무리되었다. 그녀는 내 손을 토닥이며 말했다.

"이제 피곤하네."

목욕 도구를 챙겨 들고 할머니의 편안한 얼굴을 바라보았다. 대화는 시작했던 것처럼 조용히 끝이 났다.

미치 챈들러

마음은 팔 수도, 살 수도 없는 것이지만
줄 수 있는 보물이다.
- 귀스타브 플로베르

어느 간호학생의 다짐

예상치 못한 일을 경험한 후 인생이 완전히 뒤바뀔 수 있다는 것은 참 굉장하다.

오래전, 내 친구 제이슨이 백혈병 진단을 받았다. 당시 우리는 중학교 1학년이었다. 나는 병원에 몇 차례 문병을 갔다. 처음 거기 갔을 때 제이슨의 병실은 풍선과 꽃, 카드, 사진이 사방에 놓여 있었고, 친지들이 문병을 오고 전화하고 편지를 보냈다. 그의 병실에는 늘 활기가 넘쳤고, 항상 누가 찾아와 있었다.

우리는 플로리다키스의 작은 마을에 살았기 때문에 동네 사람 모두 제이슨에게 관심을 보였다. 그를 모르는 사람들까지도 마음을 모아 선물을 보냈다. 마을 전체가 제이슨을 위해 헌혈에 참여하는 등 도움은 계속 이어졌다.

제이슨의 방은 복도 끝에 있어서 그를 만나러 갈 때는 다른 병실을 지나야 했다. 다른 병실은 썰렁했다. TV도 꺼져 있고 아픈 아이들은 혼자 조용히 누워 있었다. 삶에서 가장 무서운 경험을 코앞에 두고 그렇게 누워 있었을 것이다. 제이슨이 누리는 것을 그들은 누리지 못했다. 그런 상황을 안 나의 삼촌이 아이디어를 냈다.

그날 문병을 마치고 집에 돌아온 후 삼촌과 나는 작업에 들어갔다. 삼촌은 아는 사람들에게 전화를 걸어 도움을 청했고, 암 병동에 전화해서 입원한 어린이 명단을 받았다.

다음 문병 때, 우리는 수레를 밀고 병동으로 들어섰다. 수레에는 사탕, 잡지, 모자, 게임 기구 등이 잔뜩 들어 있었고, 삼촌과 나는 프로펠러가 달린 우스꽝스러운 모자를 썼다. 우리가 걸을 때면 프로펠러가 빙빙 돌았다.

일단 제이슨에게 들러 인사하고 나와서, 병실을 돌며 이웃 사람들이 기부한 선물을 나눠주고 어린이 환자의 이름이 적힌 깃발을 걸어주며 빠른 회복을 기원했다. 그때 본 아이들의 표정이 아직도 생생하다.

우리가 병실에 들어가서 이름을 부르면, 환자들은 웃긴 모자를 쓴 사람들이 무슨 짓을 하는지 몰라 당황했다. 우리가 깃발로 병실을 꾸미고 사탕과 장난감을 건네면, 그들의 얼굴에는 환한 미소가 떠올랐다.

누군가와 마음을 주고받는 것, 누군가 자기를 염려해준다는 것, 자기가 혼자가 아니라는 것. 이런 것들이 어린 환자들의 마음에 큰 감동을 주는 듯했다. 우리가 마지막으로 만나려 했던 환자는 격리 입원 중이어서 병실에 들어갈 수 없었다. 맘씨 좋은 간호사가 우리를 대신해서 선물을 가지고 들어갔다. 아이는 복도 쪽으로 난 유리창에 서서 환한 미소를 지으며 '고마워요'라고 입술 모양으로 말했다. 평생 잊을 수 없는 순간이었다.

그 순간이 나를 이끌었다. 나는 이제 간호학과 2학년을 마쳤다. 의료기술과 기계에 대해 배우는 중이다. 의료기기가 어떻게 작동되는지, 제대로 작동되지 않을 때 어떤 조치를 취해야 하는지 배웠다. 기구를 소독하고 드레싱을 교체하고 정맥주사를 놓고 약물을 투여하는 방법도 배웠다. 이 모두가 간호학을 배우는 학생에게는 매우 흥미롭다.

하지만 내가 간호사가 되기로 한 이유는 그 때문만은 아니다. 간호사라는 직업에는 호출을 받으면 달려가서 처치를 하는 것 이상의 뭔가가 있다. 환자 전부를 '고칠' 수는 없겠지만, 환자들의 마음을 편안하게 해주고, 위로해주고, 병실에 들어설 때 환자가 스스로를 존엄을 지닌 인간으로 느끼도록 해줄 책임이 우리 간호사들에게 있다.

나는 오래전 봄, 우리의 보살핌을 받은 아이들이 생기를 되찾던 그날의 감격을 다시 느끼고 싶어서 간호사가 되겠다고 결심했다.

가벼운 미소나 다정한 말, 손을 만져주는 것이 얼마나 환자에게 기운을 북돋워주는가. 나는 경험 없는 예비 간호사에 불과할지 몰라도, 병실에 들어섰을 때 어린 환자들의 표정이 환해지던 기억을 갖고 있다. 간호사들이 재미난 농담을 던지고 잠시 짬을 내서 놀아주면, 그 아이들이 사탕을 받고 환해졌던 것처럼 표정이 밝아지는 것을 보았다.

환자들에게는 의료 처치도 필요하지만 따스한 손길 역시 필요함을 기억해야 한다. 환자들은 검사도 받아야 하지만, 위로의 목소리도 똑같이 중요하다는 사실을 명심해야 한다.

내년이면 졸업해서 하얀 간호복을 입고 의료계에 뛰어들게 된다. 나는 간호사로서 환자를 치료하는 능력뿐 아니라, 그들을 보살피는 능력도 가져야 한다는 점을 내내 잊지 않을 것이다.

제이슨 맥그로를 추모하며
크리스틴 엘러스

인생은 영혼을 살찌울 고귀한 모험을 하고자 하는
욕구의 투쟁이어야 한다.
- 레베카 웨스트

밤이 더는 두렵지 않은 이유

AM 04:15

죽음은 이른 새벽 시간에 다가왔다. 때로는 평화롭게 다가와서 깊은 잠에 빠진 환자를 데려갔다. 때로는 격렬하게 들이닥쳐 환자의 목구멍 깊은 곳에서 그르렁 소리를 냈다. 때로는 산들바람처럼 불어와 바람에 날리는 연처럼 고통을 남겨두고 사뿐히 날아올랐다. 때로는 한바탕 심폐소생술과 투약과 전기 충격 같은 처치가 벌어진 다음 죽음의 그림자가 드리워지기도 했다. 어쨌든 내 경험으로는, 죽음은 대부분 이른 새벽 시간에 다가왔다. 그런 이유 때문에 나는 야간 근무가 두려웠다. 올가를 만나기 전까지는.

올가는 말기 암 환자로, 가족이 더 이상 집에서 돌보기 어려워 호스피스 병동으로 입원했다. 올가는 한 달 후인 7월 4일 미국 독립기념일을 '해방일'로 정해 그날 죽기로 결정했다면서, 가족에게 한 달 치 비용만 지불하면 될 거라고 일러두었다. 하지만 주치의는 다른 견해를 가지고 있었다. 말기 암이긴 하지만 아마 3개월에서 6개월쯤 살 거라고, 천천히 죽음이 다가오는 고통스러운 과정이 될 거라고 말했다. 의사는 환자를 편안하게 해주기 위한 모든 조치를 지시했고, 가족의 면회 역시 언제든 허락되었다.

가족들은 매일 성실하게 문병을 왔다. 때로는 몇 시간씩 올가 곁을 지키며 라디오에서 흐르는 성가를 함께 듣곤 했다. 올가는 복음 성가를 좋아했다.

'네게 사랑을 주네'라는 노래가 나오면, 올가는 활짝 웃으면서 말했다.

"제가 제일 좋아하는 노래예요. 죽을 때도 저 노래를 듣고 싶은데…."

7월 3일 밤, 나는 야간 근무였다. 전 근무자가 작성한 일지에는, 올가의 가족이 저녁에 면회를 왔다 가면서 만일 '일이 생겨도' 집으로 연락하지 말라고 했다고 기록되어 있었다.

"가족은 작별 인사를 다 나눴으니 스티브 목사님에게 와서 올가 곁을 지켜달라고 연락 요망."

오후 근무자는 간호사들끼리 알아듣는 농담을 던졌다.

"올가의 상태는 안정적이고 물리적으로는 죽음이 임박한 기미가 전혀 없거든. 낸시는 복도 많아. 아침에 일어나서 아직도 이 세상에 있다며 화를 내는 올가를 감당하게 생겼으니!"

하지만 밤에는 늘 상황이 달라진다. 밤은 사람이 본모습에 가까워지는 시간이다. 육체와 정신의 진실에 더 가까워지는 시간이다.

올가를 살피러 병실로 갔다. 이불을 잘 덮어주며 속삭였다.

"잘 자요, 아름다운 부인."

올가는 미소 지으며 속삭였다.

"잘 자요. 그리고 잘 있어요. 내일은 내가 해방되는 날이잖아요."

따스하고 차분한 기운이 스며들었다. 강하면서도 이상하게 편안한 느낌이었다. 어쩌면 올가의 말이 옳을지도 몰랐다. 논리와 이성으로 생각해도 맞지 않고 간호사로서 받은 교육에도 어긋나지만, 그녀의 말처럼 될지도 몰랐다. 맥박과 혈압, 체온 등은 변화가 없었다. 하지만 나는 올가가 자신의 운명을 조절하고 있다고 느끼며 병실을 나왔다.

동료 당직 간호사 메리와 내가 밤새 번갈아 병실로 가서 올가를 보살펴주었다. 스티브 목사가 곁에서 올가의 손을 잡아주었고, 함께 라디오에서 흘러나오는 성가를 들었다. 우리가 중간에 들어가서 몸을 돌려줬을 때 올가는 깨지 않았다.

새벽 6시. 장밋빛 햇살이 창에 비쳐 들어올 무렵, 메리와 나는 다시 올가의 병실을 찾았다. 스티브 목사가 몇 분만 기다려달라고 요청했다. 올가가 '거의 길에 접어들었다'면서. 나는 침대 발치에 서서 젊은 목사가 올가와 함께 그녀의 여정이 시작되는 문에 다가서는 광경을 지켜보았다. 경외감과 함께 자기 생명을 제어하는 이 강인하고 아름다운 여자에 대한 존경이 밀려들었다. 습관적으로 손목시계를 보면서 호흡을 체크하기 시작했다.

하나—둘—셋. 바로 그때 라디오에서 흘러나오는 노랫소리에 올가의 잠든 얼굴이 미소 지었다. '네게 사랑을 주네'였다. 넷—다섯—여섯….

올가는 마지막 목표를 하나가 아니라 두 가지나 이루었다. 7월 4일 암의 고통에서 해방되었고, 마지막으로 가장 좋아하는 노래를 들으면서 떠났다.

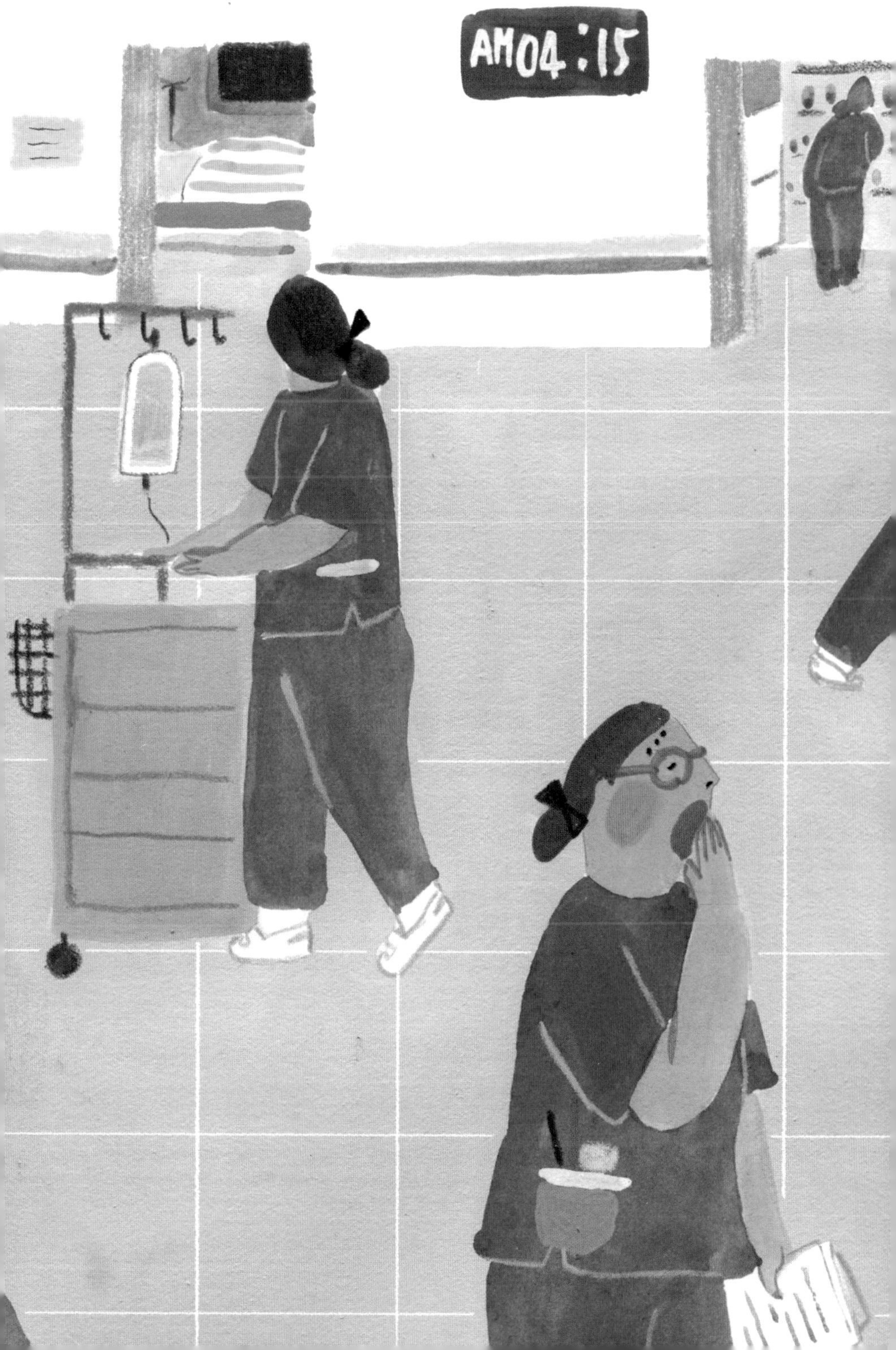
AM04 : 15

가끔 그 밤을 떠올리면서 올가의 이야기를 해야겠다는 생각을 했다. 이 여인은 죽음에 대한 분노를 가지지 않고 그것을 '빛으로 들어가는 길'로 받아들였다. 아니, 환영했다. 올가 덕분에 나는 생명의 시작과 끝을 삶과 죽음의 순환으로 보게 되었다.

그리고 더 이상 야간 근무를 두려워하지 않게 되었다.

낸시 하레스

죽음은 의학의 실패가 아니라
생명의 마지막 행위이다.
– 패치 애덤스

한바탕 웃음이 지나간 뒤

“남자 아기입니다.”

의사가 힘없는 목소리로 말했다. 이후에는 침묵뿐이었다. 아기가 예쁘다는 말도, 이름을 뭐로 지을 거냐는 질문도 없었다. 아기도 조용했다. 뭔가 잘못됐음을 직감했지만, 감히 물어보지 못했다.

의료진이 분만실 구석에 모였다. 그들은 겁날 정도로 민첩하게 움직이며, 온갖 의료 장비를 동원해서 아기를 숨 쉬게 하려 했다. 몇 분 후, 내 아기 에단은 중환자실로 옮겨졌다. 곧 의사들이 진단을 내렸다. 뇌막염과 폐렴. 생명이 위험할 정도로 위중한 상태라고 했다.

남편과 나는 중환자실을 찾아가 아들 곁에서 시간을 보냈다. 우리가 상상했던 아기가 아니라는 사실을 인정하지 않을 수 없었다. 묶여 있는 가는 팔, 주사 바늘을 잘 꽂을 수 있도록 빡빡 깎은 머리. 온몸에 튜브와 바늘이 얼기설기 꽂혀 있고 얼굴에는 호흡기가 연결돼 있었다. 침상 주변에 있는 여러 기계에서 끝없이 소리가 났다.

몸에 장치한 의료 기구 때문에 우리는 아기를 안지 못했다. 아기가 약 기운 때문에 계속 자고 있어서 눈동자를 보지도 못했다. 그래도 우리는 아이 곁을 지켰고, 힘겨운 며칠은 몇 주가 되었다.

에단은 우리 아들이었다. 설사 우리가 꿈꾸던 이유식 광고 속 아기처럼 예쁘게 태어났다 하더라도 지금보다 더 에단을 사랑할 수는 없을 것 같았다. 우리의 사랑에도 불구하고, 신생아 중환자실은 우울한 곳이었다. 부모들은 복도에서 마주쳐도 서로 말도 걸지 않았다. 다들 눈 밑이 검게 그늘져 있었고, '왜 나에게 이런 일이?' 하는 표정이었다.

담당 의사들과 겨우 이야기를 나눌 뿐, 부부끼리도 침묵했다. '뇌손상'이니 '발작'이니 하는 말이 나올지 모를 힘든 대화에 대비해 마음을 굳게 먹어야 했다. 나는 울면서 초콜릿을 먹어댔다. 그리고 처음으로 간절히 기도했다. 아기가 나아지기를 기다리고 소망했지만, 하루하루는 희미하게 지나가버렸다.

하지만 다른 날도 있었다. 그날도 면회를 간 나는 분홍색 감염 방지 비누로 손을 닦기 시작했다. 수건으로 손을 닦다가 살갗이 벗겨져 피가 나는 것을 알았다. 독한 항생제로 손을 자주 씻은 탓이었다. 면으로 된 멸균 가운은 촉감이 나빴고, 겨울 스웨터 위에 입어서 팔이 불편했다. 색깔마저 맘에 들지 않았다. 아파서 죽어가는 아기의 엄마에게 밝은 노란색 가운은 너무 화사하지 않나. 차라리 회색이나 군청색이라면 마음이 한결 편할 것 같다.

낯익은 복도를 터벅터벅 걸었다. 이젠 알코올과 베이비파우더가 뒤섞인 특유의 싸한 냄새도 느껴지지 않았다. 웃고 있는 토끼가 그려진 벽에

서 시선을 돌렸다. 미숙아 인큐베이터 옆을 지났다. 작은 아기들이 보온을 위해 셀로판지에 싸여 누워 있었다. 미숙아와 장애를 가지고 태어난 아기들이 있고 아직 퇴원하지 못한 조금 큰 아이들도 있었다.

신생아실 문 앞에서 마음을 단단히 먹었다. 에단을 보고 그날의 상태에 대해 들으려면 미리 마음의 준비를 해야 했다. 좋은 소식이 아닐 테니까. 생후 2주가 됐지만 아직도 호흡기에 의지했고, 발작으로 몸이 뒤틀렸고, 여전히 위험한 박테리아가 몸속에 있었다.

그때 낯선 소리가 들렸다. 에단이 태어난 이후 들어보지 못한 소리. 바로 웃음소리였다. 긴장을 해소하려고 문병객들이 예의로 웃는 소리가 아닌, 진짜 웃음소리. 왁자지껄하고 활기찬 소음이 에단이 있는 방에서 새어 나왔다. 너무 낯설어서 그 소리가 반가운지 불안한지 가늠할 수 없었다. 하필 왜 이런 곳에서 저렇게 웃을까?

문을 열어보니, 부모와 간호사들이 글로리아라는 간호사 주위에 모여 있었다. 내가 들어서자 글로리아가 인사했다

"안녕하세요! 오늘은 기분이 어떠세요?"

"괜찮아요."

나는 건조한 목소리로 대답했다.

활기찬 분위기에 적응이 되지 않았다. 글로리아는 씩 웃더니, 안으로 들어오라는 손짓을 했다. 그리고 스탠딩 코미디 쇼를 이어나갔다. 그녀는 에단의 담당 간호사로, 능력 있고 감각 있고 활기찬 사람이었다. 그날 병원에서 있었던 재미난 에피소드를 들려주는 그녀의 모습은 유난히 빛이 났다.

처음에는 간호사들이 전부 모여서 웃고 있으니 아기들에게 이상은 없을지 걱정스러웠다. 하지만 간호사들은 글로리아의 얘기를 들으면서도 아기들 몸에 이어진 기계의 눈금을 계속 쳐다보고 있었다. 나도 사람들이 모인 곳으로 가서 글로리아의 재담에 귀를 기울였다. 이야기 내용은 기억나지 않지만, 그때 느낀 감정의 변화는 또렷이 기억한다.

처음에는 미소가 나왔다. 그러다가 키득키득 웃게 됐다. 얼마 지나지 않아, 사람들과 함께 깔깔 웃음을 터뜨렸다. 처음에는 죄책감이 솟았다. 에단이 살려고 발버둥 치는 마당에 내가 어떻게 웃을 수 있나? 하지만 글로리아를 보니 그런 감정이 싹 사라졌다. 그녀는 넓은 어깨를 들썩이고 검은 머리칼을 휘날리면서 우리를 웃겼다. 눈동자가 반짝이고 입가에 미소가 걸렸다. 그 활기찬 분위기에 빨려들지 않을 수 없었다.

그런데, 웃을수록 마음이 가벼워졌다. 절망감이 어느새 증발하고, 숨 막히는 슬픔에서 해방되었다. 한 줄기 빛처럼 환한 희망이 다가왔다. 에단의 상태는 변한 게 없지만, 어떤 일이 일어나도 감당할 수 있을 것 같은 기분이 들었다.

글로리아의 우스개 공연은 아들과 나의 병원 생활에서 극적인 전환점이 되었다. 그날 이후 나는 병원에 갈 때마다 글로리아를 찾았다. 나쁜 소식이 있다면 그녀에게 듣고 싶었다. 검사 결과가 나오면 글로리아에게 검사 수치에 대한 설명을 듣고 싶었다. 에단을 안아 우유를 먹이고 돌볼 때가 되었을 때도 그녀의 도움을 받고 싶었다.

글로리아는 모든 일을 기꺼이 도와주었고, 필요 이상의 도움까지 주었다. 에단이 병균과 싸우도록, 기적을 바라는 내 기도가 이루어지도록 도와주었다. 사실상 글로리아는 아들보다는 내게 더 도움이 되었다. 그녀는 내 웃음보를 터뜨림으로써 앞으로도 계속 웃으려는 의지와 희망을 갖도록 했다. 그 마음이 치유를 돕고 용기를 주었다. 그리고, 정말이지, 웃음은 힘이 세다.

리사 레이 터너

누구나 똑같이 위로받을 자격이 있다

점점 끝으로 가고 있었다. 모두 그걸 알았다.

"오늘 아침에 의사가 뭐라고 말했어요?"

나는 조용히 어머니에게 물었다. 어머니는 죽은 듯 잠든 아버지 곁에 앉아 있었다. 늘 하는 질문이었지만, 어머니가 입을 열기도 전에 그 눈빛만 봐도 좋지 않은 대답이 나올 것을 알 수 있었다. 어머니가 힘없이 고개를 내게 돌리고 아버지가 깨지 않도록 속삭였다.

"폐렴이 되었다는구나. 엑스레이에 폐 한쪽이 완전히 하얗게 나타났어."

어머니가 나직이 흐느끼기 시작했다. 가슴이 철렁했다. 나는 열심히 기도하면 아버지의 병이 나을 거라는 희망에 여전히 매달려 있었다. 아버지가 죽어가는 모습을 지켜보고 싶지 않았다. 그리고 아버지와 함께 어머니가 죽어가는 것도 보고 싶지 않았다. 얼마나 더 견딜 수 있을까.

깊이 숨을 들이쉬고, 어머니에게 함께 밖으로 나가자는 신호를 보냈다. 어머니가 고개를 끄덕이고 일어나려다가 주춤했다. 아버지의 수척한 얼굴을 들여다보며 떨리는 손으로 뺨을 쓰다듬었다. 약에 취해 잠든 아버지는 미동도 하지 않았다.

"바람 좀 쐬자고요."

나는 어머니의 어깨에 팔을 둘렀다. 간호사실 앞을 지나다가 거기 있는 사람들이 대단하다고 느꼈다. 간호사들은 항상 미소를 지었는데, 나는 그 사실만으로도 놀라웠다. 언제나 따뜻한 웃음을 지을 수 있다니. 죽음과 슬픔밖에 없는 병동에서 말이다.

어머니와 커피를 마시러 갔지만, 어머니는 곧 아버지 병실로 돌아가고 싶어 했다. 어머니는 병실을 오래 비우지 않았다. 그래서 간호사들이 어머니가 최대한 남편 곁을 편하게 지킬 수 있도록 간이침대까지 준비해주었다. 마음이 아팠다. 하지만 내 슬픔은 아버지와 어머니의 슬픔에 비하면 아무것도 아닐 터였다. 눈물을 참으려 안간힘을 썼다. 어머니를 위해 내가 강인해져야 한다고 스스로 다짐했다.

그날 저녁, 나는 집에 가서 좀 쉬었다가 다시 병원으로 갔다. 아침에 근무하던 간호사가 열두 시간이 지난 후에도 거기 있는 걸 보고 깜짝 놀랐다. 간호사실 앞을 지나는데, 그 간호사가 동료와 나누는 말소리가 들렸다. 누구 이야기를 하는지는 모르지만, 어떤 환자가 밤을 넘기지 못할 거라는 말이 오갔다. 내 아버지 이야기가 아닌 줄은 알지만, 매일 죽는 사람이 있다는 사실에 기운이 빠졌다.

또 하나의 생명이 끝나고 있었다.

병실에 들어가니 다행히도 아버지가 깨어나 어머니와 이야기를 나누고 있었다. 어머니는 곱게 차려입고, 머리 매무새를 가다듬고, 엷은 화장까지 했다. 깊은 슬픔과 피로까지 감출 수는 없어도, 그녀는 아름다웠다. 어머니는 이불을 들추더니 아버지의 부은 발을 한 손으로 감싸고 다른 발에 로션을 발랐다.

힘과 사랑, 헌신이 넘치는 광경에 감동받은 나는 두 분의 대화에 귀를 기울였다. 두 분은 잠시 현실을 잊은 듯했다. 나는 병실을 나왔다. 복도 벽에 몸을 기대자 아픔이 밀려들었다. 더는 슬픔을 부인할 수 없었다.

간호사가 다가오는 걸 알아차리지도 못했다. 아침에 봤던 그 간호사였다. 그녀는 내 앞에 서서 잠시 바라보더니, 아무 말도 하지 않고 나를 끌어안았다. 나는 그녀에게 안긴 채 흐느꼈다. 그녀가 주는 힘과 위로에 매달렸다.

"미안해요."

내가 말했다.

"그럴 것 없어요. 이러려고 우리가 여기 있는 거죠."

그녀가 상냥하게 대답했다.

나는 코를 훌쩍이다가 웃었다.

"죽어가는 수많은 사람들을 돌보는 것만으로도 벅차잖아요."

"당신의 아픔을 포함해서 어떤 아픔이든 똑같이 위로받을 자격이 있어요."

그녀는 나를 한참 더 안아주었다. 포옹을 풀었을 때 나는 너무 피곤해서 쓰러질 것 같았다. 하지만 피곤한 느낌만 있는 것은 아니었다. 내 안에서 변화가 생겼다. 그녀가 복도에서 내게 준 선물 덕분에 나는 용기와 힘을 얻었고, 2주 후 아버지의 죽음을 담담하게 맞이했다.

장례식을 치르고 얼마간 나는 인생에 대해 생각해보았다. 누구나 같은 아픔을 겪는 것은 아니지만 똑같이 큰 위로를 받을 자격이 있음을 나는 가슴 깊이 이해하게 되었다.

코린 프래츠

아픔은 우리가 지닌 본성 중에 가장 깊은 것이며,
아픔과 고통을 통한 결속이야말로 가장 생생하고 성스럽다.
- 아서 헨리 핼럼

한번 간호사는 영원히 간호사

어떤 사람은 간호사가 되기로 한 결심이 인생을 바꾸는 사건이었다고 말한다. 내 경우에는 그렇지 않았다. 나는 언제나 간호사가 꿈이었다. 아주 어릴 때부터 동생들을 환자로 삼았고, 인형을 붕대로 칭칭 감고, 볼펜으로 주사 자국을 냈다.

간호학교에 다니는 게 좋았고, 처음 유니폼을 입었을 때 무척 자랑스러웠다. 간호모를 쓰는 것도 전혀 번거롭지 않았다. 간호사 면허를 획득했음을 알려주는 편지가 온 날과 함께, 간호학교를 졸업한 날이 내 인생 최고의 날이었다.

마침내 꿈이 이루어졌다. 간호사가 되었다!

졸업 후 정신과 병동과 요양원, 가정 방문 기관에서 일했고, 아픈 어린 아이들을 개인적으로 돌보기도 했다. 기초 검사를 하고, 주사를 놓고, 약 처방을 익히고, 환자와 보호자와 관계를 맺으면서 점차 자신감이 붙고 만족감이 커졌다. 직업 선택을 잘했다 싶었다.

첫 아이가 태어났을 때 직장을 그만두었다. 갓난아기와 함께 있는 게 좋았다. 그러다 몇 달 전, 간호사 일을 그만둔 지 벌써 3년이 지났음을 깨달았다. 물론 간호학 저널을 읽고 종종 간호사 워크숍에 참석했지만, 하루가 다르게 달라지고 발전하는 의료 기술과 도구들을 보면서 가슴이 답답했다. 다시 간호사로 돌아갈 수 있을까?

나의 선택에 의구심이 들었다. 겨우 몇 년 일하려고 그 많은 시간과 돈을 투자한 게 실수였을까? 오래 전 학교에서 배운 게 정말 쓸모가 있을까? 정말, 다시 간호사가 될 수 있을까?

세 살 난 아이가 계단에서 굴렀다. 가슴이 뛰었지만, 침착하게 머리에 손상을 입었을 가능성이 있는지 살폈다. 양쪽 동공이 같은 크기였고 동작이 민첩했다. 내가 이리저리 몸을 살피자 짜증스러워하면서 제 동생을 쫓아 마당을 달리는 걸 보니 움직임도 정상이었다.

안도의 한숨을 쉬면서, 얼마 전 연달아 있었던 일들을 떠올렸다.

며칠 전, 친정 어머니에게 전화가 와서 어머니 친구분이 걸렸다는 중풍에 대해 묻기에 최대한 자세히 설명해드렸다. 그 전날 저녁에는 심장발작으로 입원했다가 퇴원한 이웃집 부인과 그 남편이 찾아와 이야기를 나눴고, 나는 언제든 전화하면 달려가겠다고 말하고 그녀를 꼭 안아주었다. 그러자 부인은 눈물을 흘리면서 말했다.

"간호사가 옆집에 사니 이렇게 좋네요!"

또 며칠 전에는 시아버지에게 항생제 복용에 대해 이야기하며, 왜 상태가 좋아져도 처방받은 항생제는 계속 복용해야 되는지 설명해드렸다.

지난 며칠 동안만 뒤돌아보더라도, 곧 깨달을 수 있었다. 간호사라고 꼭 큰 병원에서 일하거나 최신 의료 기술을 모두 알 필요는 없음을. 앞으로도 나는 늘 내가 배운 것을 이용하면서 살 것이다. 그러니 직업 선택은 잘한 셈이라고.

나는 지금도 간호사이고, 앞으로도 늘 그럴 것이다.

셸리 버크

누구든지 성공이나 명예를 떠나서
자신의 직업을 사랑한다면,
그것은 신의 부름을 받은 것이다.
- 로버트 루이스 스티븐슨

이 길이 정말 내 길일까 묻고 싶어질 때

대학을 졸업하고 취직한 병원에서 한 친구를 만났다. 우리는 마음이 잘 맞아 금세 가까워졌다. 둘 다 남자였고, 공교롭게도 지방 출신이었는데 병원이 남자 간호사를 위한 기숙사를 갖추고 있지 않아서 같이 방을 구해 살기로 했다. 하지만 우리의 '동거'는 오래가지 못했다. 웨이팅이 6개월이 넘어가도록 발령이 나지 않았기 때문이다. 기약 없는 기다림에 지쳐 다시 구직을 했고, 서로 다른 병원에 취직하게 되어 각자 새로운 집을 구했다. 나는 지금의 병원에, 친구는 대형 기업 병원에 취직했다. 함께 지낸 시간은 짧았지만, 우리는 이후로도 계속 만나며 우정을 이어오고 있다.

최근 많이 늘고 있지만 여전히 병원에서 낯선 존재라고 할 수 있는 남자 간호사 두 명은 각자 어떤 길을 가고 있을까?

나는 처음부터 희망했던 부서인 외과계 중환자실에서 일을 시작해 지금까지 나름 평탄한 길을 걸었다. 하지만 친구는 시작부터 쉽지 않았다.

수술실을 지원했지만 바람과는 달리 일반 병동으로 발령이 났고, 병동에서도 남자 간호사를 받은 것이 처음이라 적잖게 당황했다. 남자 간호사가 늘고 있다지만, 여전히 제한적이다. 중환자실이나 응급실, 수술실에서 일하는 경우가 대부분이고, 아직은 일반 병동에서 남자 간호사가 근무하는 모습은 우리에게도 무척 낯설다. 친구는 남자 간호사로서 역할 모델을 찾지 못해 많이 힘들어했다.

하루는 수술 후 장시간 소변을 보지 못하던 30대 초반 여자 환자에게 인공 도뇨관을 삽입해야 했다. 환자는 불편한 표정으로 물었다.

"죄송하지만, 혹시 여자 선생님이 해주실 수 없을까요?"

"환자분 이 처치는 치료가 목적이고, 저는 환자분 담당 간호사입니다. 제가 해드리겠습니다."

"그래도… 좀…."

환자만큼이나 친구도 당황스러웠다. 환자의 마음도 이해가 가지만, 자기 환자의 처치를 다른 간호사에게 부탁하는 일은 쉽지 않다. 게다가 담당 간호사와 환자 사이의 신뢰 관계는 무척 중요하다. 끝내 환자에게 거절당하자 친구는 크게 상심했다. 이후로도 간호사의 업무를 여성의 일로 단정 짓는 사회적 편견 때문에 많은 벽에 부딪쳤다.

친구는 선배들로부터 태움도 많이 당했는데, 함께 공감하고 위로해줄 동기가 없어서 더 힘들었다. 다른 동료들은 힘들게 일을 마친 후 삼삼오오 어울려 밥을 먹거나 맥주 한잔하러 가기도 했다. 하지만 따로 마련된 지하 탈의실에서 홀로 옷을 갈아입어야 했던 친구는 그럴 기회가 많지 않았다. 어떤 선배는 단지 남자라는 이유로 그를 미워했다. 반대로 남자라서 좀 더 배려해주는 선배도 있었지만, 그러면 또 특별대우라며 시기하고 질투했다. 이래저래 남자라는 사실을 잊고 간호라는 업무에 집중하기 힘든 환경이었다.

그는 약 10개월 정도 병동에서 일하다가 수술실 심폐기사직에 지원했다. 심폐기사는 흉부외과에서 심장 수술을 할 때 인공심폐기를 연결하여 수술을 보조하는 전문 인력이다. 기계를 능숙하게 다루는 능력도 중요하지만, 환자의 신체 생리를 잘 관찰하고 해부학 지식도 갖춰야 해서 간호사가 담당하는 경우가 많다. 부서 이동은 결심하기가 결코 쉽지 않은데, 과감한 결정을 내린 것이다. 다행히 옮긴 부서가 만족스러웠고, 2년 넘게 그곳에서 일했다.

친구는 거기서 멈추지 않았다. 얼마 전 3년 경력을 발판 삼아 소방 공무원직 특채 시험에 도전했고, 합격했다. 그는 이제 소방서에서 구급대원으로 일하고 있다.

수술 보조(Surgeon Assistant)와 소방 공무원(구급대원)은 많은 남자 간호사가 염두에 두는 선택지로, 친구는 이 모두를 경험하게 되었다. 오랜만에 만난 친구의 얼굴에는 새롭게 펼쳐질 미래에 대한 설렘과 함께 열정과 패기가 넘쳐 보였다. 병원에서 일할 때보다 표정이 훨씬 좋았다.

무엇이 그를 이끌었을까? 무엇이 그를 반짝이게 하는 걸까?

소방 공무원도 간호사와 마찬가지로 야간 당직 근무를 한다. 나아가 위험한 화재 진압 현장에 출동해 지원 업무를 하기도 한다. 결코 쉽지 않은 직업이다. 내가 묻자 친구는 이렇게 이야기했다.

"솔직히 이 직업도 쉬운 일은 아니지만 그동안 내가 해왔던 일에 비하면 훨씬 편해. 야간 당직을 한다지만 출동이 없으면 잠깐 잠을 잘 수도 있고, 공부를 할 수도 있어. 현장에 가면 긴장되고 떨리지만 병원에서 일할 때 받았던 스트레스에 비하면 아무것도 아니야.

병원에서 일했을 때는, 내 시간과 건강과 체력과 감정을 다 소진하고 받는 보상이 너무 초라하게 느껴졌어. 돈도 돈이지만, 우리나라에서는 간호사가 받는 사회적 시선이란 게 너무 보잘 것 없잖아. 간호사들이 쏟는 노력과 희생에 비하면 더 그래. 사람들은 간호사가 무슨 일을 하는지도 잘 몰라. 엉덩이에 주사 놓고 혈압 재는, 의사 보조 인력 정도로만 생각하지. 사실 그렇지 않잖아?

소방학교에서 화재 진압 실습을 했을 때였어. 소방차가 들어오자 구경하던 사람들이 박수치며 환호하더라. 그때 내가 느꼈던 희열은 말로 다 못해. 감정 노동에 시달리면서 병원에서 일하던 때랑 느낌이 너무 달라. 그래서 좋아.

소방관 하면 위험한 직업이라고 생각하지만, 병원에서 간호사들도 수많은 병원균과 결핵, B형 간염, 에이즈 감염자들에 노출되어 일하잖아. 주사침에 찔리는 사고도 드물지 않지. 그렇게 보면 병원도 결코 안전한 것만은 아니잖아."

고개를 끄덕일 수밖에 없었다. 간호사로 일해오며 내가 느낀 직업적 자괴감도 그리 다르지 않았다. 홀로 삭였던 마음속 응어리 하나가 떠올랐다.

오후 근무를 하던 날이었다. 폐 이식을 기다리는 열일곱 살짜리 환자를 담당했는데, 인공호흡기에 의존하고 있었지만 당장 상태가 악화될

만큼 나쁘지는 않았다. 저녁 6시까지만 해도 휴대폰으로 예능 프로그램을 보고 있던 환자는 7시쯤부터 갑자기 숨이 가빠지더니 산소포화도가 급격하게 떨어졌다. 나는 앰부백(수동으로 산소를 강제 공급하는 장비)을 짜기 시작했고, 곧바로 흉부외과 주치의가 달려왔다. 각종 처치에도 환자는 상태가 안정되지 않았다. 베드에서 바로 중심 정맥관을 삽입하고 약물을 주입하면서 체외막산화기(ECMO)를 돌리고서야 겨우 위기를 넘겼다.

저녁 7시부터 새벽 2시까지 이어진 처치에 흉부외과 팀을 비롯한 간호사들 모두 녹초가 되었다. 퇴근할 힘도 없었다. 겨우 집에 들어갔을 때, 잠시 함께 지내고 있던 사촌 형이 자고 있다가 깼다. 나는 바닥에 벌렁 드러누웠다.

"어휴…, 힘들어 죽겠다."

엄살을 피우려던 것은 아니지만, 공감해주는 한마디가 듣고 싶었다.

"야, 겨우 혈압 재고 주사 좀 놓는 게 뭐가 그렇게 힘드냐? 요즘 취업난인데 그만한 직장이면 괜찮지, 뭘 그래?"

할 말이 없었다. 더 빠질 것도 없던 기운이 바닥 나버렸다.

간호사를 무시하는 사회적 시선도 견디기 힘들지만, 그보다 더 싫은 것이 '백의의 천사'라는 이미지다. 환자와 보호자에게 좋은 간호사의 기준은 '친절하고 따뜻하게 미소 짓는' 간호사다. 하지만 이곳은 병원이고, 생명을 다루는 특수한 곳이다. 사람 생명이 달린 긴박한 상황에서 친절은 1순위 덕목이 아니다. 간호사는 서비스직이 아니다. 간호사의 직업적 전문성과 역량이 환자의 치료와 회복에 얼마나 큰 영향을 미치는지 사람들은 잘 모르는 것 같다. 의사와 간호사의 관계 역시 수직적인 것이 아

니라 상호 협력하는 관계다. 이런 사실들을 알아주길 바란다면 너무 큰 욕심일까.

간호대학을 졸업하고 같은 곳에서 사회에 첫 발을 디딘 우리지만, 친구와 나는 이제 다른 길을 가고 있다. 새롭게 앞날을 개척하는 친구를 보자 문득 의문이 들었다.

이 길이 정말 내 길일까?

아마 수많은 간호학생과 신규 간호사들이 이런 질문을 스스로에게 던질 것이다. 하지만, 초보를 벗어나 어느덧 중견에 가까워가는 간호사들도 때때로 자문해보기는 마찬가지일 것이다. 백 명의 간호사가 있다면 백 가지 길이 있듯.

"너는 지금 그 일이 너에게 잘 맞아. 나는 나한테 맞는 옷을 찾기까지 많이 방황했지만, 너는 이미 찾은 것 같아."

과연 그럴까? 친구와 헤어지고 돌아오며, 골똘한 생각에 빠졌다.

처음에는 분명 간호사 일이 좋아서 이 길을 선택했고, 지금도 보람을 느끼는 순간이 많다. 그렇지만 스트레스가 무척 심한 일이기도 하다. 그래서 가끔씩은 자책에 빠지기도 한다. 무슨 배짱이었을까.

남자가 간호사의 길을 선택할 때는 큰 용기가 필요하다. 남자 간호사는 청일점 같은 존재가 될 수도 있지만, 동료나 환자를 불편하게 만드는 '미운 오리 새끼'가 될 수도 있다. 나 역시 많은 벽에 부딪쳤고, 적응하기 위해 무척 노력했다. 남자 간호사라서 부족한 핸디캡에 우울해하기보다 남자 간호사라서 가질 수 있는 장점을 찾으려고 부단히 애썼다. 하지만, 간호사로 산다는 것이 익숙하고 쉬워지기는커녕 점점 더 나에게 부여된 역할과 책임이 무겁게 다가온다.

나는 왜 이 길을 계속 가고 있나? 간호는 좋지만, 간호를 둘러싼 환경이 힘겨울 따름일까? '현실'을 핑계로 다른 길을 생각해볼 용기를 내지 못하고 있는 건 아닐까?

아마도 당분간은 이 질문들에 확신에 찬 답을 하지는 못할 것 같다. 하지만 다음과 같은 이야기를 할 수는 있으리라.

제가 소설을 쓰는 첫 번째 이유가 돈인 것은 아닙니다. 세 번째 이유쯤 됩니다. 그런데 어떤 사람이 인생을 걸고 어떤 일을 할 때, 세 번째 이유는 결코 작은 문제가 아닙니다. 이 밥벌이의 싸움을 피하면서 다른 방식으로 현실에 참여할 수는 없다고 생각합니다. 그것이 첫 번째, 두 번째 전장을 가벼이 여긴다는 의미가 아님을 잘 알아주시리라 믿습니다.

소설가 장강명이 문학상을 수상하며 남긴 소감이다.

내가 간호사를 하는 이유가 분명 돈 때문만은 아니다. 하지만 고용주가 월급을 주지 않는다면 나는 당장 내일 출근하지 않을지도 모른다. 고용주의 불합리한 대우에도, 상사의 부당한 요구나 태움에도, 고된 근무환경과 사회적 편견 속에서도, 묵묵히 일할 수밖에 없는 건 결코 돈과 무관하지 않다. 이 싸움을 피하면서 다른 방식으로 간호라는 현실에 참여할 수 없다. 다만 내가 간호사 일을 계속하는 이유에서 돈이 점점 더 후순위로 밀릴 수 있길 바란다.

이제 겨우 5년차 간호사인 나의 앞날에 어떤 다른 경로가 펼쳐질지 알 수 없지만, 먼 훗날 돌아봤을 때 후회가 남는 길이 아니길 바란다. 서로 같은 문 앞에 섰다가 이제 각자의 길을 걷는 친구와 나, 그리고 모든 동료 간호사들의 앞날에 부디 햇살이 밝게 비추길.

황정현

서울대학교병원 외과계 중환자실 간호사로 일하고 있습니다.

Part 6

어쩌면 매일 찾아오는 기적

날아라 자전거

학교종이 울린다. 아이들이 웃고 소리치며 운동장으로 뛰어나왔다. 여름방학이 시작된 것이다. 조니도 아이들 틈에 끼어 달려 나와 자전거에 올랐다.

신나게 페달을 밟기 시작하고 얼마 후, 갑자기 어디선가 자동차가 달려와 자전거와 부닥쳤다. 조니는 의식을 잃은 채 길바닥에 쓰러졌다. 사람들이 서둘러 병원으로 데려갔지만, 의사들은 심각한 표정으로 고개를 저었다. 열 살짜리 생기 넘치던 소년은 이제 가망이 없어 보였다.

사고 소식이 퍼졌다. 학교 선생님과 친구들, 친척과 이웃이 조니를 보러 병원에 찾아왔고 기도했고 기다렸다. 조니는 기적처럼 의식을 찾았다. 하지만 말을 하지도 한 발짝 걷지도 못했다. 조니의 어머니는 밤낮없이 침상 옆을 지키며 아들의 손을 잡고 기도했다.

조니는 조금씩 회복하기 시작했다. 말을 하려고 애썼고, 침대에서 일어나 앉으려고 안간힘을 썼다. 하지만 의사들은 조니가 다시 걸을 수 있을지 확신하지 못했다.

줄리라는 간호사는 종종 조니를 찾아와 사탕을 주곤 했다. 어느 늦은 저녁, 줄리가 조니의 병실에 들렀다. 침대에서 내려오려고 애쓰는 조니를 보고 얼른 다가와서 부축해준 덕분에, 조니의 발이 바닥에 닿았다. 줄리는 다정하게 아이를 바라보며 말했다.

"이제 걸을 때가 됐어."

조니는 한 걸음을 떼고 비틀거렸다. 줄리가 응원했다.

"믿음을 가져. 내가 여기서 도와줄게. 할 수 있다고 믿으면 하게 된단다."

몇 걸음 더 옮기고 나자 다리에 힘이 생겼다.

그때 담당 의사가 들어와 조니가 창가에 서 있는 걸 보고 깜빡 놀라며 물었다.

"조니, 창가까지 어떻게 왔니?"

"줄리가 도와줬어요."

의사는 의아한 표정을 지었다.

"누가 도와줬다고?"

"줄리 간호사요. 저더러 믿으면 된다고, 그러면 다시 걷게 될 거라고 말했어요."

의사는 어리둥절한 표정으로 병실을 나갔다. 병원에 줄리라는 간호사는 없었다. 번뜩 어떤 생각이 스쳤지만, 이내 고개를 저어 떨쳐버렸다.

"아니, 그런 게 있을 리 없어."

역시 이상했다. 그는 다시 조니에게 가서 줄리라는 간호사의 생김새

를 물었다. 그 설명을 토대로 병원에서 오랫동안 일한 직원들에게 수소문한 끝에, 줄리라는 간호사가 25년 전 이 병원에서 일했다는 얘기를 들었다. 그녀는 큰 사고를 당한 후 다시는 걷지 못한다는 말을 들었고, 얼마 후 세상을 떠났다고 했다.

의사는 조니의 부모에게 줄리에 대해 이야기했다. 조니의 어머니가 빙그레 웃으며 담담하게 말했다.

"하늘에서 천사가 내려왔다면 잘된 일이지요."

조니와 나는 자선 자전거 마라톤 대회에서 만났다. 조니는 자기 이야기를 들려준 뒤, 활짝 웃으며 말했다.

"잘 보세요, 오늘 펄펄 날아다닐 테니까요. 무려 천사가 손봐준 몸이거든요."

그가 자전거 타는 모습을 지켜보았다. 어렵게 자전거 바퀴를 돌리는 조니의 옷자락이 바람에 날렸다. 정말로 펄펄 날고 있었다.

스콧 서먼(침례교회 사역자)

세상에서 제일 힘센 칭찬

자녀에게 듣는 감사나 칭찬의 말은 배우자의 말보다 훨씬 큰 의미를 지닌다.

몇 년 전, '건강한 가족의 특성'이란 주제로 강연을 했다. 그날 나는 자녀가 어떻게 부모를 위해 가장 중요한 버팀목 역할을 하는지에 관해 이야기했다. 강연이 끝난 후 젊은 엄마가 다가와서, 편지 하나를 건네고 갔다. 나는 그녀를 모르고 이후로도 만난 적이 없지만, 그녀가 들려준 이야기를 소중히 간직하고 있다.

저는 엄마이자 아내 역할을 하면서, 산부인과 병동 간호사로 시간제 근무를 하고 있습니다.

어느 날 저녁, 남편과 함께 아이들을 재울 준비를 하는데 병원에서 호출이 왔습니다. 결국 그날은 밤새 병원에서 일해야 했죠. 아침에 지친 몸과 마음으로 집에 돌아오면서 '이제 또 온종일 애들을 돌봐야 하네' 생각하니까, 더 기운이 빠졌지요. 부엌에 앉아 우울해하고 있는데, 세 살 먹은 아들 제이콥이 와서 제 앞에 섰습니다. 아이는 자랑스러움이 가득한 표정으로 저를 올려다봤습니다.

"엄마, 우리 엄마 진짜 짱이야!"

저는 좀 놀랐지요.

"그게 무슨 말이니, 제이콥?"

아들이 대답했습니다.

"엄마는 병원에 가서 깜깜한 데서 아기 낳는 아줌마들을 도와주잖아요."

갑자기 하루가 그리 길지 않게 느껴졌습니다.

덜로리스 커랜(작가, 교육자)

당신만이 느끼고 있지 못할 뿐,
당신은 매우 특별한 사람입니다.
– 데스먼드 투투

여덟 살 간호사의 탄생

그해 여름, 아버지는 도심에 살고 있는 어린이와 청소년을 위한 캠프를 감독했다. 나는 캠핑 기간 동안 고용된 간호사 두 명의 허락을 받고 내내 따라다니면서 구경했다. 매일 아침, 양호실 구석에 조용히 앉아서 캠프 참가자들이 여러 가지 이유로 찾아와서 치료받는 광경을 지켜보는 게 너무 신났다.

어느 날 아침, 아버지는 혼자 트럭을 몰고 쓰레기를 태우러 갔다. 쓰레기 더미에 성냥을 그어 불을 붙이고 뒤로 물러서서 한참을 기다렸지만 불길이 일지 않았다. 성냥을 한 번 더 그었다. 그때 갑자기 폭발이 일어났고 아버지는 불길에 휩싸였다.

아버지는 몸을 땅에 굴려서 불을 끄고는, 트럭에 올라 캠프장으로 달려와 경적을 울렸다. 사람들이 사방에서 달려 나왔다. 주변 사람들이 뭐라고 소리치며 바쁘게 움직였다. 나는 겁에 질려서 꼼짝도 못 하고 지켜만 보았다. 눈앞에서 벌어지는 일을 믿을 수가 없었다.

갑자기 자동차가 끽 소리를 내며 트럭 뒤에 멈췄다. 문이 홱 열리고 캠프 간호사 두 명이 뛰어내렸다. 그들은 아버지를 자동차 뒷좌석에 태우고, 양옆에 앉아 젖은 수건으로 아버지의 팔을 감쌌다. 자동차는 가장 가까운 병원 응급실로 내달렸고, 아버지는 거기서 며칠간 치료를 받았다.

다시 캠프장으로 돌아온 아버지는 미라와 비슷했다. 팔, 손, 목, 머리에 하얀 붕대가 감겨 있고 입과 눈만 보였다. 가족이 묵고 있던 오두막의 거실에 아버지 병실이 마련되었고, 두 간호사와 어머니가 밤낮으로 간호했다. 그들은 매일 아버지의 팔과 목에 감긴 붕대를 풀고 화상 부위를 소독했다. 아버지는 고통스러운 신음 소리를 냈지만 아무런 불평도 내뱉지 않았다. 치료를 마치면 아버지는 편히 쉴 수 있었다. 다른 사람이 몸을 건드리는 것을 참을 수 있는 것은 그때뿐이었다

아버지의 치료가 끝나던 날, 나는 방구석에 서서 간호사들이 치료하는 광경을 지켜보았다. 내 이름을 부르는 소리가 났다. 간호사 중 한 명이 내게 손짓했다.

"아버지에게 물을 충분히 마시게 하는 책임을 너한테 맡길게. 이제부터 네가 아버지의 간호사야."

나는 매일 아버지 곁에 앉아 시중을 들었다. 캠프 요리사가 만들어서 오두막까지 가져다준 음식을 아버지에게 먹여드리고, 가끔 아버지가 부탁하면 책을 읽어드렸다. 어머니와 간호사들은 내가 간호팀의 일원으로 역할을 잘 해낸다고 칭찬해주었다.

"네가 간호를 잘한 덕분에 아버지가 많이 좋아지고 있어."

나는 아픈 사람을 위해 무언가를 한다는 사실이 자랑스럽고 만족스러

웠다.

그 느낌은 영원토록 남았다. 그때 그 간호사들은 자신이 여덟 살 먹은 꼬마의 인생을 좌우하는 큰 역할을 했음을 알고 있을까. 덕분에 내가 40년째 치유팀의 일원으로 뛰고 있다는 사실을 말이다.

비올라 루엘케 고머

눈보라 치는 밤의 출산

평소와 다름없는 날이었다. 세 아이의 낮잠을 재우면서, 정작 낮잠이 필요한 사람은 나라는 사실을 깨달았다. 푹신한 의자에 기대 앉아 배를 쓰다듬었다. 이제 3주만 있으면 갓난아기를 안게 되리라. "보고 싶어서 더 못 기다리겠어."하고 아기에게 속삭였다. 그러다가 눈보라가 칠 것 같은 창밖 하늘을 보고는, 얼른 방금 한 말을 취소했다.

다시 배를 쓰다듬는데 통증이 약간 느껴졌다. 아무것도 아닐 거라고 중얼거렸다. 바로 전날 진찰 받을 때 자궁이 아직 열리지 않았다고 담당의가 말했다. 가벼운 통증이었지만 신경이 거슬렸다. 첫 아이 때는 다섯 시간 만에 출산했다. 둘째 아이는 겨우 한 시간 반. 셋째 아이도 한 시간 반. 병원에서는 네 번째 아이가 그 기록을 깰 거라고 예상했다. 그래서 산통의 기미가 있으면 곧장 병원으로 출발하라고 했다. 집에서 병원까지는 40분 거리였으니까. 눈발이 심해지자 날씨가 마음에 걸렸다. 남편의 직장에 전화해서 통증에 대해 말했다.

"아무것도 아닐 테지만, 병원에 전화하고 진찰 받으러 가야 할 것 같아요. 눈보라가 심해지기 전에 조치를 취해야겠어요. 출산이 예정일보다 빨라진 게 아니라면, 아이들이랑 외식하고 들어오고요."

간호사 타냐는 평소처럼 친절했다. 그녀는 언제나 내 걱정에 귀 기울여주었다. 쓸데없는 내용도 많았지만 타냐의 태도는 한결같았다. 그녀는 오늘도 내 이야기를 차분히 들어주고, 병원에 가야겠다는 의견에도 동의했다. 나는 곧장 담요 몇 장을 챙기고 아이들을 깨워서 차로 데려갔다.

눈보라 속을 천천히 달려서 10킬로미터쯤 갔을 때 첫 산통이 시작되었다. 2분 후 두 번째 산통이 왔고, 세 번째와 네 번째 통증이 같은 간격으로 몰려들었다. 점점 통증이 심해져서 허리를 잔뜩 굽히고 운전해야 했다. 아기 머리가 산도를 밀고 내려오는 느낌이었다. 백미러로 뒷좌석에 옹기종기 모여 앉은 세 아이를 바라보았다.

나는 여섯 살 난 티미에게 말했다.

"만약 일이 잘못되어서 아기가 나오면, 네가 아기 낳는 것을 도와줘야 해."

그다음 네 살 난 딸 대니카에게 말했다.

"대니카, 만약 그렇게 되면 너는 계속 경적을 울려야 해. 누군가 도와주러 올 때까지 계속 눌러주렴."

세 살배기 테일러는 자기에게도 임무가 맡겨지기를 기다리고 있었다.

"우리 막내, 너는 용감하니까 얌전히 앉아 있어줘야 한다."

세 아이는 숨을 죽인 채 내가 라마즈 호흡을 하면서 운전대에 매달려 있는 모습을 지켜보았다.

고속도로 진입로에 가까워질 즈음, 더 이상 출산을 늦추면서 동시에 차를 빨리 모는 일에 집중할 수 없었다. 차를 세웠다.

"하느님, 도움이 필요합니다. 제발 경찰을 보내주세요."

나는 이를 악물고 숨을 몰아쉬었다. 바로 그 순간, 순찰차가 우리를 지나갔다. 티미가 소리쳤다.

"저기 경찰이 가요, 엄마! 따라가요!"

다시 차를 출발시켜 순찰차를 바싹 따라갔다. 경적을 울리고 전조등을 켰다 껐다 했다. 산통 때문에 숨이 가빴다. 순찰차는 아랑곳하지 않고 계속 달렸다. 나는 순찰차를 따라잡으려고 가속 페달을 밟았다. 범퍼가 닿을 듯한 순간에야 경찰이 알아차렸다. 순찰차가 멈췄다. 나도 차를 세웠다. 나는 차 밖으로 나가서 눈보라 속에서 소리를 질렀다.

"산통이에요! 2분 간격이고요! 아기가 나오려고 해요!"

경찰관은 나보다 더 겁먹은 듯했다. 그는 몇 킬로미터 떨어진 곳에 사고가 나서 달려가던 길이라고 설명했다. 그가 긴급 요청을 하는 동안 나는 차의 보닛에 기대서서 아기가 나오지 못하게 하려고 애썼다.

"사고 현장에 구급차가 있답니다. 3분 후면 도착합니다!"

"2분 후로 해주세요!"

내가 소리쳤다.

경찰관에게 남편의 직장 전화번호를 말해줬지만, 그는 손이 떨려서 번호를 받아 적지 못했다. 네 번째 시도 끝에야 드디어 제대로 번호를 눌렀다. 바로 그때 구급차와 소방차가 사이렌을 울리며 도착했다. 구급요원들이 나를 들것에 눕히기 전에, 먼저 뒷좌석에서 덜덜 떠는 아이들에

게 말했다.

"소방관 아저씨들이랑 있어. 도와주실 거야."

구급차 사이렌 소리의 리듬에 맞춰 호흡을 하며, 이렇게 도움을 받을 수 있는 것에 감사하며 기도했다. 부디 병원에도 제때 도착하게 해달라고….

바로 그 시간, 남편도 같은 고속도로를 타고 달리면서 똑같은 기도를 하고 있었다. 그는 소방차를 지나치다가, 앞좌석에 앉은 금발머리 아이 셋을 보았다. 남편이 차창을 열고 소리쳤다.

"내가 아이들 아빠입니다! 어디로 가는 겁니까?"

소방관은 창문을 열고 병원 쪽을 손짓했다.

"아이들은 제가 데려다줄게요."

세 아이는 신이 나서 웃으며 손을 흔들어댔다. 남편은 아이들에게 키스를 보내고 다시 차를 달렸다.

구급차 사이렌 소리가 잦아들면서 마침내 응급실에 도착했다.

"아기가 나와요!"

내가 신음 소리를 내며 말했다. 가슴이 쿵쾅거렸다. 구급차 대원들이 들것을 밀어 분만실로 달려갔다.

담당의인 호프만 박사가 걱정스런 미소로 나를 맞아주었다.

"특별한 출산을 하게 됐네요, 데비?"

나는 신음 소리밖에 낼 수 없었다. 그가 내 손을 잡으며 말했다.

"이제 아이를 받아봅시다."

내가 분만용 침대로 옮겨지는 순간, 남편이 분만실로 뛰어 들어왔고, 양수가 터졌다. 심해지는 통증보다 간호사의 표정이 더 겁났다. 호프만 박사도 간호사를 바라보고만 있었다. 더 큰 문제가 있음을 알 수 있었다.

“데비, 양수가 심하게 오염됐어요.”

의사는 머리를 내미는 아기를 정신없이 받으면서 말했다.

“아기가 스트레스를 받으면서 장운동을 했다는 뜻입니다. 좋지 않은 징후예요.”

그는 찌푸린 얼굴로 가위를 집었다.

“그리고 탯줄이 아기 목에 감겨 있어요. 아주 꽁꽁…. 밀어내지 말아요. 밀지 말아요.”

그는 간호사에게 고개를 돌리고 말했다.

“복도에서 소아과의를 봤어요. 당장 가서 데려와줘요.”

간호사가 달려 나갈 때, 세 아이가 분만실로 들어왔다. 호프만 박사가 말했다.

“델, 다음 산통이 오기 전에 산모에게 국부 마취제를 주사할 거예요. 아이들은 밖에 있는 게 좋겠어요.”

남편이 아이들을 데리고 나갈 때, 티미의 목소리가 들렸다.

“아빠, 왜 산통이 깨지기 전에 저희가 나가야 되는 거예요?”

“그게 아니야, 티미. ‘산통이 깨진다’고 할 때 산통이 아니라 아기 낳을 때의 고통인 ‘산통’을 말하는 거야.”

나는 숨을 몰아쉬다가 웃음을 터뜨렸다.

두 차례 진통이 지나간 후, 남편은 다시 내 곁으로 왔고 아이가 세상으로 나왔다. 복도 밖에 서 있던 아이들도 창을 통해 남동생의 탄생을 지켜봤다.

환희의 순간이었다고 말할 수 있으면 좋으련만, 아기는 위험한 상황에서 태어났다. 둘째의 소회는 이랬다.

"아빠, 나는 아기가 자주색으로 태어나는 줄 몰랐어요."

그 후 엿새 동안, 아기는 중환자실에서 사투를 벌였다. 소아과 의사는 침울하게 고개를 저으며 말했다.

"모든 게 너무도 잘못됐어요."

내 생각은 달랐다.

"저는 그렇게 보지 않아요, 선생님. 간호사는 제가 걱정하는 말을 흘려듣지 않고 병원에 오라고 해주었어요. 제가 경찰을 보내달라고 기도하자 경찰이 도착했어요. 몇 킬로미터 떨어진 사고 현장에 다행히 구급차 한 대가 남아 있었고요. 소아과 의사가 필요한 순간 복도에 마침 선생님이 계셨잖아요. 병원 밖에서 출산했다면 아기 목숨을 구하지 못했을 거라고 선생님이 그러셨잖아요. 오히려 저는 모든 게 딱딱 맞아 떨어졌다고 말하고 싶어요."

이레째 되는 날, 우리는 아기를 새 담요에 싸서 집으로 데려왔다. 건강하고 튼튼한 아기를. 지금도 어쩌면 그렇게 완벽한 계획이 펼쳐질 수 있었는지 놀라울 뿐이다. 아이들도 그날의 사건을 떠올리며 나와 같이 느낄 것이다. 덧붙여서 이렇게 외치겠지.

"세상에, 무슨 일이 벌어졌는지 알아? 우리가 소방차를 타고 갔다니까! 대박!"

데비 루카시에비치
글: 리앤 시먼

기적이 아니라, 치유를 믿습니다

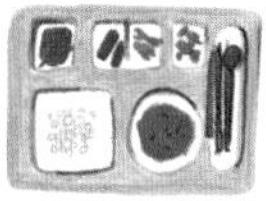

진정한 치유의 힘은 질병 치료에 있지 않을지도 모른다. 313

나는 에드워드가 겪을 일을 통해 그 사실을 깨달았다. 요양병원 간호사인 그는 6년간 걷지 못하던 부인과 긴 시간을 함께 보냈다. 에드워드는 필요할 때마다 이 노부인을 안아서 의자나 침대로 옮겨주었다. 부인은 항상 신과 용서에 대해 이야기하고 싶어 했고, 에드워드는 죽을 뻔한 경험이 있어서인지 그런 대화를 편안하게 나눌 수 있었다.

그날은 시간이 너무 늦은 터라 부인과 이야기를 나누지 않고 퇴근했다. 그는 조용히 건물을 빠져나와 주차장으로 향하고 있었다. 그때 "에드워드!" 하고 부인이 외치는 소리가 들렸다. 그는 얼른 부인의 방으로 달려갔다.

"하느님이 정말 우리의 모든 것을 용서해주신다고 장담해요?"

부인이 물었다.

"그럼요, 제 경험으로는 그렇습니다. '하느님은 우리의 모든 거짓말을 아시네. 우리가 사는 모습이 그분을 슬프게 할지라도 그분은 언제나 용서한다고 말씀하시네'라는 복음 성가 가사도 있잖아요."

부인은 한숨을 쉬었다.

"젊었을 때, 나는 부모님의 은식기를 훔쳐 팔아서 결혼 비용에 보탰어요. 누구에게도 말하지 않아서 아무도 그 사실을 몰랐지. 하느님이 나를 용서하실까요?"

에드워드는 그녀를 안심시켰다.

"물론이죠. 하느님이 용서해주실 거예요. 이제 편히 주무세요."

다음 날 아침 에드워드가 출근하자 병원 관리자가 와서 간밤에 부인에게 무슨 말을 했냐고 물었다.

"평소와 같았죠. 우리는 신과 용서에 관해 대화했어요. 왜 그러시죠?"

"새벽 3시에 부인이 자기 방에서 걸어 나왔어요. 아무 도움도 없이 거의 건물 끝에서 끝까지 말이에요. 간호사 책상에 성경책과 의치를 올려놓더니 '이제 이것들이 필요 없게 됐어요.'라고 말한 다음, 방으로 돌아가 자리에 누운 채 돌아가셨어요."

간호의 정신이란 바로 이런 게 아닐까.

신은 세상을 만드셨고, 그곳에서 우리는 아픈 이들을 위해 연민과 공감을 나눔으로써 누구나 간호사가 될 수 있다.

버니 S. 시겔(암 전문의)

천사가 필요해

잭슨 씨는 죽고 싶었다. 5개월 전 먼저 세상을 떠난 아내가 그리웠다. 잭슨 씨 부부는 63년 간 함께했고, 행복한 가정을 꾸리고 다섯 아이를 키우는 축복을 누렸다. 하지만 자식들은 모두 자기 인생을 사느라 바빴다. 외로움에 지친 잭슨 씨는 점점 삶의 의지를 잃었다. 그는 세상으로부터 문을 닫아걸고 식음을 전폐한 채 죽기만을 기다렸다.

그렇게 몇 주일이 지나고 결국 그는 병원에 실려 왔다. 병명은 '영양실조'였다. 야간 당직 간호사가 교대를 하면서 오전 담당 간호사인 프레디에게 간밤의 상황을 설명했다.

"그 환자는 입원한 후 이틀 내내 아무것도 먹지 않았어요. 한마디도 안 했고요. 그냥 어딘가를 멍하니 응시하고 있어요. 의사 선생님은 그 할아버지가 계속 음식을 먹지 않으면 위에 공급관을 삽입하겠대요. 행운을 빌어요, 프레디."

그 말을 남기고 야간 당직 간호사는 서둘러 퇴근했다.

프레디는 침대에 누워 있는 비쩍 마른 노인을 바라보았다. 반쯤 드리운 커튼 사이로 약하게 아침 햇살이 들어올 뿐 병실은 아직 어둠에 잠겨 있었다. 흰 시트를 덮은 앙상한 몸이 드러났다. 환자가 고개를 돌려 벽을 바라보았다. 희망도 생명도 없는 그런 눈빛이었다.

프레디는 늘 환자의 마음에 다가가는 방법을 아는 사람이었다. 잭슨 씨가 마음에 건 빗장을 풀 열쇠를 찾고 싶었다. 그의 앙상한 손을 꼭 잡고 말을 건넸다.

"잭슨 씨, 손에 로션을 발라드리면 어떨까요? 기분이 나아지지 않을까요?"

묵묵부답이었다. 침대를 빙 돌아 반대편으로 가서, 허리를 굽히고 속삭였다.

"잭슨 씨?"

프레디가 옷깃에 달고 있는 천사 모양의 브로치를 본 잭슨 씨의 눈동자가 흔들렸다. 그는 자기도 모르게 브로치를 만지려고 손을 뻗다가 얼른 내렸다. 그의 눈이 촉촉해지더니, 병원에 들어온 후 처음으로 입을 열었다.

"내 옷을 입고 있었다면, 주머니에 든 돈을 다 주고라도 그 천사를 만져봤을 텐데."

이 브로치가 그에게 어떤 추억을 불러일으키는 듯했다. 프레디는 재빨리 작전을 세웠다.

"우리, 거래를 해요. 잭슨 씨가 병원에서 제공하는 음식을 모두 드신다면 이 브로치를 드릴게요."

"아니오, 난 그걸 받을 수 없소. 그냥 만져보고 싶을 뿐이오. 그렇게 예쁜 브로치는 지금껏 못 봤어요."

"그럼 이렇게 하죠. 제가 브로치를 잭슨 씨 베개에 꽂아둘게요. 제 근무 시간이 끝날 때까지 머리맡에 두고 계세요. 하지만 제가 갖다드리는 음식을 먹는 게 조건이에요."

"그럽시다. 간호사 선생 말대로 하겠소."

프레디는 잭슨 씨가 점심 식사를 하는지 보러 병실에 들렀다. 그는 골똘히 생각에 잠겨 천사 브로치를 어루만지고 있다가, 프레디를 보더니 말했다.

"난 약속을 지켰소, 봐요."

쟁반에 담긴 음식이 조금 줄어 있었다.

근무 시간이 끝났을 때 프레디는 잭슨 씨의 병실에 들렀다.

"앞으로 이틀간 비번이거든요. 하지만 다시 출근하자마자 뵈러 올게요."

잭슨 씨 얼굴에 그늘이 졌다. 프레디가 얼른 덧붙였다.

"이 브로치를 갖고 계세요. 그 대신 제가 없는 동안에도 약속을 지키셔야 해요."

잭슨 씨의 표정이 조금 밝아졌지만, 병실에는 어쩐지 쓸쓸한 분위기가 감돌았다.

"잭슨 씨, 감사해야 할 것에 대해 생각해보세요. 먼저 자녀분들과 손주들을 떠올려보세요. 손주들에겐 할아버지가 필요해요. 할아버지가 안 계시면 누가 그 아이들의 훌륭한 할머니에 대해 이야기해주겠어요?"

프레디는 잭슨 씨의 손을 꼭 잡아주었다. 기적이 일어나기를 기도하면서….

이틀 후 프레디가 다시 출근했을 때, 야간 당직 간호사는 놀라운 일이 일어났다고 전했다. 프레디는 미소를 지으면서 잭슨 씨를 보러 갔다.

“내 수호천사가 드디어 오는구나.”

그가 행복한 목소리로 말했다. 잭슨 씨 침상 옆에 누가 있었다.

“내 딸이라오. 이 아이가 함께 살자고 하는구먼. 손주들에게 할머니 이야기를 해줄 거요.”

그가 미소 지으며 덧붙였다.

“이 할아버지를 정성껏 보살펴준 천사에 대한 이야기도 들려줘야지.”

린다 애플(작가)

진정한 삶을 영위했던 순간을 돌아보면
사랑하는 마음으로 일한 순간이었음을 알게 될 것이다.
– 헨리 드러먼드

영창에서 온 영웅들

나는 1967년, 베트남에서 간호병으로 복무 중이었다. 혼란스럽고 힘겨운 시기였다. 악명 높은 두 차례의 공격이 있었고, 미국 병사의 사상자 수는 엄청났다. 간호병들은 규모가 큰 기지에 배치되었지만, 사상자 규모가 워낙 큰 탓에 치료 환경이 열악해졌다.

수술과 행정 경험이 모두 있는 나는 앙케로 보내졌다. 그곳은 정예부대인 제1기갑부대의 기지였다. 사상자 수가 특히 많아서 응급 처치소가 병상 100개짜리 병원으로 변했고, 8명의 간호병이 천막 속에서 의료 장비도 제대로 없이 악전고투했다.

그곳에서는 매일 작은 기적이 일어났다. 마요네즈 병이 몇 가지 부속품을 달고 흡입관으로 변신하기도 했고, 참전 경험이 있는 위생병들이 간호병들에게 봉합술과 수술법을 가르쳤다. 의료진 중에는 충분한 수면을 요구하는 사람도 병에 걸린 사람도 없었다. 헬기로 연신 들어오는 환자들을 치료하느라 엄청난 시간 동안 쉬지 않고 일할 뿐이었다.

병상은 만원이었기 때문에 수술 후에는 환자들을 천막 병원 바닥에 눕혀야 했다. 의료품과 수술 장비는 여럿이 함께 써야 했고 항생제는 바닥난 지 이미 오래였다. 병사들은 죽어가고 있었다.

어느 날 위생병 두 명이 새로 들어왔다. 군 영창에 갇혔다가 이곳으로 배치된 것으로, 아마 엄청난 화력을 뿜어내는 기관총 사용을 거부한 죄목인 듯했다. 위생병이 왜 병기를 다루는 부대에 배속됐는지 모르지만, 어쨌든 상황은 그랬다. 그들은 꽤 고급 교육을 받은 부류였는데, 환경이 형편없는 앙케에 왔지만 태도는 단정했다.

"무슨 일이든 하겠습니다. 생명을 구하는 일이라면 뭐든 하겠습니다. 아무리 위험해도 해내겠습니다."

그들은 무척 진지했고 나만큼이나 필사적으로 보였다. 치기에 불과할지라도, 어차피 물러설 곳이 없다. 어디 한번 해보라고 하는 수밖에.

앙케에서 외부로 출입할 수 있는 방법은 헬기뿐이었지만, 헬기는 아주 가끔씩만 운행되었다. 길은 하루에도 여러 번 파헤쳐지고, 여러 대의 차량이 폭파되었다. 필요한 의료품을 이곳까지 운반하는 것은 고사하고 합법적으로 구할 수도 없었다.

나는 그들에게 의료품이 얼마나 부족한지 그리고 그것을 구하는 데 따르는 위험에 관해 간략히 설명했다. 그들을 죽음으로 내모는 것 같아 큰 죄책감과 두려움이 밀려들었다. 그때까지 어떤 방식으로든 외부에서 의료품을 구해 오는 일은 없었다. 나는 결코 옳지 않은 명령을 내렸다.

기나긴 닷새가 흘렀다. 마음속으로 그들의 가족에게 보낼 부고의 문장을 생각하기 시작했다. 하지만 천사가 그들과 함께했다. 두 병사는 페니실린과 수술 도구, 진짜 흡입관, 심지어 바퀴 달린 들것까지 가득 실은 트럭을 몰고 멀쩡한 모습으로 돌아왔다.

얼마나 감사하던지! 그들이 어떻게 의료품을 구했는지는 말하지 않겠다. 중요한 사실은, 등이 휘는 격무에도 의료진은 다시 기운을 냈고, 결국 우리는 많은 생명을 구할 수 있었다는 것이다.

기적 같은 아이러니다! 영웅은 영창에서 배출했고, 천사들은 전쟁터를 비행했고, 전쟁 중에도 신의 가호는 있었으니 말이다.

로나 록스 프레스콧

성인을 성인으로 만든 통찰력은
많은 경우 그가 죄인이었을 때 경험에서 나온다.
- 에릭 호퍼

로리의 소원

로리는 씩씩하게 병원으로 왔다. 열두 살 소녀답게 활달하고 생기 넘쳐서, 체구가 마르고 입술과 손톱 밑이 푸르스름하다는 사실을 알아차리기 어려울 정도였다. 로리는 자신이 받아야 할 심장 수술을 어른이 되는 과정에서 겪는 골치 아픈 일 정도로 받아들였다. 병원에 들고 온 가방 속에는 십대 소녀라면 누구나 가지고 다닐 법한 소지품과 함께 뜨개질감이 들어 있었다.

로리는 비정상적인 심장을 갖고 태어났지만 믿기 어려울 정도로 강했다. 아이는 씩씩하게 수술실로 향했고, 오후 늦게야 온갖 의료 장비와 약물을 달고서 소아과 중환자실로 돌아왔다. 우리는 로리가 전에 여러 차례 수술을 받았다는 점과 인공심폐기 사용으로 출혈 위험성이 있다는 사실을 알고 있었다. 아니나 다를까. 얼마 지나지 않아 가슴 튜브에서 비정상적으로 많은 피가 나왔다. 출혈이 한 시간쯤 계속되자 외과의는 로리를 다시 수술실로 데려갈 수밖에 없었다.

우리는 로리가 다시 수술실로 가기 전에, 부모님과 면회하도록 했다. 두어 시간 후, 출혈은 멈췄고 로리는 다시 중환자실로 왔다. 부모님의 얼굴에 안도감이 도는 걸 보자, 나는 고단했지만 한시름 놓으며 집으로 돌아갔다.

다음 날 로리의 심장 상태는 괜찮았고, 입술과 손톱 밑은 분홍색이 감돌았다. 하지만 회복되기까지는 긴 여정이 남아 있었다. 가족은 가능한 한 오래 병상을 지켰다. 하지만 로리의 상태는 급격히 나빠졌고 신장 이상이 나타나 호흡기를 써야 했다. 코와 기도에 장치한 튜브 때문에 대화가 불가능했다. 그렇다고 의사소통이 끊긴 것은 아니었다. 로리는 여전히 활기찬 태도를 보였다. 몹시 갈증이 날 테지만 물을 마실 수 없었다. 내가 과일 주스를 천에 적셔 입가에 대주면, 로리는 고맙다는 눈인사를 했다.

책임 간호사가 병상에 와서 내게 저녁까지 근무할 수 있겠냐고 묻는 소리를 로리가 들었다. 로리는 입술로 '네.'라는 모양을 만들었다. 나는 로리가 시키는 대로 했다. 소변을 보지 못하는 증세가 더 악화해서, 그날 밤 나는 고단하고도 편치 못한 마음으로 집으로 돌아갔다.

다음 날 아침 로리는 투석 치료를 받았다. 우리 모두 로리의 신장이 회복 기미를 보이길 바랐지만, 시간이 흘러도 소변이 나오지 않자 상황이 심각해졌다. 약이 몸에 들어가서 심장과 폐에 압박을 가하자 몸이 부었고 로리는 계속 잠만 잤다. 얼마 전의 활기찬 태도는 찾아볼 수 없었다.

심장이 많이 회복해 입술에 붉은 기운이 돌기 시작했는데 다른 기관에 병이 생기다니, 얼마나 불공평한가. 마무리 짓지 못한 뜨개질감이 로리의 미완인 삶을 그대로 보여주었다.

로리의 부모는 꿋꿋하게 버텼다. 어머니는 임신 5개월째였다. 몹시 피곤했겠지만 대단히 헌신적으로 로리를 보살폈다. 로리의 가장 큰 소원이 여동생을 안아보는 것이라고, 그녀가 이야기해주었다. 로리는 여자 아기가 태어날 거라고 확신하고, 크리스마스 즈음 태어날 아기 이름을 '메리 크리스틴'으로 지어두었다고 했다.

하지만 로리는 계속 기운을 잃었고, 우리는 무력감을 절감했다.

햇살이 아름다운 8월의 어느 날, 우리는 작별 인사를 했고 로리는 세상을 떠났다. 부모님이 병원을 떠날 때 나는 눈물을 흘리며, 로리의 유품과 완성하지 못한 뜨개질감을 건넸다.

다음 해 봄, 복도를 지나다가 로리의 어머니를 보았다. 나는 애써 쾌활한 목소리로 아기는 잘 있냐고 물었다. 그러나 생후 4개월인 메리 크리스틴 역시 선천성 심장 질환을 앓고 있다는 사실을 알고, 몹시 마음이 아팠다. 메리는 금요일에 심장 수술을 받았다. 마침 그날은 성금요일(예수가 십자가에 못 박힌 일을 기념하는 날로 부활절 이틀 전)이었다.

안타깝게도 메리는 언니 로리와 똑같이, 수술 후 출혈이 심했고 신장에 이상이 생겼다. 부활절 아침이 되자 메리의 상태는 매우 좋지 않았다. 나는 메리의 부모님과 함께 병원 부속 예배당으로 갔다. 우리가 조용히 앉아 있을 때, 나비 한 마리가 천천히 주변을 맴돌았다. 신비스러운 순간이었다. 교회에는 바깥마당으로 난 문이 없었다. 어디로 들어왔을까?

"로리가 왔어요."

눈물 흘리던 로리의 어머니가 미소 지으며 말했다.

"지난여름, 로리의 장례식이 끝나고 묘지에 갔을 때 나비가 내 어깨에 앉아서 계속 같이 있었어요. 로리가 느껴졌어요. 그리고 크리스마스에 메리가 태어나 집으로 데려갈 때도, 나비가 우리와 같이 집으로 들어갔어요. 그 추운 겨울에 말예요. 이번에도 로리가 함께 있음을 느꼈어요. 이제 로리가 메리를 위해 여기 있는 거예요."

연이은 딸들의 죽음에 직면한 부모는 슬픔을 지나 마침내 평온을 되찾았다. 이제 두 딸이 함께 있을 것을 알기에.

병실로 돌아가고 몇 분 지나지 않아 아기는 눈을 감았다. 로리의 소원은 비로소 이루어졌다. 로리는 여동생을 꼭 껴안고 있으리라.

그웬 포스

수술방이 비어 있다니!

신장 이식 수술이 시행되기 시작한 초창기에, 나는 인간의 생명에 신의 손길이 닿았다고밖에 볼 수 없는 일련의 사건을 목격했다. 당시 나는 대형 종합병원의 신장 이식팀 멤버였고, 다가오는 수요일에는 돈이라는 사람이 동생 레이에게 신장을 이식해주기로 되어 있었다.

월요일 아침, 레이는 수술실보다 4층 아래에서 예정된 신장 투석을 받기 시작했다. 월요일은 수술 스케줄이 많이 잡히는 날이었다. 나는 외과의를 돕고 있었고, 다른 간호사는 주말에 사용한 수술용 기구를 소독하고 있었다.

같은 시간, 30대 중반의 남자가 심장마비로 응급실에 들어왔다. 응급실 인턴은 심장마비 환자가 돈임을 알아봤다. 그 인턴은 얼마 전까지 신장 이식팀에서 일했고, 바로 전 주에 신장 기여자인 돈을 검사했던 터라 바로 돈을 알아볼 수 있었다. 그는 돈의 심장을 살려보려고 노력했지만 소용없었다. 이제 필요한 일은, 레이가 신장 이식 수술을 받을 준비가 될 때까지 돈의 신장을 최대한 보존하는 것이었다.

응급실 직원은 수술실에 전화를 걸어서 상황을 알아보다가 깜짝 놀랐다. 가장 바쁜 요일인데도 나란히 붙은 수술방 두 개가 비어서 당장 쓸 수 있었던 것이다. 더군다나 동생 레이는 같은 건물에서 투석을 받고 있었고. 형이 갑자기 심장마비를 일으켜서 살아날 가망이 없음을 레이에게 알리는 책임은 투석실 간호사들이 떠맡았다.

두 형제가 나란히 붙은 수술방에 누웠다. 돈의 몸에서 떼어낸 신장은 레이의 몸에 성공적으로 이식되었다.

대도시의 종합병원에서, 바쁜 월요일 아침에 수술실 두 곳이 비어 있었다는 것, 수술실에 신장 이식팀이 있었다는 것, 신장을 이식받을 환자가 마침 병원에 와 있었다는 것, 인턴이 죽기 직전의 신장 제공자를 알아봤다는 것. 병원에서 일하는 사람이라면 어째서 이것이 기적 같은 일인지 너무 잘 알 것이다.

그날 양쪽 수술팀은 이 땅을 향한 신의 의지의 일부가 된 느낌을 깊이 경험했다.

조 스티클리

신은 인간에게 집을 주기 위해서가 아니라 축복해주기 위해 일을 주셨다.
기꺼운 마음으로 즐겁게 효율적으로 하는 유용한 일은 언제나
인간 정신의 가장 멋진 표현이다.
- 월터 R. 코트니

간호는 사랑

내가 아무리 최신 전문 용어를 구사할지라도
내 환자들의 심장 박동을 느끼지 못한다면
그 말은 의미 없는 지껄임에 불과하고

내게 빛나는 자격증과 상장, 저서가 있고
복잡한 의료기기를 다루는 기술이 있다 해도
연민이라는 재능을 발휘하지 못한다면
그 모든 노력은 아무것도 아니요

내 지식과 이상에 동료들이 탄복할지라도
나 자신을 도구로써 바치지 않는다면
단순히 행위로만 환자에게 봉사하는 것이니

내가 평생을 바치고 사욕을 물리친다 해도
피로에 짓눌려 냉소적이고 둔감하고 무관심하다면
나의 에너지는 헛되이 쓰이는 것이요

내가 간호의 원리와 이론을 통달하고
연구를 임상에 도입하고 전문가로서 높은 명성을 얻는다 해도
환자의 아픈 마음과 무너진 꿈을 알지 못한다면
나의 의무는 완료되지 않은 것이며

내가 아무리 유능하고 성실하다 해도
사랑의 언어로 소통하는 데 실패한다면
나는 헛된 간호를 하는 것이니

믿음, 소망, 사랑
이 세 가지는 항상 있을 것인데
이 중 제일은 사랑이다

로베르타 L. 메스너

간호사는
고마워요

2023년 5월 4일 초판 1쇄 발행
2023년 9월 14일 초판 10쇄 발행

엮은이	잭 캔필드, 마크 빅터 한센, 낸시 미첼-오티오, 리앤 시먼
옮긴이	공경희
펴낸이	류지호
편집	이기선, 김희중, 곽명진
디자인	형태와내용사이
일러스트	이세미
펴낸 곳	원더박스 (03169) 서울시 종로구 사직로10길 17, 301호
대표전화	02-720-1202
팩시밀리	0303-3448-1202
출판등록	제2022-000212호(2012. 6. 27.)

ISBN 978-89-98602-38-3 (03840)

- 잘못된 책은 구입하신 서점에서 바꾸어 드립니다.
- 독자 여러분의 의견과 참여를 기다립니다.
  블로그 blog.naver.com/wonderbox13, 이메일 wonderbox13@naver.com

Thank you
So much!